ATRAVÉS DO FOGO

BRUCE DESILVA

ATRAVÉS DO FOGO

Tradução de
RYTA VINAGRE

Título original
ROGUE ISLAND

Esta é uma obra de ficção. Todos os personagens, organizações e acontecimentos retratados neste livro são produtos da imaginação do autor ou foram usados de forma fictícia.

Copyright © 2010 by Bruce DeSilva.
Todos os direitos reservados.

Direitos para a língua portuguesa reservados
com exclusividade para o Brasil à
EDITORA ROCCO LTDA.
Av. Presidente Wilson, 231 – 8º andar
20030-021 – Rio de Janeiro – RJ
Tel.: (21) 3525-2000 – Fax: (21) 3525-2001
rocco@rocco.com.br
www.rocco.com.br

Printed in Brazil/Impresso no Brasil

CIP-Brasil. Catalogação na fonte.
Sindicato Nacional dos Editores de Livros, RJ.

D847a DeSilva, Bruce
Através do fogo/Bruce DeSilva; tradução de Ryta Vinagre.
– Rio de Janeiro: Rocco, 2012.

Tradução de: Rogue Island
ISBN 978-85-325-2779-0

1. Ficção norte-americana. I. Vinagre, Ryta. II. Título.

12-3551
CDD – 813
CDU – 821.111(73)-3

No outono de 1994, recebi um bilhete de um leitor elogiando uma "bela historinha" que escrevi. "Na realidade", dizia o bilhete, "pode ser o argumento de um romance. Já pensou nisso?"

O bilhete era de Evan Hunter, que escreveu a brilhante série *87ª DP* sob o pseudônimo de Ed McBain.

Plastifiquei o bilhete, colei em meu computador e comecei a escrever.

Já havia avançado vinte mil palavras no romance quando minha vida profissional e doméstica virou de pernas para o ar. Os anos voaram. Sempre que comprava um novo computador, eu colava nele o bilhete de Hunter, mas em minha nova vida atarefada não me sobrava tempo para escrever romances.

E então, há alguns anos, encontrei Otto Penzler, decano dos editores de literatura policial de Nova York, e por acaso falei no bilhete que recebera havia muito de Hunter.

– Evan nunca disse nada de bom sobre o que os outros escreveram – disse Penzler. – Ele lhe mandou mesmo este bilhete?

– Mandou. Ainda o tenho.

– Bom, então você precisa terminar o romance – disse ele.

E assim, finalmente, terminei. Este é para você, Evan. Gostaria que ainda estivesse aqui para ler.

evan hunter

box 339
324 main avenue
norwalk, connecticut 06851

27 de setembro de 1994

Caro Bruce:

MALÍCIA é uma bela historinha.
Na realidade, pode ser o argumento de um romance.
Já pensou nisso?

Esta é inteiramente uma obra de ficção. Embora sejam mencionadas algumas pessoas reais (olá, Buddy Cianci), nenhuma delas, com exceção do jogador de beisebol Manny Ramirez, tem diálogos, e ele só permitiu uma única palavra. Todos os outros personagens que falam são fictícios. Alguns receberam o nome de velhos amigos, mas não trazem semelhança nenhuma com eles. Por exemplo, o verdadeiro Paul Mauro é um jovem capitão da polícia de Nova York, e não um padre mirrado e velho de Providence. A história e a geografia de Rhode Island são retratadas com fidelidade na maior parte do livro, mas brinquei um pouco com o tempo e o espaço. Por exemplo, o Hopes, como a maioria dos bares de jornalistas, há muito acabou, mas gostei de ressuscitá-lo para esta história. O Good Time Charlie's fechou há anos. E nunca existiu uma Nelson Aldrich Junior High School no bairro de Mount Hope, em Providence.

1

Uma tempestade soterrou o hidrante sob um metro e meio de neve e a turma do 6º Grupamento do Corpo de Bombeiros precisou de quase 15 minutos para encontrá-lo e desenterrá-lo. O primeiro bombeiro a subir a escada para a janela do quarto do segundo andar colocou a mão na guarda de alumínio e queimou a palma através da luva.

Os gêmeos, de cinco anos, tentaram se esconder do fogo engatinhando para debaixo de uma cama. O bombeiro que trouxe o garotinho pela escada chorou. O corpo estava preto e fumegante. O bombeiro que desceu com a menininha já a embrulhara num lençol. Os paramédicos colocaram as crianças na traseira de uma ambulância e deram uma guinada pela rua sulcada de gelo com as luzes de emergência acesas, como se ainda houvesse motivo para pressa. A babá, de 16 anos, olhava catatônica as lanternas traseiras desaparecerem no escuro.

A chefe de grupamento, Rosella Morelli, bateu nos pingentes de gelo da aba do capacete. Depois socou o punho enluvado na lateral do carro-pipa reluzente.

– Sua contagem? – perguntei.

– São nove grandes incêndios em casas de Mount Hope em três meses – disse ela. – E cinco mortos.

O bairro de Mount Hope, encravado entre uma antiga via fluvial e o sofisticado East Side, foi construído antes da Primeira Guerra Mundial para abrigar a crescente classe de trabalhadores imigrantes das fábricas da cidade. Mesmo então, décadas antes do fechamento das fábricas e da transferência dos empregos para a Carolina do Sul, a caminho do México e da Indonésia, não havia muito para se ver ali. Agora, a tinta com chumbo descascava das varandas arriadas de prédios inflamáveis de três andares. Chalés frágeis, muitos construídos sem garagem ou entradas para carro em uma época de bondes e calçados de couro, cheiravam a podridão seca no verão e a fungo úmido no inverno. Kenmores e Frigidaires enferrujadas arriavam no mato que cresceu depois que a cidade dinamitou a velha Nelson Aldrich Junior High School, onde o sr. McCready me apresentou a Ray Bradbury e a John Steinbeck.

As ruas retas e estreitas do bairro, muitas com nomes de variedades de árvores que se recusavam a continuar crescendo ali, cruzavam uma ladeira suave que dava vislumbres ocasionais dos altos prédios comerciais do centro e do domo de mármore da sede do governo. Os corretores de imóveis, com os dedos cruzados às costas, chamavam de "vista panorâmica".

Mount Hope podia não ser o melhor bairro de Providence, mas também não era o pior. Um quarto das 2.600 famílias era de orgulhosos proprietários de suas casas. Uma vigilância comunitária acabara com os roubos. Só 16 por cento dos bebês tinham envenenamento por chumbo, de toda aquela tinta que descascava, bem saudáveis, se comparados com o bairro predominantemente negro e asiático de South Providence, onde o número passava de 40 por cento. E cinco mortos significavam que os negócios estavam ganhando ímpeto na funerária Lugo, o maior empreendimento legalizado do bairro, agora que o Deegan's Auto Body tinha se metamorfoseado num desmanche de carros e o Marfeo's Used Cars dera lugar a um traficante de heroína.

A chefe de grupamento olhou sua turma apontar um jato de água pela janela do quarto dos gêmeos.

– Estou ficando cansada de notificar os parentes – disse ela.

– Graças a Deus você não perdeu nenhum de seus homens.

Ela se virou do incêndio e me lançou um olhar desmoralizador, o mesmo que usou para me envergonhar quando me pegou trapaceando no Chutes & Ladders, quando nós dois tínhamos seis anos.

– Está dizendo que eu devia calcular minhas bênçãos? – disse ela.

– Basta ficar em segurança, Rosie.

O olhar abrandou um pouco.

– É, você também – disse ela, embora o pior que pudesse acontecer em meu trabalho fosse me cortar com o papel.

Duas horas depois, sentei ao balcão do Haven Brothers, o melhor restaurante popular da cidade, tomando café de uma caneca de cerâmica pesada. O café estava tão bom que odiei batizar com tanto leite. Minha úlcera rosnava que o leite não estava ajudando em nada. A caneca se sujou da tinta de uma nova edição do jornal local. Um pit-bull, o cachorro extraoficial do estado de Rhode Island, atacara três crianças de colo na Atwells Avenue. A mais recente estatística federal de criminalidade trazia Providence perdendo por pouco para Boston e Los Angeles como a capital de carros roubados *per capita* do mundo. Ruggerio "Blind Pig" Bruccola, chefão da Máfia local que fingia estar no ramo de máquinas automáticas de venda, processava o jornal por publicar que ele era um chefão da Máfia fingindo estar no ramo de máquinas automáticas de venda. A polícia investigava fraudes na comissão de loteria do estado. Eram tantas notícias ruins que uma notícia ruim perfeitamente boa, o incêndio de Mount Hope, foi forçada a ficar abaixo da dobra da primeira página. Não li esta porque foi escrita por mim. Não li as outras porque me davam nó nas tripas.

Charlie limpou a mão carnuda num avental que um dia pode ter sido branco e completou minha caneca.

– Mas o que é que você tem, Mulligan? Está fedendo a cinzeiro.

Não esperou uma resposta, e eu não dei uma. Virou-se para voltar ao trabalho, abrindo dois pacotes de pães. Equilibrou uma dúzia deles no braço pegajoso de suor, do pulso ao ombro, jogou

12 salsichas Ball Park e colocou mostarda e chucrute. Um lanche para os trabalhadores noturnos da Narragansett Electric.

Tomei um gole e virei para a página de esportes, procurando notícias dos treinos de primavera do Fort Myers.

2

Visto de fora, o insípido prédio do governo parecia uma pilha ao acaso de caixas de papelão. Por dentro, os corredores eram de um verde-cocô encardido. Os banheiros, quando não estavam trancados a cadeado para poupar os funcionários públicos do afogamento, eram fragrantes e tóxicos. Os elevadores chocalhavam e ofegavam como um velhote perseguindo um táxi. Optei pela segurança e subi a escada de aço para o terceiro andar, depois passei por quatro corredores estreitos antes de ver a placa "Investigador-chefe de Incêndios Criminosos, Município de Providence" pintada em preto no vidro opaco de uma porta de carvalho gasto. Abri-a sem bater e entrei.

– Saia da merda do meu escritório – disse Ernie Polecki.

– É um prazer te ver também – disse eu, e arriei na cadeira de madeira bamba na frente de sua mesa de aço verde-militar.

Polecki acendeu um charuto preto e vagabundo com um isqueiro descartável, recostou-se na cadeira de carvalho e bateu os sapatos gastos de biqueira num mata-borrão verde marcado de queimaduras de tabaco. A cadeira gemeu sob o peso que ele acumulava desde que a mulher o deixou e a Kentucky Fried não servia mais só para o café da manhã. Sua secretária, uma vagaba de nome Roselli, que conseguiu o emprego porque era prima em primeiro grau do prefeito, sentava-se rigidamente em uma cadeira de metal cinza sob uma janela rachada com gelo condensado por dentro.

– Então é criminoso de novo – eu disse.

– Ou isso, ou alguém achou que era boa ideia queimar o lixo no porão – disse Polecki. – Com todas as porcarias que eles juntam ali, aquela lixeira estava pedindo por um incêndio.

– Podia ter sido dito por telefone, Mulligan – disse Roselli.

– É – disse Polecki.

– Mas eu não teria visto isso por telefone – eu disse, e abri a pasta do caso na mesa.

Polecki levantou a mão direita e a bateu com tanta força que a mesa retiniu como um sino rachado, depois olhou assustado quando viu que a pasta não estava sob suas mãos gordas. Também não estava na mesa. Ele me fuzilou com os olhos. Eu dei de ombros. Depois nós dois olhamos para Roselli, agora de volta a sua cadeira e agarrada à pasta no peito ossudo. Ela se moveu com tal rapidez que eu quase deixei de ver.

– Arquivo de investigação – disse Roselli. – Não abrir para repórteres ou babacas, e você reúne as duas coisas.

– Claro – eu disse –, mas e para um cão de guarda da Primeira Emenda e do quarto poder?

– Para nenhum dos dois também – disse Polecki.

– Alguma ligação com os outros incêndios?

– Nenhuma – disse Polecki.

– Não tem nada – disse Roselli.

– Algum padrão nos donos dos prédios? – perguntei. – Algum tinha o seguro alto demais? Os incêndios começaram da mesma maneira?

Polecki se colocou de pé e inclinou-se para frente, a mudança no peso fazendo sua cadeira ressuscitar aos gritos. Manchas vermelhas apareceram em seu rosto, talvez de raiva, talvez do esforço excessivo.

– Quer me ensinar a trabalhar, Mulligan?

– Nós sabemos o que estamos fazendo – disse Roselli.

Não, vocês não sabem, pensei, mas guardei essa para mim.

O charuto de Polecki tinha apagado. Ele o acendeu de novo, soprou a fumaça em mim e sorriu maliciosamente como se fosse uma realização e tanto. Depois tirou mais umas baforadas e bateu as cinzas quentes em sua lixeira vermelha de loja de quinquilharias.

– Então Mount Hope só vive uma crise de má sorte? – perguntei.

– Sorte de irlandês – disse Polecki.

– Do pior tipo – disse Roselli.

– Se você tivesse a sorte dos irlandeses, lamentaria e desejaria estar morto – eu disse.

– Hein? – disse Polecki.

Meu Deus. Ninguém mais se lembra de John Lennon?

Um fio de fumaça subiu da lixeira, onde as cinzas do charuto queimavam uma embalagem sebenta de frango frito.

– Olha aqui, seu babaca – disse Polecki –, já te falei, não comentamos investigações em andamento.

– E é o caso dessa – disse Roselli. – Por que não vai cobrir acidentes de trânsito? Melhor ainda, sofra um.

Por mais que eu gostasse do senso de humor de Roselli, decidi não ficar para ouvir outra piadinha. A lixeira soltava fumaça como o charuto de Polecki e não cheirava muito melhor, então parecia uma hora excelente para ir embora. Acionei o alarme de incêndio do corredor ao sair. Quem poderia imaginar que a porcaria funcionava?

3

Veronica Tang, repórter de tribunal, revirou os olhos e casquinou como um rato de desenho animado. A não ser por alguns personagens da Disney, não acho que já tenha ouvido alguém rir daquele jeito.

– O que aconteceu depois que você apertou o alarme?
– Não sei. Não fiquei para ver o show.

Veronica casquinou de novo. Eu gostava quando ela fazia isso. Depois ela jogou o cabelo e me deu um soco brincalhão no ombro. Também gostei disso.

Era a *happy hour* no Hopes, o ponto de encontro da imprensa local. Repórteres e editores do jornal, produtores e "talentos" das emissoras de TV da cidade começavam a chegar.

– Então por que Polecki está cooperando tão pouco? – perguntou Veronica.
– Porque ele é um babaca.

Ela me olhou até eu acrescentar:
– Tudo bem, nós temos um passado.

Quinze anos antes, a academia de polícia tinha feito vista grossa para uma condenação por invasão de um Polecki jovem e o admitiu como um favor a seu padrasto, o presidente da Quarta Seção do Comitê Democrata. Como patrulheiro, ele bateu algumas viaturas em perseguições de alta velocidade. Mas, olha, foram só duas. Ele gabaritou a prova para sargento pagando a taxa corrente de quinhentos dólares pelas respostas, depois ascendeu pelas fileiras à moda de Rhode Island, colocando envelopes na mão do capanga do prefeito. Duas mil pratas pelas divisas de tenente, cinco mil para se tornar capitão. Uma história de sucesso em Providence. Escrevi sobre parte disso, mas era demais entrar no assunto agora, então o que eu disse foi:

– Há três anos, quando eu cobria o esquadrão tático, escrevi uma matéria sobre a propensão dele a jogar beisebol com a cabeça de garotos negros. Dois pastores batistas ficaram exaltados e ameaçaram trazer Al Sharpton para uma passeata de protesto na cidade. O chefe ficou tão nervoso que transferiu Polecki para o esquadrão de incêndios, um cargo que não incluía um cassetete como equipamento padrão.

Veronica levantou o copo suado e tomou outro gole.

– Teve sorte de ele não te meter uma bala quando você passou pela porta – disse ela. – E o que vai fazer agora?

– Sei lá – eu disse. – Se eu ao menos achasse um novo ângulo para essa coisa, talvez me livrasse de fazer a matéria débil de Lassie-volta-pra-casa.

Seus olhos se arregalaram.

– Quer dizer que ainda não terminou?

– Não posso terminar o que nem comecei.

– Ai, Mulligan. Lomax te deu até a última segunda, pelo amor de Deus!

– Humm – eu disse.

Os olhos castanhos de Veronica dançaram de diversão, mas ela meneou a cabeça, reprovando-me, as luzes de néon do bar dançando samba em seu cabelo. Um cabelo preto como o céu noturno quando eu era criança. Eu não tive coragem de perguntar se ela tingia.

Ela pescou um punhado de moedas na bolsa e rebolou pelo corredor estreito entre as mesas de fórmica surradas e o balcão esburacado de mogno de 10 metros. Observei seu progresso no espelho que tomava a parede e vi que a saia preta e curta não viajava em linha reta. Ela bebeu chardonnay demais. Eu estava louco por um Bushmills, o melhor uísque irlandês que cabia na minha carteira, mas minha úlcera continuou pedindo club soda ao barman.

Os jornalistas se matavam de tanto beber nesse lugar desde que um repórter de nome Dykas afundou suas magras economias nele há quarenta anos. Batizou-o de Hopes porque, muito esperançoso, jogou tudo o que tinha nele. Agora o nome não era muito apropriado, e provavelmente nunca foi. Banquetas de bar cromadas e instáveis, um piso rachado, estoque de alta octanagem e baixa classe. Bebo aqui desde que tinha 18 anos, e a única reforma que percebi foi o acréscimo de um dispenser de camisinhas no banheiro masculino.

Mas o Hopes tinha a melhor jukebox da cidade: Son Seals, Koko Taylor, Buddy Guy, Ruth Brown, Bobby "Blue" Bland, Bonnie Raitt, John Lee Hooker, Big Mama Thornton, Jimmy Thackery and the Drivers. Veronica escolheu alguma coisa sentimental de Etta James e trouxe a saia preta na minha direção.

– A música perfeita para uma mulher que pensa em se divertir com um homem casado – disse ela ao se acomodar de novo em seu lugar. Eu odiava ser lembrado de que ainda estava oficialmente preso a Dorcas, mas estendi o braço pela mesa e peguei a mão de Veronica enquanto Etta dava o clima.

Veronica era bonita, e eu não. Ela era Princeton e eu, Providence College. Ela estava com 27 anos, eu em rota de colisão com os quarenta. O pai dela era um imigrante de Taiwan que ensinava matemática no MIT, apostou as economias de uma vida inteira em ações da Cisco e da Intel e saiu com mais de um milhão antes que estourasse a bolha ponto.com. Meu pai foi leiteiro em Providence e morreu falido. Com apenas cinco anos na área, Veronica já se virava como uma profissional, enquanto eu afanava arquivos confidenciais e apertava alarmes de incêndio em prédios do governo. Talvez Veronica tivesse mau gosto para homens. Ou talvez eu é que tenha ido além das expectativas.

4

Ed Lomax estava curvado em seu trono de couro falso na editoria da cidade, a imensa cabeça careca girando como a torre de um tanque Sherman. Quando ele se tornou editor de notícias locais há vinte anos, pensei que odiasse meus textos, porque sempre fazia uma careta e balançava a cabeça em aparente repulsa pelo que lia. Levei um mês para entender que ele mexia a cabeça em lugar dos olhos ao acompanhar cada frase na tela do computador. Lomax considerava um dever sagrado extirpar os palavrões de nosso texto. Tais palavras, acreditava ele, não tinham lugar num jornal familiar. Ou, como ele colocava sempre que um "bosta" ou "meleca" o provocava a falar, "Não quero essas merdas na porra do meu jornal, caralho".

Ele não falava com frequência, preferindo se comunicar com a equipe em ordens concisas dadas através do sistema seguro de mensagens internas dos computadores do jornal. Toda manhã chegávamos para trabalhar, fazíamos logon, víamos a função mensagem piscando e achávamos nossas atribuições. Eram parecidas com o que se segue:

GUERRA DE WEINER.

Ou isto:

SUÍTE DA ENCHENTE.

Ou esta:

GOLPE DAS DOBRADIÇAS DE BRONZE.

Se você não tivesse visto o noticiário local na TV, lido tudo no site de nosso jornal, devorado nossas sete edições de bairro, examinado os boletins da Associated Press e percorrido os cinco pequenos diários concorrentes de Rhode Island, teria de ir até a mesa dele e perguntar do que ele estava falando. E ele lhe daria aquele olhar. O olhar que significa que você devia pensar em oportunidades de mercado.

Fiz logon e achei o que esperava por mim:

HISTÓRIA DO CACHORRO. HOJE. SEM FALTA.

Respondi a Lomax no computador e recebi uma tréplica imediata:

PODEMOS CONVERSAR SOBRE ISSO?
NÃO.

Levantei e peguei seus olhos a 20 metros, do outro lado da sala. Eu sorri. Ele não. Dei de ombros com minha jaqueta de couro marrom e fui para o Secretariat, meu Ford Bronco de oito anos estacionado em um parquímetro de 15 minutos na frente do prédio do jornal. Choveu, e o tíquete amarelo de estacionamento por baixo do limpador de para-brisa estava ensopado. Tirei-o do vidro e o colei no para-brisa do BMW do editor, estacionado sem tíquete nenhum em um parquímetro expirado. Foi um truque que aprendi com um herói de um romance policial de Loren D. Estleman e agora fazia anos que eu usava. O editor só jogava os tíquetes para a secretária pagar com o dinheiro da empresa. A secretária percebia que os tíquetes eram meus – mas ela era minha prima.

A história do cachorro esperava por mim na região de Silver Lake, só a alguns quilômetros a oeste do centro. Decidi, em vez disso, ir para leste, patinhando a pé pela Kennedy Plaza até um velho prédio comercial de tijolinhos do outro lado do rio Providence.

Quando cheguei lá, meus Reeboks estavam cheios de lama. Perdi dez minutos vendo uma secretária mostrar as coxas e esperando que a sensibilidade voltasse a meus pés antes de ela gesticular que eu podia entrar na sala apertada do investigador de seguros contra incêndios. Fotos autografadas dos grandes do basquete do Providence College cobriam as paredes creme. Billy Donovan, Marvin Barnes, Ernie DiGregorio, Kevin Stacom, Joey Hassett, John Thompson, Jimmy Walker, Lenny Wilkins, Ray Flynn e meu ex-colega de turma, Brady Coyle. Nenhum Mulligan. Quem esquenta banco não vence na vida.

Conheci Bruce McCracken nos tempos em que ele era um garoto magrelo tentando se encontrar, e eu era um garoto mais magrelo que sonhava em ser o próximo Edward R. Murrow. Fizemos algumas matérias de jornalismo juntos na pequena faculdade dominicana antes de ele concluir que a Primeira Emenda era coisa de bundão. Mais tarde, ele virou rato de academia, e agora provava isso com um aperto de mãos de esmagar os ossos. Novos músculos retesavam as costuras do blazer azul da Sears.

– Acha que estamos lidando com o quê? – perguntei, mexendo meus dedos dormentes.

– Bom, é mais do que uma onda de azar – disse ele.

– Calculo que tenha conversado com Polecki.

– E com a boneca de ventríloquo dele. Juro que quando Roselli fala, eu vejo a boca de Polecki se mexer. Não consigo decidir se eles são totalmente incompetentes ou se gostam de ser babacas.

– As opções não são mutuamente excludentes – eu disse.

McCracken sorriu. Até os dentes dele tinham músculos.

– Fiz as apólices de três das casas de Mount Hope – disse ele. – Os prêmios totalizam mais de setecentos mil, então naturalmente estamos interessados. Polecki me deu cópias de seus arquivos sobre os nove incêndios. Ficou feliz por eu fazer o trabalho dele. Não posso dizer que me importo de você fazer o meu por mim.

Ele empurrou uma pilha de pastas para a beira da mesa.

– Mas não as tire do escritório. E não, não pode fazer cópias.

Folheei as nove pastas e pus de lado dois casos que não estavam rotulados de "incêndio criminoso" ou "origem suspeita". Depois me enfronhei no resto. O método de entrada variava, mas não muito. Em alguns casos, o incendiário entrou pelo tabique, rompendo o cadeado com um alicate de corte. Com mais frequência, só metia o pé numa janela do porão. Cada incêndio tinha começado pelo porão, e era lá que eu abriria o Zippo, se quisesse incendiar uma casa inteira. Até eu sabia que os incêndios se espalham de baixo para cima. Cada incêndio tinha pelo menos três pontos de origem, prova de que não eram acidentais.

Em dois casos, as amostras que Polecki e Roselli mandaram para o laboratório da perícia não mostravam sinais de acelerador. Os peritos já haviam trabalhado com os dois patetas, então foram eles mesmos às cenas para coletar mais amostras, dessa vez de locais abaixo da queima mais pesada. Testes com cromatografia a gás nas novas amostras mostraram que os dois incêndios começaram com borrifos generosos de gasolina, como os outros.

Mas aqueles sete prédios incendiados eram de propriedade de cinco imobiliárias diferentes. Tinham seguro de três empresas diferentes. Nenhum parecia estar segurado num valor maior do que o de mercado. Anotei os nomes de todas as empresas no meu bloco, mas não consegui ver nada naquilo.

– O que você deduz disso? – perguntei.

– O que *você* deduz disso?

– Não tem cara de fraude em seguro.

– Talvez não – disse McCracken. – Mas você não pode excluir inteiramente. Em Providence, metade de todos os incêndios foi ateada por alguém que executou a hipoteca e a apólice de seguro juntas.

Ele esperou que eu risse, mas eu já tinha ouvido essa piada.

– Bom – disse ele –, temos sete incêndios criminosos, todos a 800 metros de distância, todos iniciados do mesmo jeito, todos estritamente amadores. Um profissional usaria um dispositivo de retardo e estaria em Newport esmurrando operários na White House Tavern antes que alguém sentisse o cheiro da fumaça.

– Um incendiário, então?
– Talvez. O que a "chefe Lesbos" te falou?
– Eu já te disse. A Rosie gosta de homens.
– Algo que você saiba por experiência própria?
Pode-se dizer que sim. Na primeira série, eu a empurrava no balanço. No ginásio, ela chorou no meu ombro quando um menino de quem ela gostava a chamou de "Perna de pau". No secundário, eu a levei ao baile. E no verão antes da faculdade nós transamos, mas éramos amigos havia tanto tempo que foi como dormir com a minha irmã. Cada homem hétero que eu conheço me acharia um bobalhão, mas Rosie e eu nunca bagunçamos os lençóis de novo.
– Sabe de onde vêm os boatos? – eu disse. – Uns recrutas homens da turma dela na Academia dos Bombeiros de Providence começaram depois que ela os derrotou em cada teste de aptidão física. Ela suportou o máximo que pôde, mas, quando um colega bombeiro a chamou de sapatão no quartel, há alguns anos, ela lhe deu um beijo na boca e o nocauteou com um cruzado de direita. Seis semanas depois, uma viga caiu no imbecil, ela o jogou no ombro e o carregou para fora de um prédio em chamas. Hoje ela é a primeira mulher a chefiar um grupamento do Corpo do Bombeiros de Providence. Ninguém mais tem apelidos para ela.
– Então – disse McCracken –, isso quer dizer que eu tenho uma chance?
– Claro. Você só precisa crescer mais 15 centímetros e deixar de ser um babaca.
– Por ela, eu levanto pesos. Mas ela é sua amiga, então imagino que se dê bem com babacas.
– Quando eu disse que você precisava crescer 15 centímetros, não estava falando de sua altura.
Os olhos de McCracken se estreitaram. Depois ele sorriu duro e disparou um *jab* de esquerda bem colocado, que zuniu pela minha orelha direita.

Demos uma trégua no concurso de testosterona e voltamos aos negócios.

– Olha – disse McCracken. – Você sempre pensa primeiro em incêndio criminoso porque a piromania é rara. Alguns psiquiatras não sabem nem se ela existe. Mas é uma coisa que combina com os dados daqui. Acho que estamos lidando com um psicopata que toca fogo nas casas e fica de pau duro quando elas queimam. Mais provavelmente alguém que mora no bairro.

– Pediu a Polecki as fotos dos espectadores dos incêndios?

– Mas é claro.

– E é claro que não existe nenhuma.

– Ah, existem sim! – disse ele. – Não dos seis primeiros incêndios. Polecki e Roselli levaram esse tempo todo para entender o que deviam fazer. Mas existem quarenta fotos do sétimo. Quer ver? Vinte e oito com péssimo enquadramento e 12 closes artísticos do polegar esquerdo de Roselli.

5

Na manhã seguinte, meus olhos estavam entre as duas dezenas de pares assestados em Veronica. Era difícil saber o que as mulheres pensavam. Os homens, nem tanto. Ela estava no meio da redação, com um Virginia Slim apagado pendendo dos lábios pintados de ameixa. Era obrigada a mascar o filtro desde o decreto do editor, proibindo fumar. Agora que eu gostava o bastante de Veronica para me importar com sua saúde, tinha de admitir que a proibição era boa, embora me expulsasse para o meio-fio para meu cubano diário.

Ainda assim, dava raiva. A proibição era outra das mudanças incrementais que transformaram nossa redação tradicional em um projeto de reforma urbana que deu errado. Lá se foram os cinzeiros transbordando, as filas de mesas de metal amassado, o piso frio sujo de tinta e as luzes fluorescentes e fortes que obrigavam os redatores a usar palas verdes sobre os olhos. Os datilógrafos tinham desaparecido em meu primeiro ano no emprego, e eu ainda sentia falta da batida em staccato. Agora tínhamos iluminação embutida, um carpete marrom e computadores zumbindo em mesas que imitavam cepos de açougueiro. As mesas eram emparedadas com divisórias de 1,20m de altura, então era preciso ficar de pé para perguntar a seu vizinho como se escrevia delicatéssen, depois se esforçar para ouvi-lo dizer "Olha no dicionário, idiota". Transformar a redação num escritório de seguradora custou muito dinheiro, mas não tornou o jornal melhor.

Tinha de ser alguém como Veronica para fazer isso. Nessa manhã, sua matéria sobre o julgamento federal de extorsão em sindicatos, com citações do perjúrio engenhoso de Giuseppe "Cheeseman" Arena, estampava a primeira página. Até o editor-chefe tinha se arriscado a sair de sua sala para se juntar aos cumprimentos. Se ele não tivesse torrado tanto no carpete e nas divisórias, talvez pudesse lhe dar um aumento.

Já era a terceira vez esse ano que Veronica conseguia trechos grandes de testemunhos sigilosos a grande júri para uma matéria. A cada vez, o promotor exigia saber como conseguira isso. A cada vez, ela educadamente lhe dizia para ir tomar naquele lugar. Quando lhe perguntei como arranjava as coisas, ela só me abriu um sorriso de Mona Lisa. O sorriso me fazia esquecer o que eu havia perguntado.

Obriguei-me a parar de espiar, fiz logon e achei uma mensagem de Lomax:

Venha cá.

Enquanto eu vagava para sua mesa, ele me lançou aquele olhar de oportunidades-no-mercado.
– Escuta, chefe...
– Não, escute você. A história do cachorro não estava na edição de ontem. Não estava na edição de hoje. É melhor que esteja na edição de amanhã.
– Por que não a dá para Hardcastle? Ele leva jeito com fofuras.
– Eu a dei a você, Mulligan. Sei que você acha que tem coisas melhores para fazer, mas deixa eu te explicar uma coisa: a circulação caiu sessenta exemplares por mês nos últimos cinco anos. O motivo que as pessoas mais dão para deixarem de comprar o jornal é que não têm tempo para ler. Sabe qual é a segunda principal razão?
– A CNN? *The Colbert Report*? Matt Drudge? Yahoo!?
– Não, mas pode apostar que são alguns motivos para elas não terem mais tempo para o jornal. O segundo motivo é que elas acham que publicamos muitas notícias ruins.
– Sei como essas pessoas se sentem – eu disse, mas Lomax ainda falava, atropelando minhas palavras como um trator achatando um jornaleiro de rua:

– Precisamos de notícias boas como um gângster precisa de balas. É duro achar notícias boas. Não é todo dia que um cientista descobre uma cura para o câncer ou um bom samaritano abre fogo em um evento de arrecadação dos democratas. Então, quando uma notícia boa bate na sua cara, você tem de escrever. E a história do cachorro é notícia boa, genuína e honesta.

– Mas...

– Nada de mas. Não sou louco por fofuras, mas temos de dar aos leitores o que eles querem, se quisermos continuar dando o que eles precisam. A internet e os canais a cabo de notícias 24 horas estão nos matando, e temos de fazer de tudo para revidar. O povo quer ler sobre outras coisas além de crime organizado, corrupção política e bebês incendiados. Você é especializado demais, Mulligan. Estou tentando te ajudar.

– Tem gente morrendo, chefe.

– E acha que pode impedir isso? Você se tem em altíssima conta. Investigar incêndios é tarefa do esquadrão de incêndios da polícia. Depois que eles resolverem a coisa, pode escrever sobre ela.

– Vou te falar do esquadrão de incêndios – eu disse, e dei a Lomax um resumo rápido sobre o *vaudeville* de Polecki e Roselli.

– Meu Deus! – disse ele. – Por que diabos não escreve *essa* matéria?

– Tá. Tudo bem. Que tal para domingo?

– Primeiro a história do cachorro. Hoje, Mulligan. Não me obrigue a falar nisso de novo.

Ele baixou as mãos no teclado, um sinal de que nossa conversa tinha acabado. Nunca ouvi Lomax juntar tantas palavras numa fala só. Talvez ninguém tivesse ouvido. Achei melhor fazer o que ele mandou.

Talvez a estrela da história do cachorro seja um cão-d'água português, pensei enquanto ia para o Bronco. Dorcas ficou com a guarda da nossa, uma psicopata de seis anos chamada Rewrite. Eu sentia falta daquela cadela. Teria lhe feito uma visita, mas isso significaria esbarrar em Dorcas. Prefiro ser atropelado por um trem. Dorcas não gostava da cadela, mas a mantinha pelo mesmo motivo por que não me deixava ficar com meu toca-discos, meus LPs de blues, minha coleção de revistas pulp *Dime Detective* e *The Black Mask*, e as centenas de brochuras surradas de Richard S. Prather, Carter Brown, Jim Thompson, John D. MacDonald, Brett Halliday e Mickey Spillane que eu comprava em sebos desde que era criança. Qualquer coisa para me castigar.

Dorcas parecia um ser humano perfeitamente decente, até que acordou casada comigo. Depois de jogarem o arroz e ela entender que tinha se prendido a mim para a vida toda, desenvolveu um repertório impressionante de cornetadas. De repente, eu ficava demais no trabalho. Eu não ganhava o bastante. Nunca tocava nela. Eu não parava de apalpá-la. Eu não a amava. Eu a sufocava de amor. Ela me acusava de dormir com cada mulher da Westerly à Woonsocket, e aquelas que eu não tinha conquistado estavam na minha lista: a higienista odontológica, a embaladora do supermercado, suas amigas, suas irmãs, a garota do tempo do canal 10, a filha do prefeito, as modelos do catálogo da Victoria's Secret. Eu peguei ou pretendia pegar todas elas.

Depois de um ano nessa, eu a arrastei a um terapeuta de casais, que desperdiçou varias sessões ouvindo as histórias que ela contava de minha infidelidade desenfreada. Quando ele finalmente entendeu e sugeriu que ela podia ter problemas com o ciúme, Dorcas o rotulou de idiota e se recusou a voltar lá. Os seis últimos meses de nosso casamento caíram num padrão familiar: Dorcas dizia que eu a achava uma bruxa repulsiva e devia estar pulando a cerca, eu lhe dizia que ela estava errada.

Até que ela não errava mais.

Eu tinha acabado de entrar na Pocasset Avenue quando o rádio da polícia estalou. Alguém tinha dado o alarme de incêndio em Mount Hope. Reduzi, ignorando a buzina atrás de mim na rua de mão dupla, e esperei que os primeiros bombeiros na cena transmitissem o código. "Código Amarelo" significava alarme falso. "Código Vermelho" significava que essa manhã não haveria nenhuma história de cachorro.

Veio em quatro minutos, segundo o relógio digital do painel.

6

Fiz um retorno ilegal na frente de uma banca da Del's Lemonade, fechada por tapumes, e voltei a 60 por hora, uma velocidade temerária em um dia gélido que tinha transformado a lama da véspera em sulcos de gelo. Segurei o volante com força enquanto o Secretariat, com a suspensão batida de tanto passar pelos buracos de Rhode Island, quicava tanto que afrouxou minhas tripas. No cruzamento da Dyer com a Farmington, buzinei para um velho corcunda que pintava de amarelo um banco de neve com seu dachshund.

Entrando na Doyle Avenue, em Mount Hope, encostei para dar passagem a uma ambulância em disparada, com a sirene aos berros. Filetes acres de fumaça atingiam minhas narinas, mesmo com os vidros fechados. À frente, faiscava uma dezena de luzes de emergência. Parei junto ao meio-fio, saí do carro, mostrei minhas credenciais da imprensa e passei pelo isolamento da polícia.

Os bombeiros tinham apagado a maior parte das chamas, mas a fumaça ainda saía das vigas da casa de três andares arruinada. A neve suja em crostas no jardim era pontilhada de provas da vida dos vivos. Uma cadeira de cozinha de plástico derretido, um cobertor amarelo queimando, um Tickle Me Elmo sujo de fuligem. No último andar, uma cortina de renda agitada se prendeu num caco de vidro, só o que restou da janela.

Antigamente, a fumaça de casas incendiadas tinha cheiro de madeira queimada, mas isso já faz muito tempo. Agora os incêndios fedem à queima de vinil, tecidos de poliéster, papelão, cola de madeira, eletrodomésticos, produtos de limpeza perigosos e espuma de poliuretano, que geram gases venenosos, inclusive cianeto de hidrogênio. Esse incêndio tinha cheiro de uma petroquímica explodida.

O mundo adquiria um silêncio sinistro enquanto eu olhava as cicatrizes do incêndio num prédio em colapso, hipnotizado pelo que o fogo fizera. Mas assim que desviei os olhos, o som me inundou – o insistente gemido das sirenes, os gritos roucos dos bombeiros, Rosie berrando ordens em um walkie-talkie. O sortimento de sempre de curiosos olhava a destruição, na esperança de que as chamas voltassem para um bis. Todos falavam a um só tempo, dando conselhos inúteis aos bombeiros e policiais, numa versão da língua falada apenas em Rhode Island.

"Puque num jogum maisága no teiado?" (Por que não jogam mais água no telhado?)

"Vum jogá." (Vão jogar.)

"Eru queu tava dizeno." (Era o que eu estava dizendo.)

"Calaboca, osdoisaí." (Calem a boca, os dois aí.)

"Jácumeu?" (Já comeu?)

"Na." (Não.)

"A gentipó i pro Casserta no meu cá, si eu achá a chav." (A gente pode ir para o Casserta's no meu carro, se eu achar a chave.)

"Boa pidida!" (Boa pedida!)

Localizei Roselli no isolamento da polícia, tirando fotos de seu polegar enluvado com uma câmera digital. Ela me viu e me apontou o dedo. Eu lhe mostrei o polegar para cima.

Uma velha, o cabelo prateado e desgrenhado num halo em torno do rosto, viu minha caderneta e cravou os dedos em meu braço.

– Eu bati em todas as portas – disse ela, com os olhos brilhando de pânico. – Acho que todo mundo saiu. Se ainda houver alguém lá dentro, Deus o ajude.

Pressionei para obter mais detalhes, agradeci a ela e comecei a me virar.

– Você é o menino de Louisa, não é?

– Eu mesmo.

– Ela ficaria tão orgulhosa vendo seu nome no jornal em todas aquelas reportagens.

– Obrigado. Eu prefiro pensar assim.

Virei-me e derrapei por um trecho de gelo até o carro da chefe dos bombeiros.

– Não tenho tempo para você agora – disse Rosie, com os olhos cinza fixos no prédio fumarento enquanto ela afivelava o oxigênio. Flanqueada por cinco bombeiros portando machados, ela marchou para a entrada escurecida. Com 1,92m, dois centímetros e meio mais alta do que quando pegava rebotes no time da Rutgers nas quartas de final, ela assomava junto dos outros cinco.

Olhei um bombeiro curvado no carro da chefe enquanto um paramédico cortava as luvas térmicas de seus dedos queimados pelo frio. O rosto era escarlate e cheio de bolhas, e sua respiração raspava em explosões curtas. Os perigos de combater incêndios em temperaturas abaixo de zero: você congela enquanto queima.

– A chefe vai procurar o DePrisco lá dentro – disse espontaneamente o bombeiro. – O coitado estava lá com uma mangueira quando o primeiro andar desabou no porão.

– Tony DePrisco?

– É.

– Ah, merda! – Agora o incêndio tinha uma cara. Tony fez a Hope High School comigo e com Rosie. Dez anos antes, eu fui padrinho de seu casamento. Ele era um homem de família e eu não, então não nos vimos muito nos últimos anos, mas na semana passada, no Hopes, ele me mostrou fotos de seus três filhos pequenos. A menina ainda usava fraldas. Qual era mesmo o nome dela? Michelle? Mikaila?

Fiquei no frio com os espectadores, fingindo um desligamento profissional que não sentia. Juntos, tragamos o ar gelado e acre e esperamos para ver o que Rosie carregaria quando saísse da casa.

Quando a chefe finalmente saiu do prédio para a luz, aninhando algo escurecido e alquebrado nos braços, o som pareceu sumir de novo. Fechei os olhos com força, mas isso não me impediu de ver o sorriso desdentado de uma neném esperando o papai voltar para casa.

Escrevi rapidamente um resumo para nossa edição on-line, mas era final de tarde quando eu tinha preparado toda a matéria para o jornal. Meu computador piscou com uma mensagem de Lomax. Não dizia "Bom trabalho". Dizia:

História do cachorro.

Ele me fuzilava com os olhos enquanto eu lutava para vestir a jaqueta e ia para o elevador. Assim que a porta fechou, tirei a jaqueta e apertei o botão do segundo andar, que abrigava um refeitório, sala de correspondência e laboratório fotográfico.

– Tudo ou só o que publicamos? – disse Gloria Costa, a técnica de fotografia.

– Tudo – disse eu. – Especialmente fotos da multidão.

Gloria bicou o teclado e um menu de fotos do incêndio de Mount Hope encheu a tela de seu monitor Apple. Estávamos próximos, nossos ombros se tocavam enquanto eu me curvava para a tela. Sua pele cheirava a algo picante e doce. Ela era meio gorducha, mas tirando 10 quilos, com uma aula de maquiagem e espremendo-a em algo de Emilio Pucci, você teria uma Sharon Stone nova. Acrescente 10 quilos, mergulhe-a em um vestido amorfo e você tem a minha quase ex.

Precisamos de quase uma hora para examinar cada quadro e escolher cerca de setenta fotos da multidão – pelo menos algumas de cada um dos incêndios.

– Quer impressas?

– Assim que puder, Gloria. Também fotos de populares do incêndio de hoje. Esta manhã pedi à editoria de imagens para fotografarmos espectadores nos incêndios de Mount Hope até segunda ordem.

– Vai levar alguns dias para imprimir, garoto. Temos pouco pessoal aqui.

– Prepare tudo para segunda e poderá beber por minha conta no Hopes por uma semana.

7

– Dá pra desligar essa droga de rádio da polícia?
– Não.
– E por que não?
– Você sabe por que não.
– Quem tem um rádio da polícia no quarto, ora essa? – disse Veronica.
– Eu.

Ela forçou um sorriso e meneou a cabeça, depois rolou para cima de mim. Nós nos beijamos, só boca aberta e calor. Mas era um calor sem chama. O que eu reduzia, ela acelerava. O que eu tentava abrir, ela torcia. Éramos adultos consentidos, mas ela não consentia. Eu tive mais sorte no ginásio.

Era a primeira vez que eu trazia Veronica a minha casa, três cômodos no segundo andar de um prédio caindo aos pedaços na America Street, no bairro italiano de Providence de Federal Hill. Três cômodos eram uma extravagância, porque eu vivia em apenas um deles, a não ser que contasse o tempo que passava na cozinha abrindo e fechando a geladeira.

Eu tinha arrumado a casa na expectativa pela chegada de Veronica, até limpei a poeira com uma toalha de papel úmido. Eu teria tentado distraí-la da decoração com música, mas Dorcas ainda estava com meus LPs e meu único CD player era o do painel do Secretariat.

Todo o piso era coberto do mesmo linóleo feito para parecer tijolinhos vermelhos. Tijolinhos de verdade não teriam todos esses arranhões. As paredes bege não tinham nada, a não ser umas rachaduras de reboco e minha única obra de arte, uma caixa envidraçada que guardava uma Colt .45. Era a arma do meu avô quando ele usava o uniforme azul da polícia de Providence. Ele a carregou até o dia em que alguém chapou um cano em sua nuca na Atwells Avenue, puxou a arma do coldre, matou-o com um tiro e a largou por cima do corpo.

Veronica perguntou sobre a arma, então tive de contar a história de novo. Enquanto ouvia, ela pousou a mão no meu ombro.

– De vez em quando eu tiro para limpar – eu disse. – Faz com que me sinta próximo dele.

Era o final da tarde de sábado e pelas paredes podíamos ouvir minha vizinha, Angela Anselmo, gritando na janela com seus queridinhos, o futuro violinista de orquestra de oito anos e a nascente virtuose dos saques de 13. Ela já começara o jantar, o aroma de alho de sua cozinha entrando facilmente pela rachadura de 3 centímetros na base de minha porta. Estávamos deitados em minha cama de brechó e colchão do Exército da Salvação porque não havia onde sentar. Eu ainda estava irritado pelos LPs e romances de mistério, mas pela primeira vez fiquei feliz por Dorcas ficar com toda a mobília. Os lábios de Veronica namoravam minha face.

– Acha que o Lomax vai ficar puto? – eu disse.

– Muito puto.

– Talvez eu devesse fazer a história do cachorro neste fim de semana.

– Ninguém trabalha neste fim de semana. Só nós. Você prometeu.

– A não ser que haja um incêndio em Mount Hope – eu disse.

– A não ser que haja um incêndio – disse ela.

– Espero que as fotos de incêndio me digam alguma coisa.

– O que espera encontrar?

– O mesmo rosto na multidão em vários incêndios.

– Um incendiário?

– Talvez. Eles gostam de ficar por perto, admirando sua obra.

– Mulligan?

– Humm?

– Podemos falar de outra coisa?

De novo com os lábios.
– Claro. Por que não me conta como conseguiu aquele testemunho ao grande júri?
– Pode esquecer, companheiro.
– O que, então?
– Me pergunte outra coisa.
– De que cor é o seu cabelo?
– Como é?
– De que cor é o seu cabelo?
– Não. Tudo bem, minha vez. Como está indo o seu divórcio?
– Essa manhã mesmo tive uma agradável conversa com Dorcas sobre isso.
– E?
– Se eu não concordar com uma pensão vitalícia, ela vai dizer ao juiz que eu batia nela.
– Ela está dizendo isso há dois anos, Liam.
– Eu já te pedi para não me chamar assim.
– Eu gosto.
– Eu não.
– É um lindo nome, gato.
Mas era o nome de meu avô. Sempre que eu o ouvia, via um perfil de giz numa calçada suja de sangue. Não queria entrar nessa, então balancei a cabeça.
– L.S.A. Mulligan. Talvez eu possa chamar você por um dos nomes do meio.
– Seamus ou Aloysius?
– Ah... Não tem nem um apelido?
– Meus colegas do time de basquete do Providence College me chamavam de "Guisado".
– Por quê?
– Guisado Mulligan?
– Lamento muito.
– Obrigado.

– É estranho chamar você de Mulligan quando suas mãos estão na minha bunda.

– Eu só atendo por esse nome.

– Que nem a Madonna?

– Que nem o Seal.

– Acho que vou te chamar de Liam.

– Gostaria que não fizesse isso.

– Por favoooooor – disse ela, estendendo a sílaba e esfregando toda aquela mulher na frente de meu jeans. A esfregada não deu certo. Só me fez esquecer o que ela pedia. Rolei-a na cama, prendendo-a embaixo de mim e mordiscando o espaço entre seu pescoço e o volume de seus seios. Minhas mãos tatearam o primeiro botão da blusa.

– Liam?

Eu a ignorei, meus dedos trabalhavam no segundo botão.

– Mulligan?

– Humm?

– Quero que você faça um teste de Aids primeiro.

8

Efrain e Graciela Rueda vieram para Providence havia sete anos da cidadezinha de La Ceiba, no Sudeste do México. Ele foi trabalhar como operário de obra. Ela arrumava camas no Holiday Inn. Dois anos depois, nasceram os gêmeos. Graciela queria chamá-los de Carlos, que significa "homem livre", e Leticia, que significa "alegria", mas Efrain insistiu em Scott e Melissa. Queria que fossem inteiramente americanos. Os filhos eram a vida deles. Agora não tinham dinheiro nem para enterrá-los.

Os companheiros paroquianos da igreja do Sagrado Nome de Jesus levantaram o suficiente para dois caixõezinhos de madeira. Os bombeiros de Providence doaram a lápide. Num paroxismo de generosidade, a funerária Lugo forneceu o transporte pela metade do preço.

Na manhã de segunda-feira, as coroas na lápide mais alta do cemitério Norte se projetavam acima da cobertura de neve dura. Rosie e eu estávamos com um pequeno grupo de enlutados espremidos em um buraco cavado na turfa congelada. Mike Austin, o bombeiro que tinha trazido o corpo de Scott pela escada, ajudou a carregá-lo à sepultura. Brian Bazinet, que desceu com Melissa, ajudou a levá-la.

Tombei a cabeça de lado para pegar as antigas palavras de conforto e glória do sacerdote, mas elas foram tragadas pelo choro de Graciela e o ruído branco de centenas de Bridgestones, Dunlops e Goodyears rodando na interestadual, 3 metros a oeste. A leste, o coveiro observava de sua escavadeira, com o motor murmurando.

Depois que os enlutados arrastaram-se a seus Toyotas e Chevrolets amassados, Rosie e eu pegamos grumos de terra congelada e jogamos nas sepulturas. Caíram nos caixões brancos com um baque surdo. Ficamos de lado e olhamos o coveiro terminar o serviço. Tentei encontrar calma no ritmo constante de seu trabalho, mas em minha mente ainda ouvia o gemido angustiado de Graciela e o ronco baixo do marido tentando reconfortá-la.

Os professores de jornalismo pregam que você nunca deve se envolver emocionalmente com suas matérias, que para não perder a objetividade deve cultivar um distanciamento profissional. Sempre dizem essas merdas. Se você não se importar, suas matérias serão tão indiferentes que os leitores também não se importarão.

Rezei para o caso de Ele estar ouvindo. Mas onde Ele estava quando a nevasca soterrou o hidrante? Onde Ele estava quando os gêmeos pediram ajuda aos gritos?

Rosie e eu esmagamos a neve até o Bronco, depois nos viramos e olhamos o trecho de terra marrom e um campo ofuscante de branco. Não dissemos nada. O que poderíamos dizer?

Alguém tinha de pagar por isso, e Polecki e Roselli não eram aptos para a tarefa.

Vinte minutos depois, entrei na redação e achei um grosso envelope pardo em minha mesa. Na frente estavam as palavras "Está me devendo essa – Gloria". Ela estufou o envelope com fotos de 20 por 25.

Pensei em fazer logon, mas ainda não queria lidar com a mais recente mensagem de Lomax. Esvaziei o envelope na mesa, examinei as fotos e achei muitos rostos conhecidos. A velha sra. Doaks, que foi babá dos filhos dos Mulligan quando éramos pequenos, junto do isolamento da polícia, esticando o pescoço. Três dos meninos Tillinghast, aprendizes no empreendimento iniciante de roubo de cargas do irmão mais velho, fechavam a carranca para as chamas e pareciam querer machucar alguém. Jack Centofanti, um bombeiro aposentado que sentia tanta falta da ação que passava as tardes zanzando pelo quartel, dava uma mão na orientação do trânsito. Esse rosto me levou ao passado. Quando eu era criança, Jack e sua caixa de pescaria apareciam na nossa porta às 4 da manhã sempre que o peixe estava mordendo no lago Shad Factory, do outro lado do rio, em East Providence. Ele era um perdedor constante nas noites de pôquer e cerveja de baixas apostas que enchiam nossa sala de visitas com histórias desbocadas e camaradagem toda noite de sábado. Jack era o melhor amigo do meu pai. Quando falou no funeral de papai, fez um leiteiro de Mount Hope parecer um herói por criar uma menina que não engravidou cedo e dois meninos que conseguiram ficar longe da cadeia.

Continuei folheando as mesmas fotos repetidas vezes. Sempre que via um rosto em mais de um incêndio, circulava com lápis vermelho. Pelo que eu podia dizer, 14 rostos apareceram em dois incêndios ou mais. No início, fiquei surpreso por haver tantos, mas, quando pensei melhor, surpreendi-me que não houvesse mais. Afinal, os incêndios aconteceram no mesmo bairro, e todos, exceto o último, irromperam na noite em que a maioria das pessoas estava em casa.

A cara de Jack apareceu em um recorde de sete incêndios, e eu apostaria um ano de salário que ele orientava o trânsito ou levava café quente em todos eles. Outro rosto aparecia em seis. Pertencia a um asiático no final dos vinte anos, com uma jaqueta de couro preta. Em duas fotos, carregava uma lanterna, e, em uma, seus olhos estavam erguidos para o teto de uma casa em chamas. Em seu rosto, havia uma expressão de êxtase.

Eu sabia exatamente como ele se sentia. Eu era um foca quando o velho Capron Knitting Mill, em Pawtucket, ruiu num incêndio, e embora já fizesse muito tempo, às vezes, quando eu fechava os olhos, ainda podia ver: bombeiros em silhueta contra as bolas de fogo laranja ardendo a dezenas de metros contra o mais negro dos céus. Era tão apavorante de lindo que por longos minutos eu esquecia por que estava ali.

De repente me lembrei de que dois incêndios de Mount Hope não foram considerados de origem suspeita. Voltei para as fotos, atirando de lado aquelas de um incêndio ateado por um fumante descuidado e outro causado por um aquecedor a querosene com defeito. Quando terminei, ainda tinha uma dezena de rostos a verificar. Reconheci três deles, mas precisava de ajuda para identificar os outros, inclusive o sr. Êxtase.

O nome me fez pensar em Veronica, e minha virilha formigou um pouco. Peguei o telefone e martelei o número de meu médico. Se não fosse uma emergência, disse a recepcionista, a primeira hora disponível seria sete semanas a partir de terça-feira.

– É uma emergência – eu disse.
– Qual é a natureza da emergência?
– É de natureza delicada.
– Sou muito discreta – disse ela.
– Minha namorada não vai trepar comigo se eu não tiver um teste de Aids – eu disse, e ela desligou.

Liguei para a clínica do Departamento de Saúde de Rhode Island e soube que podiam coletar meu sangue hoje, mas o laboratório estava atarefado demais e levaria cinco semanas para ter o resultado.

Depois de desligar, loguei no computador e achei a mensagem que esperava de Lomax:

CADÊ A PORCARIA DA HISTÓRIA DO CACHORRO?

Respondi rapidamente:

ESTOU TRABALHANDO NELA.

Mas primeiro eu precisava ver meu bookmaker.

9

Dominic Zerilli viveu 74 anos e toda manhã, pelos últimos 24, acordava às seis horas, vestia um terno azul, uma camisa branca e uma gravata de seda, e andava quatro quadras até seu mercadinho de esquina na Doyle Avenue, em Mount Hope.

Depois de entrar, dava um bom-dia animado ao repulsivo garoto que devia estar na escola e manejava a caixa registradora. Depois subia quatro degraus até uma pequena sala elevada com uma janela que dava para os corredores do mercadinho. Tirava o paletó, colocava em um cabide de madeira e pendurava num gancho que tinha instalado no fundo. Depois fazia o mesmo com a calça. Sentava-se ali o dia todo de camisa, gravata e cueca samba-canção, fumando Luckie Strike sem filtro feito uma chaminé e recebendo apostas de esportes e números pela janela e nos três telefones que eram examinados toda semana em busca de escuta. Escrevia as apostas em tiras de papel de nitrocelulose e as depositava em uma tina de metal cinza ao lado de sua cadeira. Sempre que a polícia vinha dar uma batida, o que só acontecia quando a comissão de loteria de Rhode Island ficava fula com perda de receita, ele tirava o cigarro dos lábios e o jogava na tina.

Whoosh!

Os gângsteres sancionados oficialmente pela comissão de loteria, que promoviam raspadinhas sem valor e pequenas loterias de números, ressentiam-se de Zerilli porque ele dava aos trouxas uma chance legítima de vencer. A Máfia sempre dava melhores chances do que o estado.

Quase todo mundo em Mount Hope passava na loja de Zerilli de vez em quando, ou para fazer uma aposta ou para abastecer seus minguados suprimentos de malte, revistas de pornô leve e cigarros ilegais, sem selo de impostos. Chamavam-no de "Whoosh" e dizia-se que ele conhecia a todos pelo nome. Comprei meu primeiro pacote de cards de beisebol Topps com o Whoosh quando eu tinha sete anos, e ele começou a pegar minhas apostas nos Sox e nos Patriots quando eu fiz 16. Agora, graças à proibição de estacionar induzida pela neve, achei uma vaga para o Secretariat bem na frente da loja.

— Fotos? — disse Zerilli. — Quer que eu veja umas merdas de fotos?

— Isso mesmo.

— Ah, merda! Pensei que ia me perguntar sobre os "DiMaggios".

Estávamos sentados no refúgio sagrado de Zerilli, só um de nós de calça, as fotos abertas em leque em sua mesa. Já havíamos passado por nosso ritual: ele me mostrava uma nova caixa de cubanos ilegais e me pedia para jurar pela minha mãe que eu não escreveria nada do que visse ali dentro; eu jurava, abrindo a caixa, pegando um charuto, sem mencionar que não havia nada para escrever porque todo mundo já sabia o que acontecia ali. A não ser pela parte da calça.

Eu disse:

— O que são os DiMaggios?

E ele disse:

— Cuidado onde bate as cinzas, porra.

— Um novo jeito de apostar em beisebol ou coisa assim?

— Não! Não tem novo jeito de apostar em nada. Já fizeram de tudo.

— E daí?

— Daí que na semana passada eu comecei a matutar. Fico sentado esperando um imbecil incendiar minha loja, ou faço alguma coisa? A polícia fica dizendo pra não me preocupar, que colocaram uma patrulha a mais. Grande coisa, porra. As viaturas fazem umas rondas a mais pelo bairro, como se isso adiantasse de alguma merda. Na quinta passada, à noite, reuni duas dúzias de caras. Caras que são clientes da loja, moram no bairro. Não ouviu falar disso? Tu devia estar dormindo. Imaginei que ouviria falar. Dividi os caras em duplas, dei a cada um deles turnos de quatro horas, coincidindo, sabe como é, para que sejam sempre pelo menos quatro nas ruas. Alguns não trabalham, então podemos cobrir o dia todo sem problema. São bons sujeitos, principalmente irlandeses e carcamanos, alguns latinos.

– Os DiMaggios? – eu disse.

– É, bom, eles precisavam de alguma coisa para carregar, sabe como é, pro caso de se meterem em encrenca. Não precisamos de mais umas armas de merda no bairro. Já temos muita dor de cabeça com uns malandros andando por aqui com UZIs que compram no pátio das escolas, matando metade do povo de susto. Então eu comprei 24 tacos Louisville Sluggers novos em folha para os caras. Me custariam umas centenas de dólares se Carmine Grasso já não tivesse tudo, sabe como é, desde o tempo em que ele... Ah... Adquiriu uma carga de produtos esportivos. Me custou duas pratas cada um. Acabei comprando oitenta. Boto o resto na loja na primavera, vendo pras crianças. Se a primavera chegar... Essa porra de neve... Meu Deus!

– E como eles carregam tacos de beisebol – digo –, por que não dar o nome do melhor jogador italiano de beisebol que já viveu?

– Isso, caralho! Os dois latinos se chamam "A-Rods" só pra me amolar, mas eles são gente boa, esses caras. É bom que tenham algum orgulho.

Quando finalmente olhou as fotos, a reputação de Zerilli de conhecer todo mundo do bairro se mostrou um tanto exagerada. De nove rostos, identificou seis.

– Deixa eu ficar com essas um tempinho, para mostrar aos DiMaggios – disse ele. – De repente a gente identifica mais essas caras.

– Tudo bem – eu disse.

– Vamos ter uma reunião aqui hoje às nove, antes do turno da noite nas ruas. Pode ser nessa hora.

– Talvez eu dê uma passada aqui – eu disse – e traga um fotógrafo, para fazer uma matéria sobre os DiMaggios, se não tiver problema.

– Tire umas fotos dos caras segurando os tacos – disse ele.

– Vê se toca o babaca dos incêndios daqui pelo susto. Talvez o convença a escolher outro bairro.

Eu tinha me esquecido de meu charuto e ele apagou. Enquanto eu procurava o Zippo no bolso, Zerilli me entregou seu Colibri, o modelo Trifecta com três chamas compactas, projetado para caber com perfeição na palma da mão.

– Fica com ele – disse.

– Não posso fazer isso, Whoosh. Sabe quanto essas coisas custam?

– Grasso faz pra mim baratinho, então posso passar adiante – disse Zerilli –, desde que fique de boca fechada pra origem do troço. Além disso, você leva os cubanos e sabe muito bem quanto eles custam.

– Entendi seu argumento – eu disse. Coloquei o isqueiro no bolso e me levantei.

– Aí, peraí um minutinho, porra! – disse ele. – Tu falou "melhor jogador irlandês de beisebol"? Foi o que tu disse? Vai se foder! O melhor jogador de beisebol que já viveu, ponto final, seu cretino de merda.

Quando voltei ao trabalho, fiz logon para ver minhas mensagens e achei esta de Lomax:

O PESSOAL DO CACHORRO DISSE QUE VAI LIGAR PARA O CANAL 10 SE VOCÊ NÃO FALAR COM ELES ESTA NOITE. SE ISSO ACONTECER, EU NÃO GOSTARIA DE ESTAR NO SEU LUGAR.

10

O pessoal do cachorro por acaso eram Ralph e Gladys Fleming. Moravam em um daqueles caixotes de um andar que foram amontoados em lajes de concreto nos anos 1970, num programa que pretendia dar às pessoas de renda modesta uma chance de entrar no mercado imobiliário.

O rádio da polícia buzinara feito um ganso em todo o caminho para Silver Lake. Assalto em andamento na Cumberland Farms, na Elmwood Avenue. Fogo no lixo na Gano Street. Briga doméstica na Chalkstone Avenue. Uma tagarelice sobre seguir a locais e apreender suspeitos. Mas nenhum alarme de incêndio em Mount Hope.

Trinta e cinco centímetros de neve tinham caído durante a noite e o Departamento de Vias Públicas de Providence fez seu trabalho costumeiro de remoção da neve. A rua dos Fleming era uma geleira. Ralph e Gladys deviam estar me vendo lutar com sua calçada cheia de neve, porque assim que levantei a mão à porta, ela abriu. Eu estava a ponto de me apresentar quando uma coisa grande e peluda abriu caminho entre Ralph e Gladys e bateu na minha virilha. Tropecei na varanda e me esborrachei na neve.

– Sassy, não! – piou Gladys, meio tarde demais, eu pensei.

Ignorando-a, Sassy me prendeu na neve e lixou minha cara com a língua. Um de nós estava muito feliz.

Ralph ajudou a me levantar, Gladys me perguntou seis vezes se eu estava bem, quatro mãos espanaram a neve de minhas roupas, desculpas e "cadelinha má" foram ditas aos montes, e agora estávamos todos sentados confortavelmente nas capas floridas dos móveis de Gladys. Fiquei numa cadeira de balanço com uma xícara de café fumegante diante de mim, em uma mesa de canto de bordo. Ralph e Gladys sentaram-se no sofá. Sassy estava a meus pés, mordiscando um petisco. Parecia um cruzamento de pastor alemão com um Humvee.

Rapidamente determinamos que Ralph e Gladys tinham ambos 56 anos, duas filhas adultas e vieram do estado do Oregon nove meses antes para trabalhar à noite em uma fábrica de ferramentas. Gostavam muito do Oregon, mas a mudança foi necessária quando o Sierra Club, a Agência de Proteção Ambiental e algumas corujas conspiraram para abolir o emprego de Ralph em uma serralheria perto da Floresta Nacional de Willamette.

– Uma coisa engraçada – disse Ralph. – Quando fui ao banco para abrir uma conta, o funcionário me olhou esquisito e perguntou por que, em nome de Deus, eu tinha me mudado para Rhode Island. A mesma coisa aconteceu quando fui ao cartório para tirar a carteira de habilitação daqui.

– E o homem da TV a cabo – disse Gladys. – Não se esqueça do homem da TV a cabo.

Os dois me olhavam como se eu devesse explicar isso. O complexo de inferioridade do menor estado da União é gigantesco. Imaginei que Ralph e Gladys deduziriam sozinhos se ficassem aqui por tempo suficiente.

– Bom – disse Ralph depois de um momento –, é claro que odiei deixar a Sassy no Oregon. Mas não parecia haver alternativa. Não sabíamos onde íamos ficar quando chegássemos aqui.

– Mas, por acaso, podíamos tê-la trazido – disse Gladys, meio melindrosa, eu pensei.

– Então tivemos de deixá-la – continuou Ralph. – Uns vizinhos, os Stinson, John e Edna são seus nomes de batismo, fizeram a gentileza de cuidar dela.

– Nem mesmo podíamos ligar para saber dela quando viemos para cá – disse Gladys –, porque os Stinson não têm telefone.

– No fim de semana passado – disse Ralph –, no domingo, não foi, Glady?

– No sábado – disse Gladys.
– Bom, no sábado, então. Acordamos na hora de sempre. Lá pelas oito, eu diria. Eu lia o jornal enquanto Glady preparava o café da manhã. Ovos, não foi, Glady?
– Não é o que faço pra você toda manhã?
– De repente ouvi um arranhão na porta. Acho que nós dois ouvimos, não foi, Glady?
– Eu ouvi primeiro, Ralph; sabe que ouvi. Eu ouvi e disse: "O que é esse arranhão, Ralph?", e você disse: "Que arranhão?", e depois você ouviu também.
– Então eu baixei o jornal, levantei da mesa e fui até a porta, não foi, Glady?
Eu me perguntei se Ralph um dia fez alguma coisa sem perguntar a "Glady" se fez mesmo.
– Quando abri a porta – disse Ralph –, Sassy se jogou pra dentro e derrapou no chão da cozinha, depois pulou em mim e quase me derrubou. Babou minha cara toda e depois se virou, avançando para a Glady.
– Fiquei tão feliz em vê-la que deixei – disse Gladys. Depois ela ruborizou. – Tive de me beliscar para saber que não estava sonhando.
– Como acham que ela chegou aqui? – perguntei.
– Andando, mais provavelmente – disse Ralph.
– Bom – disse Gladys –, ela pode ter corrido também.
Ou pegou uma carona com um motorista de carreta ou voou de primeira classe pela American Airlines, pensei, mas achei melhor ficar de boca fechada.
– Depois que minha cara estava toda lambida e ela se acalmou um pouco, dei a ela água e restos de comida – disse Ralph. – Sassy devorou tudo como se não houvesse amanhã.
– A coitadinha estava morta de fome – disse Gladys. – Eu disse a Ralph, eu falei: "Vá na loja agora e traga uma ração."
– Quando voltei – disse Ralph –, ela devorou três latas de Alpo assim que eu as abri e servi, não foi, Glady?

– Eu disse a ele: "Três latas já bastam" – disse Gladys. – Eu disse a ele: "Ralph, vai deixar a cadela doente, se não parar de dar comida a ela."

– Se eu deixasse, ela comeria mais – disse Ralph.

– Não tem sentido deixá-la doente – disse Gladys.

– Quem sabe não fica para almoçar, sr. Mulligan? – disse Ralph.

– Obrigado, mas não, eu preciso voltar.

– Não será incômodo nenhum – disse Gladys. – Tenho uns sanduíches de alface e azeitonas já prontinhos.

– Não. Obrigado.

– E então, no dia seguinte – disse Ralph, voltando à história –, ficamos conversando sobre como isso era incrível. Como Sassy nos farejou do outro lado do país até aqui desse jeito, como os cachorros dos filmes. Glady disse que devíamos ligar para a TV, mas eu achei que precisávamos pensar um pouco.

– O *Amazing Animals* teria pago um bom trocado – disse Gladys, meio tristonha, eu pensei.

– Talvez – disse Ralph –, mas acho que ninguém vai acreditar em nossa história se não ler no jornal.

– Eu pensei que fosse o canal 10 – eu disse.

– Como disse? – perguntou Ralph.

– Achei que vocês estavam pensando em chamar o canal 10.

– Bom, claro – disse Ralph. – O *Amazing Animals* é desse canal, não é verdade, Glady?

– Não é não, Ralph. É de um dos canais a cabo deles.

Na saída, passei bem longe de Sassy. Eu não estava assim tão ansioso para escrever sobre Ralph, Gladys e seu animal incrível, então decidi parar no Departamento de Saúde na volta para o jornal, embora não ficasse realmente no caminho.

11

Cheguei à clínica 40 minutos antes de fechar e passei meia hora imaginando o que todos os outros na sala de espera tinham ido fazer ali.

A ruiva cheia de espinhas e unhas roídas? Fez sexo sem proteção com o palhaço do namorado e tem medo de estar grávida de novo. O careca do nariz de batata? Queria saber se o presidente da Câmara de Vereadores, que pegou numa noite de caraoquê no Dark Lady, não lhe passou Aids junto com o mix de nozes. O cara de meia-idade no espelho do outro lado da sala, aquele despenteado, com camiseta de Dustin Pedroia e a expressão de derrota? Ele odeia agulhas, mas teria entrado na faca sem anestesia se isso significasse que a mulher de risadinha de rato de desenho animado finalmente daria para ele...

A atendente chamava meu nome.

A flebotomista me espetou três vezes antes de pegar uma veia.

A atendente reafirmou que o laboratório estava atarefado.

– O resultado chega em sete semanas – disse ela.

– Hoje de manhã, ao telefone, disseram cinco.

– Sete – disse ela. – Olha só essa pilha de pedidos de exames, a maioria para HIV, que o senhor diz que não tem de jeito nenhum. Então, por que a pressa?

Quando um morador de Rhode Island precisa de algo que não pode simplesmente roubar, há duas maneiras de conseguir. Precisa de uma licença de encanador, mas não passa no exame estadual? Quer se livrar daquelas cinquenta multas por estacionamento? Ou talvez só goste de uma onda de adrenalina em um teste de HIV. É provável, num estado desse tamanho, que você conheça alguém que possa ajudar. Talvez seu tio seja do conselho dos encanadores do estado. Talvez você tenha sido colega de escola de um capitão da polícia. Talvez a atendente do departamento de saúde seja casada com seu primo. Não? Então você tem a alternativa de oferecer uma pequena gratificação.

O suborno, a maior indústria de serviços de Rhode Island, é muito incompreendido pelos cidadãos de estados onde não se pode sair para um passeio no seu intervalo de almoço. Os que vivem aqui sabem que existem duas variedades, a boa e a ruim, como o colesterol. O tipo ruim enriquece os políticos e seus amigos gananciosos à custa dos contribuintes. O tipo bom suplementa o salário de funcionários mal pagos do governo, coloca aparelhos nos dentes dos filhos, aumenta a poupança para a faculdade. O bom suborno não tem gordura. É biodegradável. Dissolve a burocracia. Sem o lubrificante do suborno e as ligações pessoais, não se faria muita coisa em Rhode Island e nada aconteceria a tempo.

O suborno fazia parte de nossa herança desde que o primeiro governo colonial trocou favores com o Capitão Kidd. Pode me chamar de antiquado. Tirei uma nota de vinte da carteira e a deslizei pelo balcão.

– Quatro semanas – disse ela. – Tenha um bom dia.

Quando voltei ao trabalho, Lomax tinha ido jantar em casa. A editora de cidade da noite, Judy Abbruzzi, ocupava seu lugar.

– As fotos da história do cachorro estão ótimas – disse ela. – Algumas dos caipiras sorrindo escancarado, o cachorrão feio babando neles. Nem você pode estragar isso para não entrar na primeira página.

– Não está pronta – eu disse.

– Você ainda tem uma hora para escrever – disse ela.

– Depois de eu dar um telefonema.

A chefe de polícia de Prineville, no Oregon, tem uma noção peculiar do que quer dizer um servidor público. Ela era cortês, prestativa e nunca pedia suborno.

– É, temos um John e Edna Stinson – disse ela. – São donos de uma cabana perto do rio Deschutes, a uns 60 quilômetros da cidade.
– Algum jeito de entrar em contato com eles esta noite?
– É uma emergência?
– Não, nem tanto assim.
– Bom, então não vejo como. Eles não têm telefone e hoje estamos com pouco pessoal, portanto não posso mandar ninguém lá para você.
– Posso deixar um recado para eles?
– Eles vêm à cidade umas duas vezes por mês para comprar mantimentos e pegar a correspondência. Acho que posso deixar um bilhete grudado na caixa de correio deles por você. É contra as leis federais, é claro. As caixas de correio devem ser só para correspondência, entendeu? Mas sempre posso dizer ao chefe dos correios que é assunto de polícia.

Agradeci, dei meu nome, trabalho e número de celular e pedi que John e Edna ligassem a cobrar.
– Você conhece bem John e Edna? – perguntei.
– Muito bem – disse ela.
– Por acaso sabe se eles têm um cachorro?
– Tiveram um vira-lata peludo e grandalhão por um tempo, mas soube que aconteceu alguma coisa com ele. Agora, qual era *mesmo* a história desse cachorro? Teve raiva, talvez? Não, aquele foi o spaniel dos Harrison. Acho que soube que ele simplesmente fugiu.

Depois de desligar, liguei o computador e martelei um artigo rápido sobre Ralph, Gladys e Sassy.

12

Cheguei à reunião assim que o fotógrafo estava saindo. Vinte e quatro homens de bonés vermelhos idênticos reuniam-se nos corredores do mercadinho. Eu conhecia muitos deles do colégio, vários outros por fichas policiais e alguns dos dois lugares.

– É dos meus – dizia Zerilli enquanto eu entrava. – Um saco de fritas e uma lata de refrigerante. Ôôôô, Vinnie! Um saco, um saco. Se deixar tu comer o estoque todo, posso muito bem tocar fogo nesse lugar eu mesmo.

Os bonés eram decorados com bastões cruzados e as palavras "DiMaggios" em caracteres pretos.

– Esses bonés não são demais? – perguntou-me Zerilli. – Mandei fazer especialmente. Sua fotógrafa, que aliás tem uns peitos ótimos, adorou essas merdas de bonés. Não parou de falar neles, sinceramente. Colocou os caras pra posar na frente do mercado, todos em fila, com os tacos. Os caras na fila da frente se ajoelharam feito uma foto de time, pelo amor de Deus.

– E então, por que está fazendo isso? – perguntei a vários dos DiMaggios enquanto o grupo se preparava para sair. Tony Arcaro, que tinha um daqueles empregos no Departamento de Vias Públicas onde não se precisa aparecer, murmurou algumas palavras sobre "dar alguma coisa em troca à sociedade". Eddie Jackson, presença constante na polícia por rearrumar os dentes de sua mulher, disse que estava "protegendo os entes queridos". Martin Tillinghast, com uma tatuagem desigual de cadeia no antebraço, disse que queria "tomar uma atitude contra o crime". Rabisquei as besteiras deles na minha caderneta.

– Consegui identificar todas as caras, menos uma – disse Zerilli depois que ficamos a sós, a loja sinistramente silenciosa, agora sem o som de setecentos dentes esmagando batatas fritas. –

Só um ninguém conhece. É o china – disse ele, apontando a foto do sr. Êxtase. – Um cara disse que acha que o viu por aqui, mas não tem certeza.

Zerilli virou as fotos, mostrando-me onde tinha escrito os nomes, junto com endereços feitos à moda de Providence: sem número, só pontos de referência, como "casa amarela descascando na Larch entre a Ivy e a Camp, Dodge Ram azul em cima de tijolos no jardim".

Quando terminei com Zerilli, eram só 15 para as dez. Entrei no Bronco e rodei quatro quadras até a Larch Street.

– Sra. DeLucca?
– Sim? Quem é?
– Meu nome é Mulligan. Sou repórter do jornal.
– Já recebemos o jornal.

Pensei ter reconhecido a voz, mas não conseguia situar de onde. Era uma voz que pertencia a outro lugar.

– Não, não. Eu sou jornalista.
– Sim? E o que você quer?
– Joseph está em casa?
– Ele lê o mesmo jornal que eu. Não precisa ter um jornal só dele.

Eu estava em um degrau de concreto esfarelado, olhando uma porta sólida com três ferrolhos.

– Sra. DeLucca, pode ser mais fácil se a senhora me deixar entrar.
– Comé que é, maluco? Como vou saber se você é quem diz ser, e não alguém que veio me estuprar, hein? Como vou saber disso? Abrir a porta? Podisquecer.
– Mãe? Tá falando com quem?
– Ninguém, Joseph. Vai dormir.

Passos pesados.

– Agora você conseguiu, acordou o Joseph. Espero que esteja satisfeito.

Os ferrolhos estalaram e a porta abriu, revelando um espécime arcaico de mulher com um guarda-pó azul e engomado que combinava com o cabelo bufante.

Agora eu me lembrava. Por mais ou menos um mês, Carmella DeLucca foi garçonete no Haven Brothers, resmungando com os clientes e se arrastando com tal lentidão entre o balcão e as mesas que finalmente nem o bondoso Charlie suportou mais. Quando ele a mandou embora, ninguém assumiu seu lugar.

Ela estava na soleira da porta com os pés inchados metidos em chinelos de coelhinho. Se Dorcas me visse agora, me acusaria de dormir com ela.

Atrás da sra. DeLucca assomava o garotão nervosinho. Com 1,90m e uns 40 anos de idade, ele era meio parecido comigo, se você deixasse de lado os vinte quilos a mais esticando o elástico da cueca samba-canção amarelada. Eu não queria pensar nisso. Ele tinha esquecido a camisa, embora eu suponha que o cabelo embaraçado conte para alguma coisa.

– Por que está incomodando a mãe?

Cuidado com esse, Mulligan, pensei. Um daqueles quilos a mais pode ser de músculos.

– Sou repórter e trabalho numa matéria sobre os incêndios.

– E o que isso tem a ver com a mãe?

– Na verdade, eu queria falar com você.

– Você é o cara que tá escrevendo todas as reportagens?

– Arrã.

– Não sabe que isso estimula o sujeito, escrever todas aquelas histórias e colocar no jornal daquele jeito? É só o que ele quer, ver todas aquelas coisas no jornal. Aposto que ele está recortando tudo, fazendo uma porra de álbum pra ele. Desculpa, mãe.

– Quem é? – eu disse.

– Quem é o quê?

– Que está fazendo um álbum de recortes?

– Como é que eu vou saber? Que foi? Você é algum espertinho?

– Por acaso você viu um desses incêndios?
– Por que tá perguntando isso?
– Só estou conversando com as pessoas que viram alguns incêndios, perguntando sobre o que elas viram.
– É, eu vi três... Não, quatro. O último foi quando o bombeiro virou churrasco. Vi quando tiraram o corpo da casa. Fedia pra caramba. Foi bem legal.

Lembrei-me de Tony em sua recepção de casamento, o braço em volta da garota que todo mundo queria. Enquanto meus olhos passavam pela paisagem que era Joseph DeLucca, consegui manter o punho cerrado onde estava. Ele provavelmente não sabia escrever *babaca*, então talvez não conseguisse deixar de ser um.

– Como aconteceu de você estar lá? – perguntei.
– Eu estava vendo *The Brady Bunch*, como faço toda sexta à tarde desde que fiquei sem trabalho. Marcia reclamava do aparelho novo nos dentes e nessa hora as sirenes começaram. Ela achava que o aparelho a deixava feia, então eu disse a ela: "É, deixa mesmo, sua piranhazinha reclamona." Quando meu programa terminou, fui até lá pra ver o que tava rolando.
– Sei. Sra. DeLucca, é assim que se lembra do fato? Os dois estavam vendo *The Brady Bunch*?
– A mãe tava no Duds 'n' Suds. Por que quer saber onde tava a mãe?
– Então estava em casa sozinho?
– Tá querendo dizer o quê, porra? Desculpa, mãe. Tá me acusando de alguma coisa? Dá o fora daqui, caralho, antes que eu meta meu pé 44 na tua bunda.

Mark Twain disse: "Todo mundo é uma lua e tem um lado escuro que nunca mostra a ninguém." Perguntei-me como seria o de Joseph DeLucca. Se eu tivesse mais meia hora, teria dado uma volta por ele para ver por mim mesmo.

Segundo o relógio do painel do Secretariat, havia tempo para tentar outros nomes que Zerilli tinha me dado. Mas eu não via de que adiantaria isso. O que eu estava pensando? Que um dos caras nas fotos era o incendiário e que assim que eu aparecesse ele ia despejar sua confissão na minha caderneta?

Fui para casa pelas ruas sulcadas, xingando a mim mesmo por achar que seria fácil. Destranquei a porta e encarei por um longo minuto minha cama amarfanhada. Depois de engolir um Maalox, tirei o Band-Aid e a bola de algodão de onde a agulha tinha entrado e me arrastei para debaixo do cobertor que ainda estava com o cheiro de Veronica.

13

O café da manhã no Haven Brothers era café batizado com um monte de leite, ovos fritos e a edição da cidade. Bruccola, o envelhecido chefão da Máfia, dera entrada no Miriam Hospital com falência cardíaca congestiva. O futuro astro do Providence College, presença certa na parede da sala de McCracken, foi sentenciado a vinte horas de serviço comunitário por quebrar o braço do professor de inglês com uma chave de roda. Nosso colunista de esportes proclamava a boa notícia de que, graças a Deus, o jogador não desfalcaria nenhuma partida do Big East Tournament. E nosso prefeito outra vez foi mais esperto do que um inimigo político.

Parece que na semana passada a provável adversária do prefeito nas eleições do outono mudou legalmente seu nome de Angelina V. Rico para Angelina V. aRico, a fim de aparecer primeiro na lista alfabética da cabine de votação. Mas ontem o prefeito Rocco D. Carozza mudou legalmente seu nome para Rocco D. aaaaCarozza. Era uma primeira página forte, mesmo sem a história do cachorro. Não vi Sassy em lugar nenhum do jornal.

Algumas banquetas adiante, um vereador via as notícias no laptop. O jornal era barato demais para eu comprar, eu não ligava muito. Preferia ter um jornal de verdade nas mãos.

– Oi, Charlie.

– Hein?

– Passei na Carmella DeLucca ontem à noite e ela foi encantadora, como sempre.

Charlie se virou da chapa, colocou as mãos no balcão e se curvou para mim.

– Eu a admiti porque ela precisava da grana, mas ela não dava conta de todo o trabalho por aqui.

Sorri e olhei o único outro cliente no balcão, esperando que Charlie queimasse suas panquecas. Charlie acompanhou meu olhar.

– Vai se foder, Mulligan.

Na redação, fiz logon e achei uma mensagem de Lomax no meu computador:

> SUA HISTÓRIA DO CACHORRO É UMA MERDA. ABBRUZZI A ENTREGOU A HARDCASTLE PARA REESCREVER. ESPERO QUE NÃO ESTEJA ESPERANDO UM AUMENTO ESTE ANO.

Hardcastle, um transplante ossudo do Arkansas que escrevia perfis ocasionais e uma coluna local duas vezes por semana, estava recurvado em seu cubículo, tamborilando no teclado com as mãos longas e vermelhas. Eu me aproximei e disse:

– O que é que tá pegando?

– Mulligan, você nunca soube escrever, mas sua história de Sassy é uma bosta – disse ele, abençoando a palavra com uma sílaba a mais, *bo-os-ta*. – Você pegou uma historinha caseira sobre umas pessoas legais e seu animal incrível e escreveu como se tivesse acabado de flagrar o governador com a mão na sua carteira. "Fleming afirmou." "Alegou ter andado." "Não pôde ser confirmado." Que diabos você estava pensando? Uma história dessas tem de ser afagada como se fosse seu pau, tentando se divertir um pouco com isso.

– Bom – eu disse –, não pôde ser mesmo confirmado.

– A xerife caipira te disse que os Stinson moram na cidade, que eles tinham um vira-lata, que ele fugiu. Me parece uma confirmação. Estava esperando o quê? Impressões das patas? DNA de cachorro?

– Faça como quiser, Hardcastle. Só não quero minha autoria nela.

– Não perca o sono por isso, Mulligan. Se toca. Conseguiu tantas matérias de primeira página que agora pode dispensar o que quiser?

Agora eu entendia perfeitamente. Minha história era uma bosta e eu a dispensei porque não a afaguei como se fosse meu pau. Por que me incomodar com a faculdade de jornalismo quando a Academia Hardcastle é gratuita?

Voltando a minha mesa, a função mensagem piscava com outra bomba de Lomax:

Press releases.

Enquanto eu lia, um boy baixava uma caixa de plástico tamanho barril ao lado de minha mesa. Era branca, com U.S. Mail em estêncil azul na lateral. Dentro dela, o que chegara no dia de cada assessor de imprensa e candidato político com esperança de nos convencer a colocar alguma coisa sem valor no jornal. Em geral era um estagiário que organizava aquilo, mas hoje eu estava sendo castigado.

Peguei a de cima. Nela, Marco Del Torro prometia que, se reeleito à câmara de vereadores, tomaria providências sobre as longas filas nos toaletes do centro cívico. Exatamente que providências ele não disse.

O telefone tocou enquanto eu despejava o conteúdo da caixa em minha lixeira verde e grande. Aceitei a chamada a cobrar, fiz uma pergunta, esperei alguns minutos, desliguei e passei os olhos pela redação. Vi Hardcastle fofocando no copidesque. Deu um tapa na coxa e guinchou, com vários copis rindo com ele.

– Hardcastle – chamei ao passar por ali. – Tem uma coisa que você precisa saber.

– Ei, aí está o nosso garoto – disse ele. – Eu estava contando sua obra digna do Pulitzer sobre a história de Sassy, mas o que acha de contar nas suas próprias palavras?

Dei-lhe as costas, voltei a minha mesa, verifiquei as mensagens de computador e achei outra de Lomax:

E O QUE SÃO ESSE PALETÓ E GRAVATA HOJE? MORREU ALGUÉM OU COISA ASSIM?

Naquela tarde, Rosie sentou a meu lado no banco da igreja e chorou no meu ombro. Bombeiros de seis estados vieram ao funeral de Tony DePrisco na igreja do Sagrado Nome de Jesus, em Camp Street, a duas quadras do porão onde ele morreu queimado.
Algumas filas à nossa frente, vi a figura curvada da mulher de Tony, Jessica, com a filha adormecida, Mikaila, enroscada no colo. De cada lado dela havia um garotinho estupefato – Tony Jr. e Jake.

O padre, Paul Mauro, um homenzinho murcho que presidiu a crisma de Tony mais de 25 anos antes, postava-se na frente do caixão fechado e falava de heroísmo, integridade, sacrifício e salvação. Tive de sorrir um pouco. O Tony que eu conhecia era um molenga que só passou em matemática e inglês colando das minhas provas, cuja única contribuição para os feitos atléticos de nossa escola foi sequestrar os mascotes de outras escolas. De algum jeito, ele conseguiu arrebanhar a rainha do baile dos veteranos e passou de raspão para a academia dos bombeiros depois de tomar bomba duas vezes. Em quase vinte anos como bombeiro, nunca recebeu uma condecoração. Ele mesmo teria se perguntado do que o padre Mauro estava falando.

Uma mão se fechou na minha e apertou com força suficiente para me fazer encolher. *Rosie*, eu pensei, *precisamos parar de nos encontrar desse jeito.*

No final daquela tarde, terminei o perfil dos DiMaggios para a edição do dia seguinte, descrevendo os bonés e tacos, espalhando aqui e ali as citações idiotas. Era tarde demais para pegar o final do jogo de treino de primavera dos Sox, mesmo que eu estivesse com humor para isso, então decidi meter a cara no artigo de fim de semana sobre Polecki e Roselli. Verifiquei as estatísticas sobre seu registro abissal de casos encerrados e liguei para a casa de McCracken querendo uma citação em *off* sobre como os investigadores de seguros de toda a Nova Inglaterra os chamavam de "Debi e Loide".

A comédia leve dos irmãos Farrelly era do gosto da cidade porque Debi e Loide eram de Providence e o filme começava com uma panorâmica da Hope Street. Mais um motivo de orgulho.
Eu? Pode me chamar de Debi Mental. À meia-noite eu rodava por Mount Hope na improbabilidade de ver alguma coisa. Isso não era jeito de investigar, mas eu não conseguia ficar sentado fazendo nada e estava sem ideia nenhuma.

14

Na Larch Street, uma TV de tela grande emitia um brilho azulado por trás das cortinas brancas e finas de um bangalô de dois andares onde eu cobri uma batida policial dez anos antes e a viúva e a filha adolescente moravam ali confortavelmente com sua pensão mensal da Máfia. Na Hopedale Road, as luzes estavam apagadas no segundo andar da casa alugada onde Sean e Louisa Mulligan conseguiram criar dois meninos e uma menina com o salário de um leiteiro. Na Doyle Avenue, uma retroescavadeira em ponto morto com "Dio Construction" em letras verdes na lateral se postava em meio às ruínas de uma construção incendiada de três andares.

O lixo do bairro era recolhido na quinta pela manhã e, pelas marcas na neve, a maioria das pessoas já tinha arrastado suas lixeiras e sacos para o meio-fio. Na esquina da Ivy com a Forest Norwegian, uns ratos, com os olhos de um vermelho de fogo em meus faróis, arrancavam nacos de comida de buracos que tinham aberto no plástico. Pela rua a partir da loja de Zerilli, meia dúzia de cães viraram algumas lixeiras e faziam uma festa na calçada.

Decidi me juntar a eles. Abri a tampa de minha garrafa térmica, tomei café e coloquei um CD. Tommy Castro embalou o Bronco com electric blues:

All my nasty habits (...) they just won't let me be.

Eu estava rodando havia mais de uma hora quando vi alguém atravessar a rua meia quadra à frente, em silhueta na luz de um poste que ainda não fora apagado por um tiro. A figura andava como uma mulher e carregava alguma coisa. Pequena demais para uma lata de gasolina. Podia ser um revólver grande, ou talvez uma câmera com lente telescópica. Antes que eu pudesse verificar, luzes azuis faiscaram em meu retrovisor.

Parei junto ao meio-fio e ouvi, no rádio da polícia, os policiais lerem minha placa. Pelo retrovisor, vi uma policial sair pela porta do carona da viatura e se posicionar na traseira do Bronco, a arma no coldre e apertada na perna direita. O parceiro saiu pelo lado do motorista e veio até mim, com a lanterna na mão direita, a mão esquerda pousada na coronha do revólver. Abri a janela, levando um golpe de caratê do frio, enquanto ele jogava a luz na minha cara.

– Como vai, Eddie? – Ed Lahey era da turma de Aidan, meu irmão, nos tempos em que turma não era sinônimo de gangue.

– Mulligan? É você? Que diabos está fazendo aqui no meio da noite?

– O mesmo que você, Eddie. Perdendo meu tempo.

– Deixa ver se eu entendi – disse ele. – Pensou em zanzar pelo bairro a noite toda e parar alguém que pareça suspeito. Já viu alguém em Mount Hope que *não* pareça suspeito?

– Só o padre pedófilo – eu disse. – Soube que o bispo o está transferindo para Woonsocket.

– Não está pretendendo queimar nada esta noite, não é, Mulligan?

– Não neste minuto – eu disse –, mas tenho um charuto que estou guardando para mais tarde.

– Não tem nenhuma lata de gasolina aí atrás? – O tom de voz era leve, mas ele jogou a lanterna no banco traseiro, depois andou até lá e espiou pelo vidro da mala vazia.

Quando terminou, semicerrou os olhos e me disse para ir para casa.

– Tudo bem, talvez eu vá.

– Arrã. Claro que vai. Olha, você tem um celular?

– Tenho.

– Esse aqui é o meu número – disse ele, passando-me um cartão. - Ligue se vir alguma coisa. E da próxima vez que falar com seu irmão, diga a ele...

Fechei a janela antes que ele pudesse terminar. Eu já tinha problemas demais.

Desci o quarteirão e entrei à direita, procurando pela figura que tinha visto atravessar a rua, mas é claro que ela sumira. Alguns minutos depois, andando pela Cypress, vi dois DiMaggios, de bastão no ombro, fumando cigarros e batendo os pés na neve. Reduzi, abri a janela do carona e me curvei para ela.

– Ei, Vinnie! Viu alguma coisa incomum esta noite?

– Nada, só Lucinda Miller parada na janela, dando uma boa visão das tetas.

Seu colega bufou:

– Isso não é tão incomum.

Peguei o Colibri de chama tripla que Zerilli me dera. Eu não tinha nada que precisasse soldar, então usei para acender um cubano e fumei enquanto rodava pelas ruas vazias. Não vi ninguém se esquivando com uma lata de gasolina. Não vi ninguém parecido com o sr. Êxtase. A não ser pelos DiMaggios, não vi absolutamente ninguém.

O CD voltou a "Nasty Habits" duas vezes antes que eu o desligasse. Lá pelas três da manhã, o aquecedor do Bronco tossiu e se rendeu. O céu a leste clareava quando um caminhão de entrega de jornais parou na frente da loja de Zerilli e descarregou dois fardos de edições da cidade. Fui para casa para ter algumas horas de sono, ver o que meus sonhos podiam conjurar.

Ouvi o telefone tocar através da porta do apartamento, entrei e peguei o fone.

– Seu!
Filho!
Da!
Puta!
– Oi, Dorcas.
– E então, quem é ela?
– Ela quem?

– A vaca que trepou com você a noite toda.
– O que a faz pensar que foi só uma?
– Ainda sou sua mulher, seu cretino de merda!
– Bom-dia, Dorcas – eu disse, e desliguei. Pouco antes de baixar o fone, pensei ter ouvido Rewrite latir.

Quando me arrastei para dentro do escritório, os editores estavam reunidos a portas fechadas, discutindo uma questão que exigia sua experiência e capacidade crítica coletiva: o jornal devia começar a publicar o nome do prefeito como "aaaaCarozza" ou se ater ao mais manchetável "Carozza"? A julgar pelos sons abafados que vinham pela parede, o debate era acalorado.

Peguei um jornal na pilha ao lado da editoria local e vi que a primeira página era dominada por uma foto em quatro colunas de Sassy. Tinha as patas nos ombros de Ralph, escavando sua orelha com a língua enquanto Gladys estava por ali, sem graça. Ver a página fez com que eu me sentisse mal pelo que tinha feito. Não que eu desse a mínima para Hardcastle, mas eu me importava muito com o jornal.

Eu era uma criança quando Dan Rather interrompeu uma transmissão dos Red Sox com a notícia de que o papa Paulo VI tinha morrido. "Talvez sim", disse meu pai, "mas só vamos ter certeza quando lermos no jornal de amanhã." Em um estado em que os políticos mentem como o resto de nós respira, o jornal é a única instituição que as pessoas acreditam que vá dizer a verdade. Na época, eu entendi perfeitamente que queria fazer parte disso.

Naquela noite, rodei por Mount Hope de novo no Bronco sem aquecimento, desistindo lá pelas três da manhã, quando a hipotermia baixou e nem a guitarra de Tommy Castro conseguia esquentar as coisas. Meu apartamento era quente só por comparação, o senhorio economizava no óleo do aquecimento.

Dormindo sozinho sob um cobertor fino, sonhei com ratos de olhos vermelhos e reluzentes e cães ferozes de desenho animado que usavam bonés vermelhos e brandiam tacos de beisebol. O pelo de seu pescoço se eriçava enquanto eles rosnavam no escuro e desciam os tacos em um homem agarrado a uma lata de gasolina na mão esquerda. Ele tentou escapar dos golpes engatinhando para uma lixeira de plástico virada, mas os cães fecharam a mandíbula em seus tornozelos e o puxaram para fora. Os dentes rasgaram nacos de carne das coxas, e os ratos se apressaram para devorar os pedaços sangrentos. Uma viatura da polícia, girando as luzes azuis, roncou pela rua e parou, cantando pneus. Os policiais saltaram, gritaram "Bom garoto", jogaram petiscos aos cães e pisotearam o homem com os coturnos pretos e brilhantes. A boca do homem se abriu num grito silencioso.

    Ele tinha a minha cara.

15

No sábado, meu radiorrelógio me acordou pouco antes do meio-dia, berrando que entrávamos numa frente fria, o que me fez perguntar onde é que *estivemos* até agora.

Deixei o Secretariat no posto Shell da Broadway para ver o que podiam fazer com o aquecedor. O mecânico era um magricela resmungão chamado Dwayne e que tinha "Butch" bordado no bolso da camisa azul. Cinco anos depois da morte do pai, que lhe deixou o posto, ele ainda usava as roupas do velho.

– O Secretariat perdeu a fome de novo? – disse ele. – Que tal levá-lo lá atrás e dar um tiro nele para você domar um cavalo novo? – Dwayne cuidava do Secretariat havia anos e nunca se cansava da mesma piada de cavalo.

– Não suporto deixá-lo – eu disse, e lhe falei do aquecedor.

Voltando a pé para casa, liguei para Veronica.

– Mulligan! Já começava a pensar que você não gosta mais de mim.

– De jeito nenhum, gracinha. O que diria de eu te levar por um passeio na cidade esta noite?

– Na cidade ou *pela* cidade? Não vamos rondar por Mount Hope para farejar fumaça, vamos?

Ela me sacava direitinho.

– Bom – eu disse –, era *nesta* parte da cidade que eu havia pensado. Achei que talvez você quisesse dirigir.

– O Secretariat foi para a oficina de novo?

– Foi.

– Eu te pego às sete.

E me pegou, dirigindo seu Mitsubishi Eclipse cinza-ardósia direto para o Camille's, na Bradford Street, onde dividimos uma garrafa de vinho e comemos um monte de espaguete. Veronica pagou, dando um tapinha na mesada mensal de quinhentos dólares com que papai suplementava seu magro cheque de pagamento. Isso foi bom, ou eu teria de fazer algum negócio com o agiota que comia com a velha mãe à mesa perto da janela. Depois entramos num Cineplex em East Providence para ver o novo filme de Jackie Chan, ele e seu parceiro cômico fazendo um trabalho melhor na captura de bandidos do que eu.

Não foi a noite romântica de ronda pelas ruas e observação de ratos que eu tinha em mente, mas eu curti muito, especialmente sempre que ela se curvava para me beijar. Além disso, ela estava com a chave do carro, então não havia muito mais que eu pudesse fazer.

Depois disso, ela veio para a minha casa. Ficamos sentados juntos na cama e vimos Craig Ferguson em minha Emerson de 16 polegadas. Ela bebeu Russian River, o chardonnay preferido, direto da garrafa, e eu fiz o mesmo com Maalox. O rádio da polícia, ligado num volume baixo, trinava benevolamente ao fundo. Veronica achava Ferguson o homem mais engraçado da TV. Eu não via tanto a TV assim para saber se devia lhe dar razão.

– Mulligan? – disse Veronica, com o sono espreitando a voz. – Está saindo com mais alguém?

Lembrei-me de Dorcas perguntando: "Com quantas vacas está trepando agora?" O mesmo Mulligan, mulheres diferentes, vocabulário melhor.

– Polecki e Roselli contam?

Ela sorriu e meneou a cabeça.

– Bom, então é não – eu disse.

– Hardcastle disse que você andou com a loura do laboratório de fotografia.

– Gloria Costa?

– É, ela mesma.

– Não rolou – eu disse. – E Hardcastle é um babaca. Você não devia pegar suas notícias com ele, e isso inclui o que ele escreve naquela coluna capenga. Tenho o mau pressentimento de que ele inventa coisas ali.

– Talvez. Mas acho que a Gloria está a fim de você.
– Acho que pode ter razão.

O rádio da polícia trinou de novo, fazendo-me perguntar como eu ia chegar a Mount Hope se alguma coisa acontecesse depois de Veronica ir para casa. Eu ainda pensava nisso quando ela tirou o sutiã e a calcinha e foi para debaixo das cobertas. Eu é que não ia brigar por causa disso. Apaguei a luz, tirei tudo, menos a cueca, e me esgueirei para o lado dela. Já fazia muito tempo que alguém se sentia bem em meus braços. Talvez ninguém tivesse se sentido assim.

– Mulligan?
– Humm?
– Isso é uma ereção?
– Meu Deus, espero que sim.
– Bom, pare de me futucar com ela.
– Tem certeza? Num homem da minha idade, nunca se sabe quando aparecerá outra.

Ela riu, colocou a mão por baixo do lençol e passou um dedo por meu pênis, e só por um momento pensei que ela estivesse cedendo.

– Valeu a tentativa, engraçadinho – disse ela –, mas só vai acontecer quando eu receber o resultado do teste.

Eu ainda tentava pensar numa resposta cretina quando ela pegou no sono. Olhei-a dormir enquanto minha ereção processava a má notícia. Ela era tão paranoica assim com a Aids, ou só tentava pegar mais leve? Eu não sabia, e sua respiração profunda e regular me dizia que não era a hora de perguntar. A úlcera resmungava, então me levantei para mais um gole de Maalox, depois voltei a me deitar, enterrei o rosto em seu cabelo e respirei toda para dentro.

Pela manhã, descobri que ela levantara durante a noite e desligara o rádio da polícia. Decidi não fazer estardalhaço com isso.

Veronica veio preparada, escovando os dentes com uma escova amarela que tirou da bolsa. Quando acabou, colocou-a ao lado

da minha no suporte debaixo do espelho do meu banheiro. Isso parecia promissor – e um tanto apavorante.
– Quer guardar mais alguma coisa aqui? Um Jean Naté? Um secador de cabelo? Eu bem que estou precisando de umas toalhas limpas.
Ela riu. Nós nos beijamos. A escova de dentes ficou.
Veronica morava em um quarto e sala em Fox Point, no moderno prédio de tijolinhos, um feio intruso num bairro de construções coloniais do início do século XIX, bem conservadas com seus telhados. Passamos por lá para ela se vestir para a igreja, depois fomos de carro à St. Joseph's, onde eu fui coroinha quando criança. Ela tentou me convencer a entrar, mas eu não ia à missa desde que estourou o escândalo sexual.
Levei o carro dela ao Haven Brothers para um dos omeletes de cheddar do Charlie de dar ataque cardíaco e o jornal de domingo. O salvador que se colocava entre mim e a fome já passava os olhos pela primeira página.
– Grande manchete – riu ele, depois curvou a careca suarenta para um hectare de bacon chiando.
A manchete de minha matéria dizia: ESQUADRÃO DE INCÊNDIO É DE DEBI E LOIDE. O redator-chefe ficou inesperadamente jocoso com o layout, justapondo fotos de Polecki e Roselli com closes de Jim Carrey e Jeff Daniels, que faziam os papéis-título no filme. Passei os olhos pelo jornal procurando outras notícias de incêndios, mas não havia nenhuma. Depois liguei para o quartel dos bombeiros de meu celular e confirmei que Mount Hope tivera uma noite tranquila.
Peguei Veronica assim que a St. Joseph despejava os fiéis para um dia que oscilava entre o chuvisco e a neve. Enquanto a congregação se derramava na rua, reconheci três "chefões", quatro legisladores estaduais e um juiz. Amanhã eles voltariam a trabalhar com suas extorsões, roubos de carga e propinas.
No apartamento dela, Veronica vestiu uma camisa azul masculina e desbotada e uma Levis de cós baixo enquanto eu olhava

e admirava a vista. Perguntei-me se a camisa teve outro dono do gênero masculino, mas de novo fiquei de boca fechada. Quando fomos para o O'Malley's Billiards, na Hope Street, a camisa começara a cheirar à mulher que a vestia.

Meu plano era ensinar Veronica a matar a bola oito. Perdi três partidas em cinco. O cós baixo do jeans deve ter me distraído.

No final da tarde, ficamos em minha cama e pegamos a reportagem da ESPN sobre a concentração dos Red Sox em Fort Myers. Jonathan Papelbon, um dos astros da World Series de 2007, batia no peito e dizia não haver motivo para a equipe não repetir o feito.

– Ele é um tremendo fanfarrão – eu disse –, mas acho que vai ter outro ano bom.

E ela disse:

– Por que se importa tanto com um time idiota de beisebol?

Na época em que se podia sentar nas arquibancadas centrais por dez pratas, eu passava muitas tardes de fim de semana no Fenway com meu pai. "Só um título das World Series em toda a minha vida, é só o que eu peço", ele costumava dizer. Seu coração acelerou no inverno, depois que a bola rebatida por Mookie Wilson passou entre as pernas de Bill Buckner.

Como explicar isso a uma não iniciada? Como explicar por que você colocou uma camisa de Curt Schilling na lápide de seu pai depois daquela noite gloriosa de 2004? Como explicar por que no outono passado você ficou sentado junto ao túmulo com um radinho de pilha para os dois ouvirem juntos o confronto direto?

– Preciso me importar com alguma coisa, Veronica. – Foi só o que eu disse. Eu acabava de perceber que ela podia levar isso a mal quando o telefone tocou. Atendi no segundo toque.

– Seu!
Filho!
Da!
Puta!

– Não posso falar agora, Dorcas – eu disse, e desliguei.

Mais tarde, Veronica e eu discutimos se ela passaria a noite ali de novo. Eu precisaria do carro dela se houvesse um incêndio, disse ela, mas desconfiei de que ela realmente gostava da sensação. Eu também gostava da sensação, e esperava gostar muito mais depois que tivesse o resultado do exame. Concordamos que seria só uma coisa ocasional. A escova de dentes podia ficar e ela podia ter a própria chave, mas produtos femininos estavam fora de cogitação.

Naquela noite, antes de irmos para debaixo das cobertas, passei o rádio da polícia para o meu lado da cama. Lá pelas quatro da manhã, ele me acordou. Algo pegava fogo em Mount Hope. Achei a chave do carro de Veronica e tentei me vestir sem incomodá-la, mas ela se mexeu, ouviu a tagarelice do rádio, levantou e vestiu aquele jeans.

16

A polícia interditara a Catalpa Road, então estacionamos e atravessamos a pé o tumulto de brasas.

A turma de Rosie desistira de salvar a casa de cômodos de quatro andares e ensopava a vizinha de três andares, e a do outro lado da rua, para impedir que pegassem fogo. Uma janela explodiu, dando um banho de cacos de vidro numa turma de cinco homens. *Pelo menos ninguém vai morrer esta noite*, pensei. A construção com estrutura de madeira fora evacuada em setembro, quando condenada pelo Departamento de Habitação da prefeitura. Os bebuns e mães que viviam do seguro social e moravam ali protestaram que não tinham para onde ir, mas o fiscal explicou que era para o bem deles. Alguns ainda dormiam em carcaças de carros e caixas de papelão.

Meu pensamento seguinte foi do tipo que sempre fazia com que me sentisse sujo numa hora dessas: *Só uma pensão e nenhum corpo? Isso não dá primeira página.*

O incêndio dava um espetáculo. As chamas dançavam nas janelas. Línguas vermelhas e famintas batiam nos beirais. Majestosas bolas de fogo subiam do telhado. Não sei quanto tempo fiquei ali, hipnotizado, até que o vento mudou e uma nuvem de fumaça me fez correr atrás de ar. Quando consegui respirar de novo, olhei em volta, procurando por Veronica. Dois minutos depois, achei-a tomando notas ao abrigo de um caminhão de bombeiros. Gloria também estava ali, tirando fotos metodicamente com sua Nikon digital.

– Trabalhei até tarde no laboratório – disse Gloria ao ajeitar o foco –, e estava indo para casa quando senti o cheiro da fumaça.

Estalos altos como tiros me fizeram saltar e o telhado desabou em cavacos. Quando o entulho esfriou, não precisava de turma de demolição – só uma retroescavadeira e um caminhão basculante para retirar as cinzas.

Ao amanhecer, Veronica foi ao jornal escrever enquanto eu fiquei por ali para lhe passar informações, caso alguma coisa digna de registro acontecesse na limpeza. Os bombeiros enrolavam as mangueiras, exceto por dois, que, por segurança, ainda faziam o rescaldo. Foi quando senti um sopro fraco de algo novo no ar.

Achei Rosie perto de um carro-pipa.

– Sentiu esse cheiro? – eu disse.

Ela farejou.

– Ah, merda!

Os odores são particulados. Quando você sente cheiro de laranja ou saboreia o aroma de meu charuto, moléculas que antes faziam parte desses objetos estão entrando no seu corpo pelas vias nasais. Então, o que você acha que está atravessando seus brônquios quando sente o fedor adocicado da morte? A ideia, mais do que cheiro, me deu ânsias de vômito. Às vezes, é melhor não saber como as coisas são.

Rosie disse alguma coisa no rádio e em uma hora dois cães farejadores de cadáveres estavam na cena, ganindo assim que as patas tocaram o chão. Eu já tinha uma boa ideia do que eles iam encontrar.

Andei de um lado a outro, conversei com alguns bombeiros exaustos, olhei muito o relógio. Levaram uma hora para escavar as vítimas dos destroços. Eram duas, a maior parte das roupas arrancadas do corpo pelo fogo. Os bombeiros as deitaram na calçada, onde Polecki e Roselli se agacharam para ver. Depois os bombeiros cobriram os cadáveres com uma lona para esperar o legista.

– Se tinham identidade, ela se queimou – disse Roselli a Rosie enquanto eu me aproximava de mansinho para entreouvir. – É mais provável que tenham enjoado de dormir na rua e voltado de fininho para ter um pouco de calor.

– Então vieram ao lugar certo – disse Polecki, a barriga balançando com o riso.

As mãos de Rosie se cerraram em punhos.

– Eu devia dar uma surra nos dois – disse ela –, mas não seria uma briga justa.

Duas horas depois, eu olhava os rascunhos de Veronica quando Gloria apareceu para nos mostrar as fotos. Bombeiros procurando abrigo sob uma chuva de cacos e faíscas. Uma Rosie com crostas de gelo, em silhueta contra uma fila de janelas em chamas, puxando uma mangueira. Uma panorâmica dos bombeiros e do equipamento parecendo pequenos no pano de fundo de um prédio engolfado pelo fogo. Um cão farejador puxando a trela com o focinho salpicado de cinzas.

– Caramba – eu disse.

– Quando me contrataram, prometeram que eu ficaria no laboratório no máximo um ano, até ter minha chance – disse Gloria. – Agora já são quatro anos. Quando telefonei da cena, sabe o que o editor da noite me disse? Para ficar quietinha enquanto eles acordavam um fotógrafo de verdade. Eu disse que tinha tudo em cima, mas mesmo assim eles ligaram para Porter. Dei uma olhada no material dele. O meu é melhor. A editoria de imagens disse que vai usar uma dele e quatro das minhas. E eu peguei a primeira página.

– A de Rosie me lembra o trabalho de Stanley Forman – eu disse –, quando ele ganhava Pulitzers para o *Boston Herald*.

– Obrigada – disse Gloria, tocando meu braço. – A propósito, achei que gostaria de ficar com esta.

Era uma foto minha, arregalado para as chamas. Parecia que eu estava em transe. Vendo a foto, senti de novo o calor pinicando minha pele enquanto as faíscas dançavam no escuro. Atrás de mim, distingui uma fila de curiosos. Segurei a foto mais perto para ver melhor. Não tinha certeza, mas um deles podia ser o sr. Êxtase.

17

Logo de manhã cedo, na segunda, meu computador piscou com uma mensagem de Lomax:

COLETIVA DO PREFEITO, MEIO-DIA NA PREFEITURA.

E daí? Eu não cobria a prefeitura. Mas perguntar a Lomax por que ele queria uma coisa sempre trazia o risco da humilhação pública. Vaguei pela rua para ver o que estava rolando.

A prefeitura, uma atrocidade Beaux-Arts na extremidade sul da Kennedy Plaza, parecia a escultura de um louco num monte de cocô de gaivota. Pisei na escada escorregadia de guano e entrei no saguão, depois virei à direita e entrei no gabinete do prefeito, com seu lustre de cristal e vidraças do chão ao teto com vista panorâmica do ponto de ônibus da Peter Pan. Carozza estava atrás de sua mesa, a mesma antiguidade de mogno de que Buddy Cianci gostava antes de o meterem numa penitenciária federal por ser flagrado fazendo o que sempre fazia.

Cabos de TV serpeavam pelo tapete persa vermelho e azul. Câmera e repórteres dos canais 10, 12 e 6 chegaram cedo e pegaram os melhores lugares na frente. Os canais 4 e 7, de Boston, também estavam ali, junto com um repórter da Associated Press e uma mulher que reconheci como correspondente do *New York Times*. Mount Hope estava virando grande coisa.

A ocasião deixou o prefeito ligado. Tudo nele, de seu penteado à Pompadour borrifado de prata a seu terno imaculado LouisBoston, estava preparado para as câmeras. O chefe de polícia Angelo Ricci, rígido, na melhor das circunstâncias, postava-se ao lado dele com farda completa, com medalhas e o quepe metido sob o braço esquerdo.

Eles trocaram algumas palavras e viraram-se para as câmeras. O chefe tinha um taco Louisville Slugger sobre o ombro direito. Comecei a ter um mau pressentimento.

– Estamos prontos? – perguntou Carozza. Ele parou enquanto as luzes de TV se acendiam. – Muito bem, vamos começar. Começaremos por um pronunciamento do chefe Ricci.

– Às 11:57 da noite de ontem – começou o chefe –, dois policiais de Providence, patrulhando Mount Hope, observaram dois homens armados com tacos de beisebol atacando outro homem na esquina sudeste da Knowles com a Cypress. Os policiais saíram da viatura, sacaram as armas e apreenderam os suspeitos, que não resistiram. Os suspeitos foram então levados à chefatura de polícia para interrogatório. Ali, os detetives leram seus direitos, que eles concordaram em dispensar.

"Os suspeitos se identificaram como Eddie Jackson, 29 anos, morador da Ivy Street, 46, e Martin Tillinghast, 37, da Forest Street, 89. Ambos têm ficha criminal, o sr. Jackson por agressão e lesões corporais à esposa, e o sr. Tillinghast, por roubo de carga e assalto à mão armada. Em seguida, eles se identificaram como membros de um grupo de vigilantes recém-organizado de Mount Hope que se intitulava os DiMaggios. Os suspeitos declararam seguir para o oeste pela Cypress quando observaram a vítima andando na direção deles, carregando um objeto. Subsequentemente determinaram que esse objeto era uma lata de gasolina de dois galões. Os policiais de fato apreenderam uma lata na cena. Também apreenderam dois tacos de beisebol, inclusive este", disse ele, erguendo-o para as câmeras.

Eu agora tinha certeza absoluta de que sabia aonde isso ia dar. Tirei um rolo de antiácidos Tums do bolso, abri alguns e masquei.

– A vítima foi identificada como Giovanni M. Pannone, 51 anos, morador da Ivy Street, 144 – disse o chefe. – Foi levado de ambulância para o Rhode Island Hospital, onde foi admitido com múltiplas fraturas no pulso direito, uma concussão e múltiplas contusões na cabeça, nos braços e nos ombros. No hospital, o sr. Pannone disse aos detetives que tinha comprado gasolina para seu removedor de neve no posto Gulf da North Main e voltava para casa a pé quando foi interpelado pelos suspeitos.

"Em suas declarações", continuou o chefe, "os suspeitos expressaram a crença de que tinham apreendido o indivíduo responsável pela recente série de incêndios criminosos no bairro de Mount Hope. Uma investigação subsequente dos detetives de Providence determinou que o sr. Pannone é empregado como segurança no turno da noite no Adult Correctional Institute, em Cranston, e pode confirmar seu paradeiro quando cada incêndio começou. Na maioria, ele estava no trabalho. O sr. Jackson e o sr. Tillinghast foram enquadrados por agressão e lesões corporais e aguardam o indiciamento. Uma investigação está em andamento, para determinar se pode ser feita a acusação de formação de quadrilha contra o organizador e outros membros dos chamados DiMaggios. É o que tenho a dizer."

O chefe curvou-se de leve e deu um passo para trás. A turma do secador de cabelo começou a gritar perguntas, mas Carozza a silenciou erguendo as mãos e dizendo "Shhhhhh" nos microfones.

– Tenho algo a acrescentar – disse ele. – Não acham que eu conseguiria manter em silêncio uma sala cheia de câmeras de TV, acham? – Ele parou para o riso, franzindo a testa quando ele não veio, e continuou:

– O que aconteceu na noite passada é perturbador, muito perturbador. Não posso admitir que andem por minha cidade com tacos de beisebol, tomando a justiça nas próprias mãos. O patrulhamento das ruas é tarefa da polícia, e não de cidadãos sem treinamento na aplicação da lei. Acho que é algo com que todos concordam, mas, ao que parece, o único jornal de nossa cidade tem uma opinião diferente.

Meu estômago era um tonel de ácido. Os Tums não estavam funcionando.

– Na quinta-feira passada, o jornal publicou uma matéria de L.S.A. Mulligan – disse ele, erguendo a primeira página com meu perfil dos DiMaggios circulado em vermelho. – Para os que não estavam aqui para ler, posso lhes dizer o que precisam saber. É infame. Glorifica esses justiceiros e o indivíduo que os organizou. Um indivíduo, por sinal, chamado Dominic L. Zerilli, fichado por tomar apostas e conhecido da polícia por associação com o crime organizado.

"Mulligan", disse ele, apontando um dedo de unhas bem-feitas para mim, "eu já tive problemas com você, mas agora você caiu baixo demais."

Com essa, Logan Bedford, o babaca do canal 10, futucou o cameraman para girar a lente para mim. Pensei em cobrir o rosto com a mão, mas isso teria parecido demais um flagrante. Pensei em mostrar o dedo, mas Logan teria feito parecer que eu estava sacaneando o prefeito. Então me limitei a sorrir para a câmera feito um modelo de creme dental.

– No domingo – o prefeito continuou –, este jornal publicou uma matéria de primeira página do mesmo repórter criticando o esquadrão de incêndio da cidade. Foi uma matéria ultrajante, cheia de meias-verdades e estatísticas enganosas, planejada para manchar a reputação de dedicados servidores públicos. Quero deixar claro que o chefe Ricci e eu temos total confiança em nosso chefe de esquadrão de incêndio, Ernest M. Polecki, que está fazendo um trabalho extraordinário sob circunstâncias penosas, e quero garantir ao povo desta cidade que identificaremos o responsável pela onda de incêndios em Mount Hope e o processaremos nos termos da lei.

Ele parou para que os repórteres da imprensa escrita terminassem suas anotações.

– Muito bem – disse ele. – Alguma pergunta?
– Sr. prefeito! – gritou Bedford, com a mão erguida.
– Sim, Logan?

– Pode, por favor, nos dizer como gostaria que seu nome fosse pronunciado na TV?

– É Carozza – respondeu o prefeito. – Os quatro *As* são mudos.

– Mandou bem, Mulligan – cacarejou Hardcastle quando eu saía do elevador. – Agora vem o quê? Um louvor aos estupradores seriais? Na redação, viram a coisa toda ao vivo no canal 10. Quando sentei, Lomax se aproximou, tirou do caminho uma caixa vazia da Casserta Pizzeria e se empoleirou no canto de minha mesa.

– Não se preocupe com isso – disse ele. – Se não tivesse incluído aquelas citações dos policiais, os que disseram para as pessoas ficarem em casa e deixarem o patrulhamento com eles, podíamos ter um problema. Mas você incluiu, então não temos. Continue escrevendo sobre o que as pessoas estão fazendo, quer o prefeito goste ou não.

– Obrigado, chefe. Vou continuar.

– E então – disse ele –, que tal um bom perfilzinho dos cães farejadores de cadáveres?

Enquanto ele se afastava, decidi agir no pressuposto de que ele estava brincando.

18

Com as pernas longas envolvidas por meias de lã cinza, hoje a secretária de McCracken não exibia coxa nenhuma. Vestia uma blusa branca de babados com os primeiros quatro botões abertos. De algum lugar bem no fundo, encontrei forças para não encarar.

– Algo me diz que eles podem ser verdadeiros – disse McCracken, depois que ela acenou para eu entrar em sua sala.

– Que bom que você ainda tem alguma fé – eu disse.

– Fé eu tenho, o que me falta é esperança. O namorado dela é Vinnie Pazienza.

Vinnie tinha perdido parte da velocidade da mão depois de desistir dos ringues em favor de um emprego de recepcionista de cassino, mas ainda podia detonar a maioria dos pesos médios.

– E então, soube que você esteve rondando por Mount Hope à noite – disse McCracken.

– Onde ouviu isso?

– De um policial amigo meu.

– Mundo pequeno – eu disse.

– Não, estado pequeno – disse ele. – Precisa parar de perder seu tempo. Até parece que vai pegar o cara no ato.

– Eu sei.

– Tremenda matéria, do Polecki e Roselli – disse ele. – Já estava na hora de alguém cair em cima deles. Talvez vá fazer algum bem.

– Duvido.

– Eu também.

– Então era por isso que queria me ver, para me falar do incrível trabalho que estou fazendo?

– Tenho uma coisa para você – disse ele. – Polecki me deixou ver seu relatório preliminar sobre o incêndio da casa de cômodos e tem novidade nele.

– Ah, sim?
– Dessa vez tinha dispositivo de retardo.
– Que tipo de dispositivo?
– Uma cafeteira – disse ele, depois me olhou como se eu devesse compreender.

Eu também olhei, até que ele rompeu o silêncio:
– Você enche a cafeteira de gasolina, acha uma tomada que funcione no porão e pluga. Ajusta o timer e está em casa dando uns tabefes na mulher quando a casa explode.
– Trabalho de profissional?
– Talvez – disse ele. – Os profissionais gostam delas porque é impossível rastrear. O incêndio da casa de cômodos começou com uma cafeteira Proctor Silex Easy Morning modelo 41461. Algo que se pode afanar de qualquer Target ou Walmart.
– Mas?
– Mas quem digitar *incêndio criminoso* no Google pode aprender a fazer isso em cinco minutos. As cafeteiras são usadas para incendiar com tanta frequência que até Debi e Loide sabiam o que significava quando toparam com os restos derretidos de uma delas nas cinzas.
– Então nosso incendiário está ficando um pouco mais sofisticado – eu disse.
– É o que eu acho – disse McCracken –, mas existem outras explicações. Talvez o incêndio da casa de cômodos não tenha relação com os outros. Ou talvez estejamos lidando desde o início com um profissional que queria que os incêndios parecessem obra de amador. Com os DiMaggios e as patrulhas a mais nas ruas, ele agora precisa ter mais cuidado.

Ele sorriu e cortou o ar com um bastão imaginário.
– Tem uma coisa que não entendi – eu disse. – Aquele prédio estava abandonado, programado para demolição. Por que ainda tinha eletricidade?
– É, eu verifiquei isso. Uma turma de recuperação da Dio Construction esteve lá arrancando canos de cobre e outras coisas. Foi religada para eles.

– Como nosso incendiário saberia disso?
– Não sei.
– Bom – eu disse –, ainda é difícil ver como trabalho de profissional. Quer dizer, como a maioria dos prédios incendiados tem diferentes donos, nenhum deles com seguros altos demais, que motivo haveria?
– É isso aí – disse ele.
– Então não sabemos de nada.
– Exatamente. Nem mesmo sabemos se os peitos dela são verdadeiros.

19

A poeira fina que cobria tudo na sala de certidões de imóveis no porão da prefeitura fez meus olhos lacrimejarem e minha garganta coçar. Passei duas horas com livros fiscais e de transferência de imóveis antes de assoar o nariz e fechar o último deles com um baque.

Os registros mostraram que nove prédios incendiados tinham trocado de mãos nos últimos 18 meses. Mas com cinco compradores diferentes, não havia um padrão, a não ser que se contasse o fato de que eram todas empresas imobiliárias de que eu nunca ouvira falar. Uma olhada mais atenta mostrou que essas cinco empresas tinham arrebanhado um quarto do bairro de Mount Hope no último ano e meio. Mas muitas casas de aluguel baratas trocaram de mãos por toda a cidade desde o aumento nos impostos sobre bens imóveis.

Da prefeitura, era uma curta caminhada até a Divisão de Corporações do Estado, na River Street. Uma atendente com um penteado de colmeia laqueada agarrou minha lista, fez uma careta e vagou para uma floresta de arquivos. Trinta minutos depois, vagou de volta e bateu no balcão os documentos de incorporação de cinco imobiliárias.

Eu disse "Obrigado", ela não disse "Não há de quê". Os servidores do estado com empregos de potencial limitado de suborno não são muito felizes no trabalho.

A maioria dos estados tem os registros de incorporação informatizados, mas não Rhode Island. Por duas vezes, o secretário estadual convencera a Câmara de Deputados a destinar verba para os computadores em seu orçamento. Nas duas vezes, ele espalhou a isca fazendo a encomenda a um revendedor local, irmão do diretor do Comitê de Apropriações de Imóveis, em vez de diretamente ao fabricante. Nas duas vezes, alguém vazou o prazo de entrega a uma parte interessada. Nas duas vezes, os caminhões de entrega foram saqueados. Pelo que eu soube, os irmãos Tillinghast fizeram o serviço e venderam os computadores para Grasso a vinte cents por dólar.

Por isso eu estava ao balcão folheando registros de novo. Junto com algumas observações vagas sob o título "Propostas de Incorporação", os documentos relacionavam os endereços de cada empresa e os nomes de seus diretores e gerentes. Todos os endereços eram de caixas postais de Providence. Não reconheci nenhum nome. Segundo as leis de Rhode Island, as pessoas por trás de uma corporação podiam continuar anônimas, e quase sempre era assim. Os nomes arquivados no estado podiam ser de qualquer um, do elenco de *Os Sopranos* a uma dezena de bebuns das sarjetas da Pine Street.

Depois olhei novamente e vi que conhecia os diretores de uma das empresas: Barney Gilligan, Joe Start, Jack Farrell e Charles Radbourn – o apanhador, o primeira base, o segunda base e o melhor lançador do Providence Grays de 1882.

Escrevi tudo isso na minha caderneta, mas não conseguia ver sentido nenhum.

Quando atravessei a Westminster Street para pegar o Secretariat, estava escurecendo, o fim de um típico dia na vida de L.S.A. Mulligan, repórter investigativo: um ataque pessoal do prefeito. Uma entrevista infrutífera com uma fonte. Busca em registros tediosos que não produziram nada, a não ser que se queira contar a irritação nos olhos e o nariz escorrendo.

Eu costumava ficar desanimado com dias assim, mas, com o passar dos anos, aprendi que quase nunca é fácil. Você passa longos dias de trabalho ouvindo idiotas arengando em reuniões públicas, ouvindo mentiras de policiais e políticos, perseguindo dicas falsas, levando a porta na cara e parado na chuva às 4 da manhã para ver alguma coisa queimar. Coloca tudo em sua caderneta, cada detalhe, porque nunca sabe o que pode vir a ser importante. Depois toma um porre e derrama uma cerveja em suas anotações. A não ser que você seja um dos poucos que conseguem emprego no *New York Times* ou na CNN, o salário é uma merda e ninguém jamais conhecerá seu nome.

Por que alguém faz isso? Porque é uma vocação – como o sacerdócio, mas sem o sexo. Porque, se ninguém fizer, McCracken tem razão e a liberdade de imprensa é coisa de bundão. Eu? Eu faço isso porque sou uma bosta em qualquer outra coisa. Se não fosse repórter, estaria acocorado no chão de um ponto de ônibus, vendendo lápis de uma lata.

Às vezes, vale a pena. Há alguns anos, uma fonte me deu a dica de um hotel de putas em Warwick onde a Máfia de vez em quando pagava ao comandante da polícia do estado por suas frequentes demonstrações de gentileza. Passei cinco semanas de tocaia, sobrevivendo de Big Macs e cafeína, urinando num vidro de Mason. Cantei tantas vezes com meus CDs de Tommy Castro e Jimmy Thackery que aprendi as letras de cor. Engordei quatro quilos, tive uma crise de tremedeira de Red Bull e ainda estava ali segurando a câmera com a lente telescópica quando o comandante encostou seu Crown Vic. Meia hora depois, duas prostitutas de camisetinha chegaram para lhe fazer companhia.

A melhor foto mostrava o prefeito à porta aberta do quarto de hotel, com uma prostituta seminua atrás dele lhe soprando um beijo de despedida. O cabelo dele estava despenteado, a gravata desfeita e ele baixava a mão para fechar a toca do passarinho. O jornal publicou em três colunas de largura no alto da primeira página, e por uma semana foi a fofoca da cidade.

Se isto fosse Connecticut ou o Oregon, ele estaria em apuros. Mas isto é Rhode Island. Ele ainda está no cargo.

20

O tenor insistente de Logan Bedford berrava da TV acima do balcão: "Lembram da Sassy? Ela é a vira-lata grande e adorável que supostamente atravessou o país a pé para se reencontrar com seus donos. Bom, esperem só para saber o que realmente aconteceu. Vocês vão ficar chocados!"

Com essa, o *Action News*, do canal 10, foi para o intervalo, e todos voltamos a beber e trocar histórias sobre outros micos de jornal. Eu estava na minha quarta Killian's. A úlcera que se danasse; esta noite eu precisava de cerveja.

Logan ligara pedindo um comentário do jornal, dando-nos uma dica do que ia ao ar, então fugimos do semblante satânico do editor e encontramos um lugar mais adequado para nosso humor negro.

Já estávamos ali havia quase uma hora, Gloria dando a partida no jogo de conta-uma-melhor, jurando que o pequeno jornal da Carolina do Norte, onde ela começou, uma vez publicou sobre uma exposição de gatos com a manchete A MELHOR GATUNAGEM DE NORFOLK.

A bola agora estava com Abbruzzi, contando uma história de seus tempos na AP, de Richmond, quando um repórter que tentava ficar literário com uma reportagem sobre o tempo escreveu: "Jack Frost mete o dedo gelado na Virgínia terça-feira."

Sean Sullivan, copi noturno há quarenta anos, entrou com uma história sobre o bêbado que cobriu a prefeitura de Pawtucket para nós na década de 1970. Sem querer deixar que os pais da cidade interrompessem sua hora de beber, faltou às reuniões da câmara e mais tarde passou na redação do rival *Pawtucket Times* para dar uma olhada na história. Um dia, o repórter da prefeitura do *Times* preparou uma matéria falsa sobre a renúncia dos vereadores e do chefe de polícia depois da suspeita de que compraram um hotel velho com dinheiro da prefeitura e o transformaram num bordel. Na manhã seguinte, estava em nosso jornal, com a assinatura do bêbado. A grande notícia no jornal de Pawtucket era sobre o debate na Câmara de Vereadores sobre se contratavam mais dois guardas de trânsito.

– Levou anos, mas um dia acabamos esquecendo essa – disse Sullivan –, então pode ser que um dia a gente esqueça a Sassy também.

A não ser que você seja de uma tribo indígena, não faz ideia de como é difícil os jornalistas cometerem erros. É claro que o setor de vez em quando atrai uma fraude, como Jayson Blair, o repórter que foi demitido por inventar coisas no *New York Times*. Mas as mentiras que eles contam ferem o resto de nós, e assim cada erro involuntário faz com que os leitores duvidem do que publicamos.

"Se você escrever 'Blackstone Street', que é a parte pobre da cidade, quando quer dizer 'Blackstone Boulevard', que é a parte rica, ninguém vai acreditar em nada de sua matéria", disse-me uma vez meu primeiro editor, o lendário Albert R. Johnson. Esse erro me custou três noites de sono.

Enquanto esperávamos que Logan voltasse e nos chocasse, foi a vez de Veronica contar uma história:

– No meu primeiro emprego depois da faculdade, eu tinha uma batida policial em um pequeno jornal a oeste de Massachusetts. O editor, um velho de nome Bud Collins, não queria imprimir a palavra *estupro*. Achava que ofenderia a sensibilidade de nossos delicados leitores. Insistiu que escrevêssemos *ataque sexual criminoso*. Um dia, usei *estupro* em uma citação. Quer dizer, não se altera uma citação, não é? Quando minha matéria saiu, a vítima saiu pela rua gritando: "Ataque sexual criminoso! Ataque sexual criminoso!"

Todos gargalhamos, mas agora o comercial tinha acabado e a cara de raposa de Logan Bedford sorria novamente no alto do balcão.

"Estou aqui com Martin Lippitt, na região de Silver Lake, de Providence", disse ele, o ângulo da câmera se abrindo e mostrando um sujeito de trinta e poucos anos ao lado de Logan. "Martin, por favor, conte-nos o que sabe sobre a incrível cadela chamada Sassy."

"Bom, é como eu te falei. O nome dela não é Sassy. É Sugar. E não tem nada de incrível nela."

"Sassy na verdade é Sugar?"

"Isso mesmo, Logan. Olha, eu a deixei com uns amigos para fazer snowboarding em Vermont por algumas semanas, mas ela conseguiu fugir deles. Não andou tanto assim, só algumas casas de distância."

"Até a casa de Ralph e Gladys Fleming, não é verdade?"

"O pessoal novo, acho que os nomes são esses mesmos. Se soubesse onde ela estava, eu nem teria olhado os jornais empilhados na varanda e visto as fotos. Foi uma surpresa e tanto, vou te contar."

Veronica me cutucou e começou a rir.

"E agora, onde está Sassy, quer dizer, Sugar?", disse Logan.

"O pessoal novo ficou com ela. Não querem devolver."

Agora Gloria e Abbruzzi também riam.

"Eles acham realmente que é o cachorro deles, não é?", disse Logan.

"Claro que sim. Sentem tanta falta do próprio cachorro que se convenceram de que ela pode ter atravessado o país todo para achá-los. É claro que é preciso ser meio biruta para acreditar nisso."

"E meio biruta para colocar no jornal", disse Logan, erguendo alegremente um exemplar do jornal da semana passada com uma foto grande de Sassy/Sugar na frente. "E então, o que vai fazer agora, Martin?"

"A polícia prometeu que vai aparecer amanhã, para pegar a cadela para mim."

"E a Action News estará lá! Eu sou Logan Bedford, falando ao vivo de Silver Lake. É com você, Beverly."

Todos agora estávamos às gargalhadas, e Gloria ria tanto que as lágrimas rolavam pelo rosto. Isso era ruim para o jornal. Prejudicava nossa credibilidade. Fazia com que parecêssemos ridículos. Mas estávamos tão tontos de bebida e histórias loucas de jornal que um jogo de hóquei não teria nos parecido tão hilariante.

Ainda ríamos cinco minutos depois, quando Hardcastle desceu da banqueta do bar onde estivera bebendo sozinho e veio pisando duro até a nossa mesa. Pela expressão, era evidente que pelo menos alguém pôde apreciar a gravidade da situação.

– Você armou pra mim, Mulligan? – disse ele. Graças à dieta de uísque com cerveja da noite, sua voz arrastada era ainda mais arrastada. – Armou?

Isso fez com que todos na mesa rissem ainda mais. Rimos tanto que meia dúzia de bombeiros sentados três mesas adiante se juntaram a nós, embora não soubessem do que estavam rindo.

Eu podia ter salvado Hardcastle de si mesmo, mas não fiz porque ele era um completo babaca. Eu teria de viver com isso por um bom tempo. Foi o que pensei. O que eu disse foi:

– Hardcastle, talvez tivesse de esperar pelo DNA de cachorro.

– Vai tomar no cu – disse ele, provocando mais gargalhadas.

– Bom – disse Gloria enquanto Hardcastle se afastava –, podemos parar com as histórias de terror de jornal. Temos um vencedor.

– Não tenha tanta pressa – eu disse. – Minha vez.

– Não tem como superar Sassy – disse Veronica.

– É Sugar – disse Abbruzzi, e Gloria riu tanto que derramou a Bud.

– Na década de 1980 – eu disse enquanto uma garçonete limpava a cerveja derramada com um trapo do bar –, o jornal costumava coroar a Mãe do Ano de Rhode Island. A vencedora ganhava um perfil generoso na seção "Living" e uma assinatura de seis meses do jornal. Centenas de leitores nos escreviam para contar por que suas mães eram dignas da honraria. O repórter que teve a ideia lia cada carta emocionada, escolhia a melhor, entrevistava quem escreveu a carta e sua mãe, e preparava o artigo para a edição do Dia das Mães. Em 1989, acho que foi nesse ano, o editor recebeu um telefonema no dia em que anunciávamos a vencedora: "Sabia que quatro dos filhos dela estão na prisão?"

A mesa explodiu de novo. Dessa vez foi a Amstel Light de Abbruzzi que voou pelo ar.

– Boa tentativa – disse Veronica, quando tudo se aquietou. – Mas não bateu a história do cachorro.

– Você nem ouviu o resto dessa – eu disse. – Adivinha quem escreveu o artigo do Dia das Mães?

– Hardcastle?

– Ele mesmo.

– Ah não, ele não!

– Ah sim, ele sim.

Com essa me levantei, dei um beijo de despedida em Veronica e fui para o Secretariat.

21

Rondei pelo bairro de Mount Hope de novo naquela noite, procurando o sr. Êxtase, mas sem esperanças de realmente encontrá-lo. Lá pela meia-noite, com um cubano entre os lábios e o disco *No Foolin'*, de Tommy Castro, no CD player, girei o Bronco para a Doyle Avenue e lá estava ele. O sr. Êxtase, de mãos nos bolsos daquela jaqueta de couro preto das fotos, andava decidido pela calçada. Reduzi e parei alguns metros à frente, saí, subi na calçada tomada de neve e o vi encurtar a distância entre nós.

– Como vai? – eu disse. – Podemos conversar um minuto?

Ele me examinou por um segundo. Depois seus olhos se arregalaram. Ele girou nos calcanhares e partiu. Eu corri atrás dele.

Ele estava uns dez metros à frente enquanto corríamos pela calçada, passando pelo mercado do Zerilli, nossos sapatos esmagando os 3 centímetros de neve fresca que correspondia a um mês de fevereiro ruim em Rhode Island. Eu o persegui por menos de um minuto e já me arrependia de todos aqueles charutos e as manhãs de sábado em que matei a academia. Minha coxa direita começava a ter cãibras, eu sentia uma pontada na lateral do corpo e meu coração era um tambor desenfreado.

– Espere! – chamei. – Só quero conversar!

No final da quadra, ele virou à direita e escorregou, os braços voando sem equilíbrio, os dedos tentando agarrar o ar gelado. Eu estava quase lá, perto o bastante para estender a mão para a gola de sua jaqueta de couro preto. Então meu sapato direito pisou onde ele escorregara e levei um tremendo tombo, batendo o cotovelo esquerdo em um monte de gelo irregular que o trator tinha tirado da rua.

A dor disparou do cotovelo para o ombro enquanto eu me colocava de pé, atrapalhado, e o via correr ainda mais pelo meio da rua deserta. Parti mais uma vez em sua perseguição. Ele corria bem para um baixinho, mas meus passos eram maiores. Minha coxa doía muito no frio, mas aguentei a dor enquanto a distância entre nós aos poucos se encurtava.

Quinze metros.

Dez metros.

Cinco.

E quando o alcançasse, ia fazer o quê? Derrubá-lo? Bater no homem? Não era a técnica de entrevista que aprendi no curso de jornalismo da Brother Fry. E se ele estivesse portando alguma coisa? Uma faca, talvez. Ou um revólver. Se eu tivesse razão a respeito desse cara, ele já era um assassino rematado.

Pensei nisso por um instante e me lembrei dos corpos dos gêmeos sendo colocados na ambulância. Prendi a respiração, avancei para ele e meus pés voaram. Caí feio, de cara, e derrapei até parar. Ao levantar a cara do gelo, ele me lançou um olhar por sobre o ombro esquerdo e pensei ter ouvido seus risos.

O sr. Êxtase disparou para a esquina, entrou à direita, reduziu a correria a uma caminhada acelerada e se foi.

Fiquei surpreso com a distância que corremos; foi uma volta de oito quadras, mancando, até o Bronco. Alguém o havia arrombado e arrancado o CD player. Vasculhei o banco traseiro com o braço bom, achei uma camiseta velha e a usei para estancar o sangue que saía de meu nariz.

De manhã, meu cotovelo estava preto e inchado, e o nariz sabia exatamente como era isso.

Eu já me machucara antes. Quebrei o nariz três vezes e o pulso esquerdo duas vezes. Cotovelos errantes abriram cortes nos dois olhos. Quebrei ossos em três dedos, e um deles ainda era torto. Uma cicatriz de cirurgia em meia-lua tatuava meu joelho direito. Mas todos os danos foram feitos na quadra de basquete. Desde quando o jornalismo era um esporte de contato?

Passei duas horas lendo exemplares do ano passado da revista *Times* na sala de espera da emergência do Rhode Island Hospital e mais uma hora esperando que um residente lesse meus raios X antes de saber que dessa vez a única coisa quebrada foi meu orgulho.

Era o início da tarde quando finalmente cheguei ao trabalho, bem a tempo de ver um boy depositar o barril diário de press releases na mesa de Hardcastle. Ao seguir para minha mesa, meia dúzia de pessoas me pararam para perguntar de meu nariz.

– Escorreguei no gelo – eu disse, o que era mais ou menos a verdade.

Abri a gaveta de meu arquivo, tirei o envelope com as fotos dos curiosos e abri em leque na mesa. O sr. Êxtase estava petrificado em seis delas, zombando de mim. Olhei as fotos por um bom tempo.

Eu ainda estava nisso quando Edward Anthony Mason IV entrou. Tive de olhar duas vezes para ter certeza de que era ele. Frequentou a faculdade de jornalismo da Universidade de Colúmbia com um terno Hugo Boss, mas agora estava de volta, andando pela redação com um sobretudo amarrotado na altura dos tornozelos e um chapéu de feltro marrom empoleirado na parte de trás da cabeça, como Clark Gable em *Aconteceu naquela noite*. É, era um estilo Gable mesmo, completo, até no cigarro metido atrás da orelha direita. Talvez ele tivesse visto o filme e pensado que os repórteres se vestiam assim.

Mason tinha berço de ouro, descendente de seis famílias endogâmicas de ianques que mandavam no estado havia mais de duzentos anos, até que apareceram os irlandeses e italianos e o tiraram deles. A julgar pela expressão azeda sempre colada na cara deles, as famílias ainda estavam putas com isso. Fizeram fortuna trazendo escravos da costa da Guiné para as colônias do Sul e operando as têxteis de Blackstone Valley, que transformavam algodão King em roupas. Mas os bons tempos acabaram havia muito, e o jornal era uma das poucas instituições que lhes restavam.

Eram donos do jornal desde a Guerra Civil. Por um século, foi um porta-voz ultraconservador, vomitando propaganda bairrista e retratando cada realização humana, do sufrágio feminino ao seguro social, como uma ladeira escorregadia para o socialismo. Em algum momento lá pela Segunda Guerra Mundial, as seis famílias amoleceram, abandonando suas maneiras rudes de barões da indústria e adotando a postura paternalista de benfeitores públicos socialmente superiores. Desde então, administravam o jornal como um bem público, sacrificando milhões de lucros à causa de informar o eleitorado e educar as massas. Eram do tipo que gastam um milhão a mais por ano em papel para o jornal e fecham a carteira quando devem comprar cartões de apresentação para os repórteres. O sindicato dos jornalistas da cidade ficou sem contrato nos últimos cinco anos porque as famílias engasgavam com a ideia de um aumento de 3 por cento e seguro odontológico.

Agora surgia uma nova geração, uma geração de perdulários que passavam verões em Newport e invernos em Aspen, interessavam-se pelo mercado e dissipavam seus fundos fiduciários nas mesas de bacará de Foxwoods. O jovem Mason era o único entre eles que dava alguma atenção ao jornal. Era natural, então, que seus antepassados o criassem para administrá-lo. Depois de perder vinte mil pratas do dinheiro do papai no jornalismo da Colúmbia – um bastião ultraconservador que prepara os jovens para publicar um jornal cinquenta anos atrasado –, ele voltou para começar seu aprendizado para o cargo que era dele por direito de nascença.

Todos os olhos estavam no garoto que atravessava a redação e entrava na sala do editor-chefe. Voltei às fotos e as olhei um pouco mais. O sr. Êxtase precisava ser detido, e meu nariz e cotovelo me diziam que eu não era apto para a tarefa.

Eu precisava de ajuda.

22

– É o Mulligan. Tenho uma coisa que vai te interessar.
– Eu também tenho uma coisa para você. Meu pé 44 na sua bunda.
– É a segunda vez que me dizem isso esta semana.
– Não me surpreende em nada – disse Polecki, e bateu o telefone.

Ele que se lixe, pensei. Depois pensei um pouco melhor. Pensei nos gêmeos mortos. Pensei nos dois cadáveres carbonizados retirados do incêndio da casa de cômodos. Pensei nos filhos de DePrisco que não tinham mais pai. Pensei em Rosie e sua turma, arriscando a vida noite após noite. Peguei o telefone e liguei para ele de novo.

– Você precisa mesmo ver o que eu tenho.
– Por que não tenta a Roselli? Ela só calça 36.
– Olha, estou te oferecendo uma informação útil. Quer ou não?
– Útil até que ponto?
– Pode fazer de você um herói. Fazer todo mundo esquecer a matéria de "Debie e Loide".
– Todo mundo, menos eu, talvez. Pretendo guardar rancor.
– Olha – eu disse –, acho que sei quem está ateando os incêndios de Mount Hope. Achei que quisesse ver a foto dele.

Ele ficou em silêncio por um momento, depois disse:
– É sério?
– É.
– Tudo bem, idiota. Venha aqui. Vou tapar o nariz e ver o que você tem.
– Aí não – eu disse. – Num lugar em que não sejamos reconhecidos.

– No McDonalds na Fountain Street em 15 minutos.
– O pessoal do jornal compra café ali.
– O Central Lunch, na Weybosset, então.
– A irmã do editor de cidade é dona daquele lugar.
– Tudo bem, Mulligan, que tal esse? Tem um bar de strip chamado Good Time Charlie's, perto do galeto Sax, na Broadway.
– Logo depois da ACM?
– É. Algum amigo pervertido seu anda por lá?
– Acho que pode ser lá mesmo – eu disse, e desliguei.

Dei a volta pelo prédio do jornal com o Secretariat, atravessei a interestadual para o distrito italiano, quiquei para o sul por quatro quadras das que passam por ruas em Rhode Island e estacionei na Broad, no limite do bairro, onde prostitutas diurnas de sessenta anos com calças atochadas competiam por espaço na calçada com camisinhas usadas e latas amassadas de cerveja Colt .45.

O lugar estava às escuras, a não ser por um pequeno palco iluminado onde uma magricela negra se contorcia como uma cobra que acaba de ser morta. O pequeno público da tarde estava sentado perto dali, de olhos vidrados e agarrados a latas suadas de cerveja. Polecki já estava lá, espremido em uma mesa escura no fundo. Sentei-me de frente para ele. Uma garçonete, metida numa malha tão transparente que eu quase podia ver através dela, materializou-se para pegar nossos pedidos.

– Ei, Mulligan! – disse ela. – O que é que tá rolando?
Polecki me olhou e fez uma careta.

Eu andei me perguntando o que tinha acontecido com Marie depois que ela parou de servir a mesas no Hopes. Também costumava me perguntar como seria Marie nua. Dois mistérios já resolvidos, e eram só duas e meia.

Ficamos sentados em silêncio, até Marie voltar com meu club soda e a lata de Narragansett de Polecki, uma marca de predileção da cidade, em homenagem a uma tribo indígena de Rhode Island massacrada por nossos antepassados colonizadores tementes a Deus.

Marie me deu o troco de 15 pratas para a nota de vinte e enganchou um dedo na liga vermelha da coxa direita. Coloquei um dólar ali, ela piscou e se afastou.

– E então? – disse Polecki. – Quem eu devo ser?
– Hein?
– Sou Debie ou sou Loide?
– E isso importa?
– Pode ser a diferença entre um ou dois braços quebrados.

Olhei para ele por cima do meu copo por um bom tempo.

– Olha – eu disse. – Você nunca vai me convidar para dividir uma caixa de Kentucky Fried, e eu nunca vou te convidar para dividir um camarote no Fenway Park. Mas as pessoas do antigo bairro estão morrendo queimadas e aposto que isso incomoda a você tanto quanto a mim.

– Mais – disse ele.
– Então vou te mostrar umas fotos – eu disse. – Depois você vai me devolver e vamos conversar sobre o que vai ser feito.
– Tudo bem.

Tirei o envelope pardo de meu casaco, saquei as fotos da multidão com a cara do sr. Êxtase circulada em vermelho e as abri em leque na mesa. Ele as pegou uma a uma e examinou na luz fraca e azulada do bar. Quando terminou, eu as reuni, recoloquei no envelope e enfiei no bolso interno de meu casaco.

– E então, quem é ele? – disse Polecki.
– Não sei. Eu o chamo de sr. Êxtase.
– Por causa daquele olhar – disse ele.
– É, por causa daquele olhar.
– Mais alguma coisa que o faça pensar que é o nosso homem?
– Eu o vi andando na Doyle na noite passada. Quando tentei falar com ele, ele fugiu.
– Não conseguiu pegá-lo, um grandalhão como você?
– Quase peguei, mas escorreguei e caí.
– Foi assim que conseguiu esse nariz?

– Foi.
– Quebrou?
– Não.
– Que pena.
Ele acenou para Marie e ficamos sentados em silêncio enquanto ela lhe trazia outra cerveja. Quem disse que os policiais não bebem em serviço?
– Bom – disse ele –, o que você tem não é grande coisa. Não prova droga nenhuma. Mas *é* uma pista, e não temos muitas. O que preciso fazer para colocar a mão nessas fotos?
Tirei de novo o envelope do bolso, peguei a melhor foto do sr. Êxtase e a coloquei na mesa, entre nós. Mantive a mão na foto e o olhei firme.
– Vou lhe dar apenas esta – eu disse –, mas com uma condição.
– Estou ouvindo.
– Você não a pegou comigo e nunca tivemos essa conversa.
– Imaginei que seria algo assim.
– Fechado?
– Fechado.
Polecki terminou a cerveja, pegou a foto e se colocou de pé.
– Espere um minuto. Não tem muitas? Foi o que você disse?
– Hein?
– Pistas, Polecki. Você disse que não tem muitas. Isso quer dizer que deve ter alguma, não é?
Ele sentou e disse:
– Por que eu contaria a você?
– Eu te dei uma coisa. Sua vez de me dar outra.
– Isso não é *Let's Make a Deal*, babaca.
– Veja por esse ângulo. Se o sr. Êxtase for mesmo o homem, eu resolvi o caso para você. Mas até onde sabemos, eu vou continuar cavando e algumas pessoas que conversam comigo não vão falar com você.
Ele me olhou duro por um minuto.

– Se souber de alguma coisa, vai me ligar?
– Liguei para você hoje, não foi?
Ele ficou sentado em silêncio por um instante, mexendo na aliança de ouro que ainda usava. Talvez porque ainda a amasse. Talvez porque os quilos que acumulou o impedissem de tirá-la.
– Extraoficialmente? – disse ele.
– Claro que sim.
– Porque não quero ler isso na merda do seu jornal.
– Não vai ler.
– Tudo bem, Mulligan. Estamos de olho num bombeiro aposentado, um velhote que não tem nada melhor para fazer além de zanzar pelo quartel de Mount Hope toda tarde e atrapalhar todo mundo. Gosta de aparecer nos incêndios e ajudar no café da turma.

Ah, merda! Parecia o Jack.
– Alguma coisa sólida o faz pensar que é ele?
– Ainda não, mas o álibi dele é uma porcaria. Alega que fica em casa sozinho toda noite, vendo programas policiais e a FOX-News. Em vez de colaborar e responder a nossas perguntas, fica todo indignado quando damos um aperto nele. A Roselli recebeu uma dica de que é o nosso homem. Quanto a mim, não tenho certeza. Mas ele *parece* ser o cara.
– Como assim?
– Mora sozinho. É um fracassado. Passou trinta anos no departamento e nunca teve uma promoção. E alguém que costumava combater incêndios saberia como ateá-los.
– Acha que um ex-*bombeiro* faria isso?
– Sabe quantos incendiários por acaso eram bombeiros ou ex-bombeiros?
– Quantos?
– Não sei, mas são muitos. Alguns são bombeiros porque conseguem ser heróis apagando incêndios. Alguns porque adoram combater incêndios com os amigos. Outros provavelmente são só malucos.

– E qual é o nome desse sujeito?
– Ah, sei. Não vai tirar isso de mim. Com o que te dei, pode deduzir sozinho.

Polecki levantou de novo, e Marie disse "Volte sempre" enquanto ele saía. Fiquei sentado sozinho por uns minutos, depois fui até a porta, a abri e olhei a rua.

O que me preocupava não era ser visto saindo do Good Time Charlie's, era ser visto com Polecki. Dando a ele a foto do sr. Êxtase, eu saí da linha. Repórteres não colaboram com a polícia. Alguns de nós vão presos por desacato, por não responderem a intimações. Temos de ser solitários para fazer nosso trabalho direito. Caras como Zerilli nunca falariam conosco se tivéssemos cheiro de traíra.

Dei a Polecki mais do que uma foto. Entreguei à metade de Debi e Loide algo que ele poderia usar contra mim se tivesse células cerebrais funcionais suficientes para reconhecer isso. Se ele contasse o que fiz a Lomax, eu teria de achar uma lata e encher de lápis. Mas eu preferia ficar desempregado a ter outra vítima inocente em minha consciência.

23

No quartel dos bombeiros de Mount Hope, perguntei por Rosie e me disseram que ela passaria o dia fora. Na cantina, meia dúzia de bombeiros estavam sentados em cadeiras desiguais a uma mesa de fórmica amarela, vendo o tenente Ronan McCoun tirar uma travessa de lasanha do forno.

– Jack Centofanti está por aqui? – Só o que recebi foi uma encarada geral de raiva.

Olhei para McCoun e ergui uma sobrancelha.

– O bode velho não está aqui – disse ele. – Dissemos que ele não é mais bem-vindo.

Voltei ao Bronco, fui para a Camp Street e estacionei na frente do número 53, uma casa vitoriana grotesca construída como lar para uma só família há mais de cem anos. Agora, 12 campainhas marcavam o batente da porta. Não funcionavam, mas não importava. Empurrei a porta, ela abriu com um gemido e entrei em um corredor tomado de pontas de cigarro e malas-diretas.

Subi a escada, com o cuidado de não tropeçar no piso de borracha solto ou jogar peso demais no corrimão capenga. A casa de Jack ficava no segundo andar, no final de um corredor mal iluminado. Os números em bronze na pesada porta de bordo diziam 23, mas o 3 se soltava e pendia de cabeça para baixo. Levantei a mão e bati.

– Está aberta.

Girei a maçaneta e encontrei Jack sentado numa poltrona, os pés descalços em um pufe de mesmo padrão, com um copo na mão. Ao lado da poltrona, uma garrafa de Jim Beam pela metade repousava em uma mesa de mogno. As luzes da sala estavam apagadas e a última luz de um dia moribundo entrava fraca pelas venezianas entreabertas. O brilho de uma TV de mesa, sintoniza-

da na FOXNews com o som zerado, banhava de azul o rosto de Jack. Liguei o interruptor perto da porta, a luz do teto acendeu e ele semicerrou os olhos com o choque, cobrindo os olhos com a mão esquerda. Agora eu via que ele tinha colocado a garrafa em um descanso de crochê para proteger a mesa.
– Liam? *Madonna*, é bom te ver, garoto.
– É bom te ver também, Jack. – Ele, Rosie e meus parentes eram as únicas pessoas que podiam me chamar de Liam.
– Sente-se. Sente-se. A casa é sua.
Enquanto eu me acomodava em uma poltrona igual de frente para Jack, percebi que ele não se barbeava havia alguns dias.
– Quer uma bebida, não é?
– Eu adoraria.
Ele levantou e mancou até a cozinha, arrastando o cinto de seu roupão. Ouvi água correndo na pia. Voltou com um copo molhado, entregou a mim, sentou de novo e me passou a garrafa.
– E como tá passando?
– Estou bem, Jack.
– E sua linda irmã? Ela está bem?
– A Meg está ótima. Dá aulas em Nashua. Comprou a casa dela no subúrbio. Casou-se no verão passado com uma garota legal de New Haven.
– *Merda!* – Ele me encarou por um momento, depois bufou: – Bom, se isso é sua ideia de ótimo, acho que por mim está tudo bem também. E Aidan? Ainda não estão se falando?
– Eu falo com ele. Ele é que não fala comigo.
– Deve ser difícil conversar assim.
– É mesmo.
– Eu jamais gostei da Dorcas.
– Eu sei.
– *Pazza stronza*. Uma verdadeira *rompinalle*.
Vaca maluca. Uma verdadeira jararaca. O mais perto que Jack já chegou da Itália foi a pizza de três queijos e almôndegas do Casserta's, mas ele dominava a arte de xingar em italiano.

– Nunca entendi o que vocês dois viram nela, Liam. Quando ela se casou com você, eu disse ao Aidan que ele é que tinha sorte.
– Por acaso você tinha razão.
– É. É de pensar que a essa altura ele já tenha entendido isso.
– Provavelmente entendeu, mas nós, os Mulligan, sabemos ser ressentidos.
Jack riu.
– Rapaz, eu podia te contar umas histórias. Uma vez, na Shad Factory, peguei umas dez belezinhas. Mas seu pai? Ele não conseguiu pegar nada. Enchi o saco dele com isso na volta de carro para casa e ele ficou tão *incazzato* que nem sequer falou comigo por seis meses. Só por uma coisinha à toa dessas.
Agora o copo de Jack estava vazio. Passei-lhe a garrafa, e ele se serviu de outra dose. Depois baixou a garrafa com cuidado no descanso. Foi quando percebi a foto em porta-retrato encostada ao lado na mesa. Saí de minha poltrona e a peguei. Jack e meu pai, com as botas impermeáveis, na margem do lago Shad Factory segurando duas carreiras longas de peixes. Senti uma pontada de culpa por não ter mantido mais contato com o melhor amigo do meu pai.
– Ele era um irlandês turrão, o seu pai, mas eu sinto falta dele.
– Eu também.
Ele suspirou e tomou um gole.
– *Famiglia. Famiglia.*
Jack nunca se casou. Os Mulligan eram a coisa mais próxima que ele tinha de uma família, depois que seus pais morreram, e isso já fazia muito tempo. Devolvi a foto à mesa e me ajeitei na poltrona.
– E o que está rolando com você, Jack?
– Ainda tenho saúde, então não posso me queixar.
– Passei no quartel no caminho para cá. Pensei que você estivesse lá.
– Não. Já passei boa parte de minha vida naquele lugar. Não vou mais ficar por lá.
Fiquei olhando para ele por um tempo.

– Quer falar nisso, Jack?
– Ah, merda! Acho que você soube.
– Soube, mas gostaria de ouvir de você.
– Sabe os colegas do quartel? São ótimos sujeitos, cada um deles. Te dão a roupa do corpo, até as calças, se você precisar delas. E a garota? A Rosie? Eu tinha minhas dúvidas quando a promoveram a capitã. No meu tempo, não tinha mulher no corpo de bombeiros, pode ter certeza disso. Mas ela é durona de verdade. Não culpo nenhum deles por nada.
– Mas?
– Mas aqueles dois policiais da incêndios, Polecki e Roselli, sabe? Apareceram no quartel na segunda-feira à tarde, me fazendo umas merdas de perguntas na frente de todo mundo. Depois começaram com os colegas. Perguntaram por que eu ficava por ali. Se eles sabiam onde eu estava quando os incêndios começaram. Se eles me viram fazendo alguma coisa suspeita. Enfiaram na cabeça deles que eu era suspeito. Eu. Um bombeiro por trinta anos. Os filhos da puta.
– O que você disse a eles?
– Eu disse: "*Vaffanculo!*", e logo eles estavam batendo na porta dos vizinhos, fazendo mais perguntas. Agora todo mundo me olha esquisito e ninguém nem mesmo responde quando eu cumprimento.
– Me diga onde você estava quando os incêndios começaram e talvez eu possa tirar essa gente das suas costas.
– Eu estava bem aqui. Sozinho. Vendo meus programas, como faço toda noite. Então, se o Bill O'Reilly não pode me ver pela TV, eu não tenho álibi.
– E o incêndio na casa de cômodos? Aquele foi de tarde.
– Eu estava no quartel. Foi o que eu disse àqueles dois *cogliones*. Mas eles perguntaram aos colegas e nenhum deles se lembrava se eu estava ali o tempo todo ou se sumi por um tempo.

– Tudo bem, Jack. Quero que você faça o seguinte. Quero que saia desta poltrona e vá pescar.

– Não está na temporada de pesca.

– Está, em algum lugar. No Alasca, quem sabe? Na Flórida? Prepare o equipamento, pegue um avião e não conte a ninguém aonde está indo. Guarde a passagem aérea e os recibos do hotel, e da próxima vez que houver um incêndio, você terá um álibi. Vou ligar para seu celular e te informar quando você puder voltar.

– Mas que inferno, Liam. Eu não tenho tanto dinheiro.

– Isso é por minha conta.

– Não posso deixar que faça isso.

– Claro que pode.

– Não, Liam. Não posso. – Sua voz agora era severa, dizendo-me que ele falava sério.

Suspirei, cruzei os braços e pensei por um minuto. Depois tirei dois cubanos do bolso e ofereci um a ele.

– Não, obrigado – disse ele –, mas pode fumar o seu.

Cortei a ponta do charuto, acendi, recostei-me na poltrona e soprei uns anéis de fumaça.

– Olha, Jack – eu disse. – É provável que te interroguem de novo. Se acontecer, não diga nada. Se te pedirem para ir à delegacia, pergunte se você está preso. Se disserem que não, não vá com eles. Se eles disserem que sim, peça um advogado e não diga uma só palavra antes de ele aparecer. Pode fazer isso por mim, não pode?

– Tá, posso sim.

– E não diga a Polecki e Roselli que eu te disse para não falar, está bem?

– Entendi.

– Isso não vai durar para sempre, Jack. Um dia desses, o incendiário vai cometer um erro. Vai ser apanhado. E você terá sua vida de volta.

– Espero que tenha razão, garoto.

Fumei um pouco mais, ele bebeu um pouco mais e nos recordamos um pouco mais de meu pai. Quando o charuto queimou até o anel, larguei-o dentro do copo e me levantei para ir embora. Jack levantou para me acompanhar até a porta.

– Queria que seu pai estivesse aqui para bater um papo – disse ele. – Nem imagina como é isso, os vizinhos me olhando do jeito que olham.

Enquanto eu ia para o corredor, ele apagou a luz e fechou a porta. Desci devagar a escada, imaginando-o sozinho no escuro, bebendo seu copo de uísque.

24

Naquele fim de tarde, quando a polícia veio pegar Sassy/Sugar, Ralph e Gladys Fleming entrincheiraram-se em sua casinha.

De armas baixas, os policiais tentaram negociar por um megafone. Como não deu em nada, arremeteram com um aríete na porta da frente. Quando tomaram impulso, escorregaram no degrau com gelo e caíram na neve dura, proporcionando a Logan ótimas imagens para o noticiário das seis. Os policiais levantaram, atrapalhados, pegaram o aríete e estavam prestes a investir de novo quando Martin Lippitt, o suposto dono do cão, observou que eles estavam sendo ridículos. Por um tempo, uns dez policiais pararam com um ar de vergonha. Depois entraram nas viaturas e foram embora.

Logan terminou a reportagem com a notícia de que o canal 10 interferira para resolver a disputa. Raios X das pernas do cão e um exame das almofadas das patas podiam determinar conclusivamente se Sassy/Sugar atravessara o país ou se só atravessara a rua. A Faculdade de Medicina Veterinária da Universidade Tufts, em Grafton, Massachusetts, faria os exames, o canal 10 pagaria a conta e Lippitt e os Fleming concordaram em acatar o resultado.

– Sabe de uma coisa – eu disse enquanto a TV no alto do balcão do bar entrava no intervalo comercial –, é triste constatar que um idiota como Logan tenha mais senso do que o Departamento de Polícia de Providence.

– Não seria mais fácil se todo mundo entrasse em contato com aquele pessoal do Oregon e visse se eles ainda estão com o cachorro? – disse Veronica.

Edna Stinson tinha me dito uma semana antes que Sassy foi mutilada por um caminhão de madeireira, mas era meio tarde para levantar esse assunto. Então o que eu disse foi:

– Hardcastle tentou, mas os Stinson saíram para a viagem anual de pesca na Colúmbia Britânica e só devem voltar daqui a um mês.

Veronica pegou um maço de Virginia Slims na bolsa e colocou um cigarro nos lábios. Deu uma tragada, depois pensou melhor e apagou o cigarro no cinzeiro.

– Não posso mais fumar no trabalho – disse ela –, então é uma boa hora para parar.

Eu estava louco por outro cubano, mas essa parecia uma má hora para acender um.

Veronica levantou, colocou moedas na jukebox e escolheu umas músicas lentas. Quando começou a tocar o cover de Garth Brooks para "To Make You Feel My Love", de Dylan, nós levantamos e dançamos um pouco no espaço apertado entre as mesas, nossos sapatos raspando o piso de madeira arenosa. Eu adorava como o corpo de Veronica se encaixava no meu. Depois saímos do Hopes de mãos dadas e entramos na primeira noite clara em um mês.

Uma lua brilhante flutuava acima da prefeitura. Paramos na calçada e nos beijamos. Ainda era cedo, mas concordamos que nós dois tivemos madrugadas demais ultimamente. Entramos em carros separados e fomos para nossos apartamentos.

25

Depois de colocar o Secretariat para dormir, subi o lance de escadas estreitas para a minha casa, onde a escova de dentes de Veronica ainda se postava tranquilizadoramente no suporte de porcelana.

Liguei a TV numa reprise de *Law & Order* e comecei a ler uma publicação do governo americano intitulada *Guia do Século XXI para a Agência de Álcool, Tabaco e Armas de Fogo dos EUA (ATF): Inclui Incêndios Premeditados e Explosivos, Ameaça e Detecção de Bombas, Força-tarefa Antibombas, Tecnologia de Balística para Solução de Crimes, Comércio de Armas de Fogo, Lei de Brady, Educação e Treinamento de Resistência a Gangues, Recrutamento de Agentes Especiais, Informações de Segurança, Leis, Regulamentações e Manuais, Divisões de Campo, Laboratórios, Formulários, Boletins da ATF, Força-tarefa para Incêndios em Igrejas (Série Informações Federais Essenciais)*.

Clint Eastwood é dono dos direitos de filmagem.

Eu devo ter cochilado, porque uma batida na porta me sobressaltou. Meio adormecido, fui descalço pelo linóleo frio, abri a tranca e encontrei Sharon Stone limpando as botas de vinil branco no meu capacho de palha. Isso era estranho. Eu não esperava ninguém de Hollywood. A única pessoa que conhecia que já *foi* a Hollywood era uma comediante nascida em Rhode Island chamada Ruth Buzzi, e não sabia dela desde que *Laugh-In* foi cancelada.

– E então? – disse Sharon Stone. – Não vai me convidar para entrar?

– Desculpe meus modos, Gloria – eu disse enquanto as sinapses se ativavam e algumas células cerebrais se acendiam. – Se soubesse que era você, teria vestido uma camisa.

– Peitorais legais – disse ela enquanto passava pela soleira.

Deveras, pensei. Ela estava com um suéter de tricô branco que mostrava o volume dos seios enquanto escondia aquela cintura roliça. Duas Nikons, uma com lente grande angular e a outra com telescópica, estavam penduradas no pescoço, as alças de couro preto marcando seu decote. Ela procurou um lugar para pendurar a parca verde que estava jogada no ombro direito. Sem ver nada, deixou-a no chão.

Ofereci-lhe algo para beber, mas ela declinou tanto do Russian River de Veronica como de meu Maalox. Agora estávamos sentados na beira da minha cama, eu com a camisa velha de Pedro Martínez nos Red Sox que vesti, apesar da insistência dela de que não me meteria em problemas. Sam Waterston e uma *starlet* anoréxica, que não era nada parecida com nenhuma assistente de promotoria que já vi na vida, terminavam de comemorar outro triunfo do sistema de justiça penal americano, e o cara da Verizon "Agora-você-me-ouve?", que me irritava sempre que eu olhava para ele, abria a boca para me vender serviços telefônicos. Eu não podia lhe meter um gancho de esquerda, então calei-o com o controle remoto.

– E então – disse ela. – É assim que pretende passar a noite? Vendo atores fingindo resolver crimes? Ou quer ir para a rua de novo e tentar resolver um de verdade?

– Quer dizer que...

– Quer dizer que soube que você esteve rondando por Mount Hope à noite – disse ela.

– Soube por quem?

– Um policial conhecido meu.

– É, eu matei algumas noites zanzando porque não conseguia pensar em nada para fazer. Mas é uma perda de tempo, Gloria. Não vou mais fazer isso.

– Não é uma perda de tempo – disse ela. – Você pode ter sorte. Eu já tive uma vez.

– Como é?

– Na noite do incêndio da casa de cômodos, eu também acionei o alarme. Tirei quarenta fotos antes que o primeiro caminhão chegasse à cena.

– Achei que tivesse dito que passou por lá quando ia para casa.
– Eu menti – disse ela.

Por acaso ela ficou assombrando o bairro depois do anoitecer quase toda noite por duas semanas, principalmente de carro, às vezes estacionando o Ford Focus na rua e saindo para esticar as pernas. Aquela figura que eu vira em minha primeira noite, a que carregava algo que podia ser uma câmera? Era muito provável que fosse Gloria.

– Então você teve sorte uma vez – eu disse. – Não deve acontecer de novo.

– Uma fotógrafa faz sua própria sorte. Sabe as fotos do incêndio? Elas me tiraram do laboratório. Começo como fotógrafa full-time na semana que vem.

– Isso é ótimo, Gloria. Devia ter acontecido há muito tempo. Mas não gosto muito da ideia de você rondando sozinha à noite.

– Então venha comigo – disse ela. – Por isso passei por aqui, para te convidar a me fazer companhia.

– Que tal se ficarmos aqui e assistirmos Colin Ferguson?

– Tenha dó, Mulligan. É uma noite clara, de lua cheia. Tenho uma garrafa térmica cheia de café quente e Buddy Guy no CD player. Pode fumar no meu carro, se quiser. Ou talvez me dar uns beijos. Acho que posso gostar disso.

Ela se curvou e pôs os lábios nos meus, experimentando.

– Sim – disse ela –, acho que vai dar certo.

– Deu certo para mim – eu disse –, mas, ah...

– Mas você acha que a Veronica não vai gostar.

– Arrã.

– Vocês dois estão juntos a sério?

– Não. Não sei. Talvez.

– Acha que uma noite comigo pode ajudar a saber?

Pode mesmo. Era uma proposta perfeitamente lógica e atraente. Ainda assim, eu tinha a sensação de que havia um defeito em algum lugar. Comecei a me vestir para o frio.

Eu estava no banheiro, de porta fechada, vestindo uma calça quente, quando o telefone tocou.

– Pode atender para mim, Gloria? – eu disse, mas não devia ter feito isso.

Ouvi-a dizer "alô" e ficar em completo silêncio. Fechei o zíper, saí rapidamente e peguei o fone.

– Seu!

Filho!

Da!

Puta!

– Oi, Dorcas.

– E aí? Quem é ela?

– Só uma colega do jornal.

– Já está trepando com ela?

– Ainda não.

– Trate de me contar quando começar, assim eu posso acrescentar outra acusação de adultério no processo de divórcio.

– Boa-noite, Dorcas – eu disse, e desliguei.

– A quase ex? – disse Gloria.

– Arrã.

– Devia ter ouvido do que ela me chamou.

– Desculpe por isso. Ela é meio biruta.

– Foi o que imaginei.

– Sabe de uma coisa, minha vida já está muito complicada agora, Gloria.

– E eu estaria complicando mais?

– No bom sentido. Mas sim, acho que sim.

– Ai, porcaria! Bom, você sabe onde me achar se um dia ajeitar as coisas.

Com essa, Sharon Stone me deu um abraço de despedida, pegou o casaco no chão e saiu por minha porta.

26

A sala do editor-chefe, quatro paredes de vidro no meio da redação, parecia um aquário. Por mais de uma vez, me vi tentado a selá-la com um tubo de silicone, enchê-la de água e colocar uns peixes tropicais.

Pelo vidro, eu via Marshall Pemberton sentado a sua reluzente mesa de carvalho, com a gravata de seda vermelha frouxa e as mangas da engomada camisa branca enroladas e prontas para o trabalho. Lomax também estava ali, arriado numa cadeira marrom para as visitas. Eu entrei e desabei em outra igual.

– Queria me ver? – eu disse.

– Mulligan – disse Pemberton –, escolhemos você para uma missão muito importante.

– Obrigado, mas já tenho uma.

Pemberton olhou para Lomax, arqueou uma sobrancelha, preferiu ignorar minha insolência e continuou:

– Como deve saber, o filho de nosso editor voltou da Colúmbia e começa a trabalhar hoje como repórter de nossa edição on-line. Ele é um jovem muito sério com um interesse profundo e persistente pelos problemas do jornal. Quer aprender com os melhores, então escolhemos você para ser o mentor dele. Ele o acompanhará em todas as suas reportagens até segunda ordem.

– Bom – eu disse –, fico profundamente humilhado por essa honra, mas tem um probleminha.

– Que é?

– Que é o de que estou até o pescoço na investigação dos incêndios de Mount Hope e não tenho tempo nem paciência para limpar o nariz de sangue azul dele nem trocar suas fraldas de rico-demais-para-feder.

Em cinco segundos, a expressão de Pemberton disparou por meia dúzia de emoções, da raiva à exasperação. Ia dizer alguma coisa, pensou melhor e olhou para Lomax, procurando ajuda.

– Não tem direito de voto, Mulligan – disse Lomax.
– Por que não coloca a bunda privilegiada dele lá em cima, na seção "Living"?

– Assim, ele não ficaria zanzando pela redação, me atrapalhando e dizendo a vocês o que colocar na primeira página.
– Já pensamos nisso – disse Pemberton. – Mas o garoto insistiu muito em começar a carreira na redação. Insistiu igualmente em trabalhar com você. Ao que parece, andou lendo seus textos e se convenceu de que você é o melhor que temos. Tentei persuadi-lo de que não é bem assim, mas foi em vão. Francamente, Mulligan, você é a última pessoa que eu teria escolhido para isso. Você é meio dinossauro quando se trata de mídias novas, e eu sei bem de sua atitude irreverente para com os donos deste jornal. Mas a decisão não está nas minhas mãos.

– Meu Deus do céu! – eu disse, mas também não estava nas mãos dele.

– Um dia, todos estaremos trabalhando para esse garoto, Mulligan – disse Lomax. – Mostre a ele algum respeito, porra.

Voltei a meu cubículo e achei Edward Anthony Mason IV empoleirado no canto de minha mesa, agora parecendo ter acabado de sair das páginas de *O grande Gatsby* – cintura fina de modelo, pernas compridas envoltas em calças pretas e caras, uma gravata de seda azul que custa mais do que todo o meu guarda-roupa. Ele tirou o chapéu de Clark Gable, expondo a cabeça cheia de cachos castanho-claros.

Ele disse:
– Oi.
E eu disse:
– Se manda.
– Hora ruim?
– É. Por que não vai jogar polo e volta daqui a trinta anos?
– Fiz alguma coisa que ofendesse você?
– Fico ofendido com qualquer um que ainda não tenha aprendido a escrever um lead e já acha que vai administrar o jornal. Tal-

vez você queira participar do bolão do escritório. Escolha a data em que papai passa a presidente do conselho e faz do filhinho o editor. Eu? Coloquei cinquenta pratas em nunca.
– É mesmo?
– É mesmo.
– Porque?
– Porque os jornais são um negócio moribundo, garoto. Os leitores estão nos desertando. O Craigslist e o eBay nos tiraram a maior parte de nossos anúncios classificados. E nada disso vai voltar.
– Só estamos num período de transição – disse Mason.
– Foi o que te ensinaram na Colúmbia? Olhe em volta, pelamordedeus. Jornais de toda parte estão cortando despesas... Fechando escritórios em Washington, reduzindo o número de páginas que imprimem, demitindo jornalistas às centenas. E ainda assim têm uma hemorragia de dinheiro. A cadeia Knight Ridder já jogou a toalha. A Tribune Company parece estar em seus estertores. O *Rocky Mountain News*, o *Seattle Post-Intelligencer* e o *San Francisco Chronicle* estão à beira do colapso. Se acha que não vai acontecer aqui também, está enganado. Segundo a fofoca da redação, perdemos dois ou três milhões no ano passado.
– Mais – disse Mason.
– Ai, merda. É mesmo?
– É.
– Quanto mais?
– Não tenho permissão de dizer.
– Então acho que as demissões estão chegando, né?
– Meu pai e eu faremos o que estiver a nosso alcance para evitar isso.
– Se não voltar no tempo e conseguir que Al Gore desinvente a internet, não há muito que possa fazer – eu disse. – Os jornais estão descendo pelo ralo, garoto. Quando estiver pronto para assumir, não haverá mais nada para administrar.

Mason estava prestes a responder, quando Pemberton apareceu.

– Vejo que os dois estão se entendendo – disse ele, o tom leve contrastando com o olhar preocupado na cara. – Mulligan o está tratando bem até agora, Edward?

– Eu estava perguntando de onde ele tirou a citação de "Debi e Loide", sr. Pemberton. E ele me passou um sermão só por ter perguntado. Disse que um repórter nunca revela suas fontes confidenciais. Tenho muito o que aprender e o sr. Mulligan é o melhor mentor que posso ter. Perto dele, os professores da Colúmbia são um bando de impostores. Quero lhe agradecer novamente por me deixar trabalhar com ele.

– Você é muito bem-vindo, Edward. Alguma pergunta? Precisa de alguma coisa?

– Por enquanto não, sr. Pemberton.

– Bom, quando houver, minha porta estará aberta.

Nem sempre esteve aberta para mim, pensei, e estava prestes a dizer isso, quando Pemberton deu um tapinha nas costas de Mason e sumiu dali, ainda com aquela expressão preocupada.

– Tá legal, garoto – eu disse. – Vamos brincar de repórter. – Algumas noites rodando por ruas infestadas de ratos, um ou dois encontros com fontes num buraco como o Good Time Charlie's, algumas manhãs afundado até os joelhos na lama e ele perderia o gosto pela realidade logo, logo.

27

Caía uma neve branda ao sairmos na Fountain Street.
– E aonde vamos? – quis saber Mason.
– Vai saber quando chegarmos lá.
– Tudo bem se eu dirigir?
– Tudo.

Ele nos levou alguns metros pela rua, apertou um controle remoto no bolso e abriu a trava de um Jaguar azul-metalizado opalescente E-Series 1967 estacionado em um parquímetro.
– Nesse carro? – eu disse.
– Claro.
– Então é melhor pegarmos o meu.

Sentamos no Bronco, ele olhou os fios saindo do buraco onde antes ficava o CD player.
– Deixe o Jaguar em Newport – eu disse. – Acostume-se a usar um Chevy ou Ford para dirigir a trabalho. E se um dia voltar com o Jaguar a Providence, coloque num estacionamento fechado, tranque, tire as rodas e leve com você.
– Entendi, sr. Mulligan.
– E deixe esse "senhor" pra lá.
– Não sei seu primeiro nome. Só a assinatura do jornal, "L.S.A. Mulligan".
– Faz o seguinte – eu disse. – Me chame de Mulligan e vou te chamar de Valeu-Papai.
– Prefiro Edward.

A ida ao Zerilli's Market nos fez passar por dois prédios incendiados. Turmas da Dio Construction estavam ocupadas demolindo-os e colocando o entulho em caminhões basculantes. Entrei de ré numa vaga bem na frente do mercadinho e disse ao garoto para ficar no carro.

– E por quê? – disse ele.

– Lembra da "lição" sobre as fontes confidenciais? É por isso.

– Já voltou? – disse Zerilli. – Meu pai! Quantos cubanos um escrevinhador pode fumar?

– Só queimei quatro da última caixa, Whoosh. Só queria dar uma passada, ver como você está.

– O Colibri funciona bem?

– Mais quente do que Ramirez numa rebatida, confiável como a luva de Lowell no *hot corner*. O que me lembra uma coisa. Quanto está pagando por eles batendo nas finais de novo?

– Essa semana, nove para dois. Se vai jogar dinheiro neles, deve fazer agora. Dizem que o ombro de Colón pode estar bom. Soube que a bola rápida dele bate 150 no radar. Se ele estiver bem, as chances vão cair para quatro para um. Os trouxas cercam dos dois lados, porque de jeito nenhum eles vão repetir. Só dois times fizeram isso nos últimos trinta anos.

Ele bateu as cinzas de seu Lucky e coçou o saco pela cueca.

– Bota cenzinho neles pra mim – eu disse.

Ele me lançou um olhar de nojo, pegou um toco de lápis atrás da orelha e tomou nota, depois esfregou um hematoma no pulso direito.

– Das algemas? – perguntei.

– É. Colocaram apertadas pra caralho, os babacas filhos da puta.

– Quanto tempo ficaram com você?

– A noite toda. Passei metade dela numa cadeira de metal que me deu uma dor nas costas danada, sendo ameaçado por dois detetives e um promotor novo e remelento que ficava dizendo que ia me fazer pagar no caso do ataque dos DiMaggios se eu não dedurasse o Grasso. Como se eu fosse fazer isso, os imbecis filhos da puta. Meu pai!

– Grasso mandou o advogado dele para tirar você de lá?

– Mandou. Brady Coyle apareceu lá pelas oito da manhã com cara de quem saiu de uma lata de goma. Mas, por acaso, não precisei dele.

– E por que não?

– Logo depois de o sol nascer eles me tiraram da detenção e me levaram para a sala do chefe. O chefe tirou ele mesmo as algemas, apertou minha mão, pediu desculpas pelo lugar. Me fez sentar numa das cadeiras de couro dele, me deu café e um donut. Depois pediu mais desculpas. Ficou dizendo que era um mal-entendido. Esperava que eu não o processasse.

– Como é que é? – eu disse.

E ele disse:

– Quem é o babaca do chapéu?

Nós dois estávamos olhando para ele pelo vidro que dá para os corredores do mercadinho, um cara magro de chapéu de feltro e sobretudo pegando uma revista pornô, fazendo uma careta e recolocando-a na prateleira.

– Ele está comigo – eu disse. – Falei para ficar no carro, mas ele não está acostumado a receber ordens.

– Desde que não tente vir aqui em cima.

– Se ele fizer isso – eu disse –, eu mesmo dou um tiro nele.

– Então eu estava comendo um donut – disse ele, voltando à história – quando aqueles dois retardados, Polecki e Roselli, apareceram lá. O chefe os apresentou, bem formal, como se eu já não conhecesse os babacas.

– E o que *eles* queriam?

– Os quatro... Os dois retardados, o promotor remelento e o chefe... Puxaram cadeiras, sentaram em semicírculo em volta de mim. Me mostraram a porra de uma foto... O china, de jaqueta de couro, vendo um dos incêndios. Aquele onde DePrisco foi queimado, eu acho. Uma coisa terrível. Pus uma lata de coleta no balcão para a mulher e os filhos dele.

Mason estava perto do balcão de café, servindo-se de um copo de Green Mountain. Lançou um olhar para o vidro da sala de Zerilli, viu que eu o encarava e rapidamente virou a cara.

– O mesmo sujeito que estava em uma das fotos que você me mostrou daquela vez – dizia Zerilli. – Não pegaram a foto de você, não foi?
– Não, caralho.
– Foi o que eu pensei.

Mason se serviu de um segundo copo e pegou uns sachês de açúcar e dois daqueles de creme.

– E aí? – eu disse.
– O chefe disse que queria muito falar com esse sujeito, se eu estava disposto a dar a foto aos DiMaggios, pedir a eles para ficar de olho.
– Incrível – eu disse.
– É. Num dia, somos uma ameaça à sociedade. No outro, somos praticamente recrutados.
– Agente Zerilli – eu disse.
– Vai se foder, Mulligan. Isso não é engraçado.
– E você então rejeitou a proposta deles?
– Não! Não ganho nada irritando os caras. E depois eu quero o babaca tanto quanto eles. Eles me deram esta pilha aqui de fotos – disse ele, batendo a mão ossuda e branca numa pilha de 20 por 25 de face para baixo em sua mesa. – Vou passar pros rapazes hoje à noite.

Mason agora estava na caixa registradora, pagando pelos cafés.

– É claro que eles me pediram para garantir que os rapazes não machucassem o cara, se pegássemos o babaca. Eu disse a eles: Claro, vou fazer isso. Depois eles me disseram para recolher os tacos de beisebol. Uma patrulha de cidadãos era uma ótima ideia, mas armá-los era procurar encrenca.

– E o que você disse?

– Que eu não ia mandar meus rapazes para as ruas à noite sem carregar nada. Vocês decidem, eu disse a eles... Tacos ou semiautomáticas.

– Que bom pra você – eu disse, e levantei para ir embora.

– Ei. Fiquei sabendo que teu CD player foi roubado outra noite.

– Ficou sabendo como?

– Não posso dizer. Mas, se der uma passada no desmanche do Deegan, ele vai instalar um de graça para você. Como um favor pra mim. Quem sabe, pode ser o mesmo que tu perdeu. Eu disse a ele que tu ia dar um pulo lá.

Desci a escada, pus uma nota de vinte no vidro de coleta, fui até o balcão de café e peguei alguns sachês de creme. Mason esperava perto do Bronco. Ele me passou um café, eu tirei a tampa de plástico, joguei um quarto dele fora e coloquei o creme dentro.

– E por que tudo isso? – disse ele.

– Porque você não fez o que lhe mandaram.

– Como está o café? Não sei como você prefere.

– Você me ouviu?

– Sim, ouvi. Desculpe, Mulligan. Não vai acontecer de novo.

– E some com esse chapéu idiota – eu disse.

– Não, acho que não – disse ele. – É um Mallory e prefiro ficar com ele. Acho que me faz parecer mais velho.

– Bom, não faz não.

28

No dia que enterraram Ruggerio "Blind Pig" Bruccola, eu fui aos funerais com um casaco preto de capuz. Letras brancas esparramadas na frente diziam: "Sua Mensagem neste Espaço."

Seis horas depois, eu estava esparramado em uma cadeira de couro falso no que alguém pensava ser um bar de classe no último andar do Biltmore. Do outro lado das vidraças raiadas, a cidade se escondia num chuvisco.

Vinnie Giordano entrou, olhou o lugar e arriou numa cadeira de frente para mim. Vestia o uniforme dos espertos de Providence: terno afunilado LouisBoston, camisa preta, gravata de seda branca, cinto de couro branco. Lançou-me um olhar duro, algo que devia treinar no espelho diariamente. Ainda precisava de mais prática.

– Foi ao enterro com isso? – perguntou ele.

Eu assenti.

– Sorte sua que ninguém te deu um tiro.

– Eu vi você lá hoje de manhã, cochichando no ouvido do prefeito – eu disse. – Não sabia que vocês dois eram tão chegados.

– E não somos. Ele foi criado em Federal Hills, como eu, Bruccola e o seu amigo babaca, Whoosh, mas, desde que ele foi eleito, anda agindo como se não nos conhecesse. Fiquei surpreso quando o vi ali, então só estava agradecendo por prestar seus respeitos.

* * *

O dia amanheceu claro e quente, sem corresponder à estação. Um sol baixo de março vaporizava os bancos de neve, conjurando uma névoa densa e cinza que vagava pelos sapatos dos enlutados. As botas Sergio Rossi e Prada das mulheres, os escoceses Ferragamo dos homens e meus Reeboks.

A oeste, o pináculo do Pastor's Rest Monument, o mais alto do cemitério de Swan Point, flutuava sobre a neblina, marcando o lugar de repouso final dos ministros que conduziam a cidade no século XIX. A leste, a superfície cinza do rio Seekonk se enrugava como pele velha. Um rebocador amarelo se agitava corrente acima com a maré.

Pelo menos cem enlutados, um *Who's Who* do crime, da política, dos negócios e da religião de Rhode Island, reuniram-se em uma clareira de grama ainda com trechos de neve. Em volta de todos, um matagal de loureiros, rododendros e azaleias tremia na brisa do sul. Junto do caixão de aço com suas alças chapeadas de ouro, havia uma fogueira de coroas de flores. Calculadas em uma média de 300 dólares cada, devem ter sido montadas por meras 150 pratas.

Todos os vereadores de Providence estavam presentes. Deputados estaduais suficientes para um quorum. Três juízes da Suprema Corte do estado. E Ilario Ventola, bispo de Providence. Que gozado. Não tinha visto nenhum deles no enterro dos gêmeos.

Brady Coyle, colega meu no time de basquete do Providence College em 1990 que terminou em 11º dos 19 que disputavam, estava atrás do prefeito e de Giordano. Com 1,95m, ele assomava sobre os dois, curvando-se para murmurar alguma coisa no ouvido de Giordano, o gângster que era outro cliente do próspero escritório de advocacia de Coyle. Whoosh estava ali também, com um braço nos ombros trêmulos da viúva. Pelo que eu podia ver, ele estava de calça.

A sessenta metros dali, dois policiais do estado fixavam lentes telescópicas no teto de seu Crown Victoria preto. Os dois agentes do FBI e um fotógrafo do jornal foram destemidos, aproximando-se de trás dos rododendros para tirar suas fotos.

Vi o corpo de Bruccola ser baixado no mesmo solo que guardava H.P. Lovecraft, Thomas Wilson Dorr, Theodore Francis Green e o major Sullivan Ballou. Fiquei surpreso de eles não levantarem e se mudarem para uma vizinhança melhor.

Mas para a tristonha classe de criminosos de Rhode Island, era no cemitério de Swan Point que deveriam estar e ser vistos esta manhã. Era o acontecimento social da temporada.

– Demos ao velho uma despedida e tanto – disse Giordano.

– Deram mesmo. E eu ganhei cinquenta pratas no bolão da redação do próximo morador importante de Rhode Island a ter conferida sua passagem para o inferno.

– Sendo assim, as bebidas são por sua conta.

Ele acenou para a garçonete e pediu Maker' Mark puro. Eu pedi outro club soda e ele fez uma careta.

– Úlcera – eu disse.

Os olhos de Giordano arregalaram quando ele tentou imaginar a vida em Rhode Island sem o conforto do uísque. Chamou a garçonete de novo e pediu para trazer o dele duplo.

– E agora? – eu disse.

– Agora o quê?

– A sucessão. Arena é a escolha óbvia, mas ele vai cair naquela batida federal do caso de extorsão nos sindicatos. Da última vez que houve um vácuo de poder em Providence, encontraram uns engraçadinhos enfiados em malas de carros no aeroporto e os traíras entupiram o rio por um ano antes de Bruccola assumir.

– Garoto, está falando de trinta anos atrás. Merdas assim não acontecem mais. Companheiros como Arena, Grasso e Zerilli também são velhos para essa droga. Os caras mais novos, como eu, Johnny Dio e "Cadillac Frank", têm diplomas de administração do PC e do Boston College. Trabalho com imóveis, Johnny está na construção civil, Frankie vende carros. Não atiramos mais nas pessoas.

– E estrangular com corda de piano ou escavar a cabeça delas com canos de chumbo?
– Vai à merda.
– Então são vocês os concorrentes, você, Dio e Cadillac Frank?
– Eu? De jeito nenhum, amigo. Faturei um milhão e meio com minha empresa no ano passado. Não preciso de dinheiro, não preciso das dores de cabeça e não preciso da agitação.

Um garoto com um saco de jornais fez a ronda pelas mesas. Giordano lhe atirou umas moedas, olhou a manchete – POLÍTICOS HOMENAGEIAM CHEFÃO DA MÁFIA MORTO – e bateu o jornal na mesa.

– Meu Deus, Mulligan. Isso não é jeito de ganhar a vida. Que tal se você e eu acharmos um bom terreno e construirmos um condomínio?

– Prometi a minha mulher que não venderia antes de meus quarenta anos – eu disse –, então voltamos a falar nisso em outubro.

– Ainda não se cansou da vida na base da pirâmide?
– O dinheiro é horroroso, mas você encontra uma classe melhor de pessoas.

– Como funcionários públicos? Soube que esteve na secretaria do governo verificando os donos dos prédios que pegaram fogo em Mount Hope.

– E como soube disso?
– Um funcionário que conheço. Também soube que você andou xeretando o bairro à noite.

– E como soube *disso*?
– Um policial que eu conheço.

Ele tomou um gole da bebida, tirou um charuto Partagas do bolso do paletó e cortou a ponta com um cortador de prata. A proibição de fumar em ambientes públicos ainda estava em votação, dando-lhe a oportunidade de desconsiderá-la. Curvei-me e acendi seu charuto com o Colibri.

– Bonito – disse ele. – Conseguiu esse com o Whoosh?

– Pode ser.

Ele deu um trago no charuto e soprou uma nuvem de fumaça azul e fragrante na direção de um cliente carrancudo.

– Vou te contar, Mulligan. Você me fez um favorzão no ano passado, evitando que o jornal publicasse sobre a prisão por embriaguez do meu sobrinho. Ele está indo bem; aliás, vai se formar em administração na URI, cuida das apostas no campus para o Whoosh, ganha dois paus por semana. Então você fez uma boa ação. Mas deixa eu te fazer um favor agora. Para de perder tempo em Mount Hope e te coloco em algo melhor.

– Como o quê?

– Tampas de bueiro.

– Hein?

– Há um desses grandes prêmios de jornalismo nisso para você, Mulligan, uma placa bonita que você pode pendurar na parede daquela pocilga da America Street. Pense bem e me ligue se estiver interessado.

Antes que eu pudesse perguntar como ele sabia onde eu morava ou de que diabos ele estava falando, o mafioso peso leve se colocou de pé e se arrastou para o elevador. Eu quase tive pena dele. Deve ser difícil ter sonhos de Poderoso Chefão que nunca se realizam.

Na TV no alto do balcão do bar, Tim Wakefield arremessava para uma desanimada fila de rebatedores. Em minha mente, eu ainda o via se arrastando do monte depois de ceder um *home run* a Aaron Fucking Boone no campeonato da Liga Americana de 2003. De todas as maneiras que os Red Sox acharam para perder para os Yankees com o passar dos anos, aquela era a mais dolorosa. Dois campeonatos World Series nos últimos cinco anos não apagaram a lembrança. Em toda a Nova Inglaterra, os torcedores ainda lamentavam a perda como a morte de um familiar.

Bebi meu club soda e olhei pela janela. Estava escurecendo. O Independent Man, o símbolo do estado de Rhode Island, brilhava em seu posto de luz dourada no alto do domo da sede do governo. Eu ri, lembrando-me da época em que eles tiraram a estátua grandiosa e a deixaram no Warwick Mall para seduzir os consumidores de Natal.

Ao lado do domo, arriava na chuva a bandeira do estado, mostrando uma âncora e o lema Hope, Esperança. Se fôssemos sinceros, baixaríamos essa idiotice e hastearíamos uma bandeira de pirata.

29

Já passava bem da meia-noite quando ouvi a tranca estalar e passos arranharem o linóleo.
– Veronica?
– Desculpe. Procurei não te acordar.

Mas o sorriso em seu rosto quando eu acendi o abajur da mesa de cabeceira dizia que ela não lamentava nada.

– Tive de fazer uns acréscimos de última hora à mais recente matéria sobre Arena para a edição local – disse ela, jogando um jornal novo em folha na cama.

Eu queria tirar sua roupa, puxá-la para debaixo das cobertas e aninhá-la em meus braços. Ela queria que eu lesse o que ela escrevera e não haveria carinhos sem roupa antes que eu fizesse isso.

Sob sua assinatura, outra exclusiva de uma página, desta vez com o testemunho literal ao grande júri do presidente do sindicato dos trabalhadores do estado, implicando Arena em um plano elaborado para usurpar três milhões do tesouro da União. Na mesma leva, uma citação do advogado de Arena, Brady Coyle:

> Os processos do grande júri são sigilosos por lei. O responsável pelo vazamento deste testemunho à imprensa está violando leis federais e deve ser processado. Embora eu não possa dar provas de quem está por trás destes vazamentos, eles beneficiam a promotoria por tenderem a envenenar o júri contra meu cliente inocente. A publicação deste material por um jornal é ao mesmo tempo ultrajante e irresponsável.

– Você irritou o cara *de verdade* – eu disse.
– Brady? Não. Ele só está fazendo fumaça para impressionar o cliente. Ele é um amor.

– Um amor? – Eu já ouvi chamarem Brady Coyle de muita coisa: arrogante. Desdenhoso. Um babaca. Mas nunca de um amor. Não acho que um dia fui chamado de um amor. Senti uma pontada nas entranhas. Provavelmente só a pizza de pepperoni que devorei imprudentemente no Casserta's.

– Sabe de uma coisa, Veronica? Andei cultivando fontes dos dois lados da lei por 18 anos e nunca convenci ninguém a vazar um testemunho ao grande júri. Como é que você faz isso?

– Desculpe, gato. Uma coisa é dividir a cama, outra bem diferente é dividir minha fonte.

Eu tentava pensar numa resposta cretina quando ela tirou a calcinha e entrou sob as cobertas, com o quadril cutucando minha ereção. Mais 11 dias até o resultado do exame. Às vezes, 11 dias são muito, mas muito tempo – 15.840 minutos, para ser preciso.

Eu podia ouvir o relógio batendo.

30

De manhã, encontrei uma vaga bem na frente do prédio do jornal. Uma capa vermelha de "Com Defeito" do Departamento de Polícia de Providence tinha sido colocada na cabeça do parquímetro. Estacionamento gratuito? Deve ser meu dia de sorte.

Uma caixa de correio transbordando de press releases esperava por mim em minha cadeira. Aparentemente, eu fiz alguma coisa para irritar Lomax de novo. O que foi? Não faço ideia. Mostrei que os arrumava por alguns minutos, pretendendo jogar fora o lote todo, quando um envelope chamou minha atenção. Era do Conselho de Desenvolvimento Econômico de Rhode Island e nele havia uma foto do sr. Cabeça de Batata em sua encarnação de bigode e óculos. Não resisti a abrir o envelope. Dentro dele havia o que se segue:

ESCULTURAS DO SR. CABEÇA DE
BATATA "BROTAM"
POR TODO O ESTADO PARA PROMOVER
VIAGEM A OCEAN STATE!

A Hasbro, que fabrica o Cabeça de Batata aqui em Little Rhody, uniu-se ao Conselho de Desenvolvimento Econômico de Rhode Island para promover o estado como local ideal para as férias de família! A promoção incluirá anúncios em quatro cores em revistas de circulação nacional, um número de telefone gratuito para obter gratuitamente um kit Férias Divertidas em Família e uma safra recorde de esculturas do sr. Cabeça de Batata com 2 metros de altura brotará nas atrações turísticas de todo o estado. Fiquem de olhos bem abertos! Prevemos uma empolgação crescente à medida que cada escultura do Cabeça de Batata for revelada.

A promoção, concluía o diretor de Desenvolvimento Econômico do estado, "não era crua!" Ah, é mesmo? Martelei quatrocentas palavras, junto com uma tabela dos locais onde as batatas estariam "brotando". Para os vândalos adolescentes de Little Rhody, era "notícia de utilidade pública".

Feito isso, verifiquei as mensagens no computador e soube por que eu estava sendo castigado. Coyle ligou para Lomax para reclamar de meus trajes no enterro. Disse que mostrava falta de respeito.

Mas ele tinha toda razão.

A batida de abertura de "Smoke on the Water" trovejou na jaqueta jeans nas costas de minha cadeira. Peguei o celular no bolso interno e o abri.

– Pegamos o china – disse uma voz conhecida. – Tire sua bunda daí rapidinho e talvez possa dar uma palavrinha com o babaca antes que a polícia ponha as mãos nele.

31

Desci de elevador até o saguão e esbarrei no Valeu-Papai, chegando atrasado para trabalhar, já que está na moda, no figurino completo de *Aconteceu naquela noite*.
– Aonde vamos? – disse ele.
– Eu vou. Você fica na sua mesa.
Passei por ele, saí rapidamente pela porta da frente e disparei pela rua. Um caminhão vermelho de entrega de jornais buzinou para mim, guinchando os freios. Fiquei com a capa de "Com Defeito" do parquímetro, imaginando que viria a calhar, e subi ao volante. Antes que pudesse baixar a tranca da porta do carona, Mason a abriu e entrou.
Não havia tempo para discutir. Às buzinadas, pisei fundo na Fountain Street, passei roncando pela prefeitura e acelerei pelo rio Providence. As unhas bem-feitas de Mason estavam cravadas no descanso para o braço do Secretariat.
– Outro incêndio?
– Vai descobrir quando chegarmos lá.
Três viaturas da polícia de Providence, golpeando a fachada da loja com as luzes azuis, estavam estacionadas em diagonal no meio-fio, bloqueando a maior parte da rua na frente do Zerilli. Freando, vi um patrulheiro uniformizado bater uma pata carnuda no alto da cabeça do sr. Êxtase e empurrá-lo para baixo, metendo-o no banco traseiro de uma das viaturas. Os policiais partiram, com as sirenes aos gritos.
– Merda!
Peguei o celular, consegui pegar Veronica na mesa dela e lhe disse para achar um fotógrafo e ir para a delegacia, que ficava só a uma quadra do jornal.
– Se você correr – eu disse –, pode chegar lá a tempo para a entrada na delegacia.

Mason me lançou um olhar confuso.
– Não quer a autoria?
– Que se foda! Veronica pode ficar com ela.
Eu ia pegar uma descrição da prisão com Zerilli e dar a ela depois, mas agora não havia por que ter pressa. Arranquei do meio-fio, fui pela Doyle para o norte e estacionei numa vaga na frente do desmanche de carros.
– Espere no carro, Valeu-Papai.
Mike Deegan estava lá dentro, olhando um trabalhador de macacão sujo de tinta spray dando uma nova identidade preta a um conversível Chrysler Sebring vinho.
– Estava esperando você – disse ele. – Me joga a chave, deixa a máquina aqui em frente e volta daqui a uma hora.
Peguei Mason e votamos ao Zerilli, uma curta caminhada ensolarada por uma calçada cheia de rachaduras. O mingau preto na sarjeta era só o que restava de um inverno rigoroso em Rhode Island.
O sino de bronze no alto da porta tilintou quando eu a abri e entrei no mercadinho com o Valeu-Papai.
– Mas onde é que tu se meteu? – disse Zerilli. – Perdeu o show todo, porra!
Ele estava perto da caixa registradora e não parecia muito à vontade vestindo uma calça. Pegou um isqueiro Bic descartável azul, acendeu um Lucky e devolveu o isqueiro para a prateleira.
– Vamos nos reunir em sua sala, Whoosh?
– Não! Já vomitei a história toda pra polícia, então não tenho nada a dizer que seu cachorrinho não possa ouvir.
– Meu nome é Edward – disse o cachorrinho, estendendo a mão.
Zerilli o ignorou.
– Lá pelas 11 horas da manhã – disse ele –, na hora em que os caras da Budweiser terminam de abastecer a geladeira, olhei pela janela da minha sala e que merda eu vejo? O china que pro-

curamos pela porra toda do bairro entrando em carne e osso na minha loja.

– Faça alguma coisa útil – eu disse a Mason. – Pegue a caderneta e tome notas.

– Dois DiMaggios... Gunther Hawes e Whimpy Bennett... trabalham no Deegan's, aqui na rua, então eu liguei pra eles e disse que viessem já pra cá. Depois saí, para ver se eu podia segurar o sujeito. O babaca fuçou a loja, depois foi pro balcão com uma *Penthouse* e um pacote de seis Michelob. Pediu à garota um maço de Marlboro, depois espiou a vitrine do Colibri atrás do balcão, disse que queria ver um. Dava para ver pela cara dele que gostou de sentir o troço na mão... Vai ver pensando em usar pra botar fogo em alguma coisa, rê-rê-rê.

"Hawes e Bennett entraram segurando os Louisville Sluggers que pegaram na vitrine da frente da loja. O babaca paga pelos produtos, até o isqueiro, vai pra porta, vê meus rapazes parados ali. O babaca diz "com licença", tenta passar por eles. Hawes dá um tapinha nele e ele tomba na estante de Cheez Doodles. Meus rapazes param perto dele com os tacos e ele fica com cara de cagão.

"É quando ele grita alguma coisa gozada pra cacete com aquele sotaque bobalhão de chinês. Ele diz: 'Socolo! Chama poliça!'"

Mason estremeceu e me olhou da caderneta.

– Ele queria que chamassem a polícia?

– Foi o que eu fiz – disse Zerilli. – Desculpa se ferrei tudo, Mulligan. Devia ter ligado pra tu primeiro.

– Não se preocupe com isso, agente Whoosh.

– Vai se foder! Eu já te disse, não é engraçado.

– Ligue para Veronica – eu disse ao Valeu-Papai. – E leia suas anotações para ela.

Peguei um sanduíche de carne e um ice tea na geladeira e achei um lugar numa mesinha redonda debaixo do toldo na frente. Alguns minutos depois, Mason sentou na minha frente com um saco de fritas e uma Coca.

– Falou com a Veronica?
– Falei.
– Deu todas as citações a ela?
– Dei. Ela perguntou se eu tinha recebido um memo do Lomax, aquele sem as palavras *porra*, *merda* ou *babaca*. Eu disse que ela ia ter de parafrasear.
– Deu todos os detalhes a ela?
– Arrã.
– A parte do babaca comprar o isqueiro?
– Arrã.
– A parte do Marlboro e da *Penthouse*?
– Não achei que fosse importante.
– A parte do Cheez Doodles espalhado pelo chão perto da porta?
– Também não achei que fosse importante.
– Não pode escrever uma boa história sem os detalhes, Valeu-Papai. Ligue para ela de novo e dessa vez conte tudo.

Enquanto ele dava o telefonema, joguei a embalagem do sanduíche no barril perto da porta e voltei para dentro da loja. Zerilli estava curvado, pegando pacotes de Cheez Doodles do piso frio arranhado.

– E aí, Whoosh. Como o babaca pagou pelas compras?
– Cartão de crédito.
– Visa? Discover? MasterCard?
– Sheila! – gritou Whoosh para a atendente. – Que plastiquinho o babaca usou?
– Visa.
– Ótimo – eu disse. – Me dê o número.

O Secretariat estava bem onde eu o deixara, na frente do desmanche. Enquanto nos aproximávamos, Deegan saiu da oficina e me atirou a chave.

– Está tudo instalado – disse ele. – Desculpa pelos problemas.

Enquanto eu arrancava, apertei o botão Play. A guitarra de abertura de "Mammer-Jammer", de Tommy Castro, a primeira faixa do CD que estava no aparelho quando ele foi arrancado do painel, guinchou nos alto-falantes.

As mãos de Mason foram aos ouvidos.

– Pode baixar o volume?

Estendi a mão e o aumentei.

Um instante depois, seguiu-se uma batalha de bandas, quando Deep Purple explodiu com "Smoke on the Water". Desliguei o CD player e abri o celular.

– Seu!

Filho!

Da!

Puta!

– Desculpe, Dorcas, mas agora não tenho tempo pra bater papo.

Como uma vez disse meu filósofo preferido, Kinky Friedman, "No céu de cada caso de amor há pequenas passagens para o inferno, caindo como confetes das estrelas".

Achei uma vaga na frente do Departamento de Bem-estar Social, na mesma rua do jornal, e pus a capa "Com Defeito" na cabeça do parquímetro. Não vi graça nisso, mas Mason achou hilariante. Os príncipes nunca apreciam inteiramente as táticas de sobrevivência de seus servos. Ele ainda ria como uma menina três minutos depois de sairmos do elevador para a redação.

Eu lia o impresso do texto de Veronica sem edição sobre a prisão, quando Lomax apareceu.

– Até que enfim pegaram o filho da puta – disse ele.

Não parecia certo, mas eu simplesmente assenti.

– Agora é uma história de tribunal, então daqui para frente pertence a Veronica. Hora de atacar aquela história dos cães farejadores de cadáveres.

– Mas é claro, chefe.

Decidi continuar agindo como se ele estivesse brincando. Se o caso de Sassy/Sugar não o deixara azedo com perfis de cachorros, nada mais o faria.

Esperei até que ele estivesse fora de alcance antes de dar um telefonema à tia Ruthie, do Departamento de Atendimento ao Cliente do Fleet Bank, em Boston.

– Liam! Como está meu sobrinho preferido?

Conversamos sobre como ia o filho dela, Conor, que quase encerrava a condicional de um ano por agir como cambista no Fenway, antes de eu lhe contar o que precisava. Eu estava desligando quando Mason apareceu.

– E então – disse ele. – No que vamos trabalhar agora?

– Tampas de bueiro.

– Como?

– Tampas de bueiro.

– O que tem elas?

– Você devia ser repórter, Valeu-Papai. Tem uma caderneta, um sobretudo, um chapéu de feltro, um canudo de uma faculdade chique de jornalismo. Procure deduzir sozinho. Comece pelo Departamento de Compras da prefeitura. Veja se desencava alguma coisa digna de ser publicada.

– Está me dando uma tarefa? – Ele parecia positivamente eufórico.

– Algo parecido.

– Obrigado, Mulligan! Eu quase tive medo de que não gostasse de mim.

Tampas de bueiro. Eu quase ri. Isso devia manter o traseiro puro-sangue dele longe da minha vida por um tempo.

32

Gloria se curvou para perto e o cabelo louro acariciava minha face enquanto examinávamos as fotos da chegada à delegacia na tela de LCD de sua câmera. Estávamos empoleirados em banquetas de bar vizinhas. Gotas de suor pontilhavam nossos copos, o dela cheio de chope e o meu com club soda.

Ainda estávamos juntinhos quando Veronica entrou no Hopes e passou os braços em meu pescoço, reafirmando seus direitos. Ela sorriu afetado para Gloria, Gloria sorriu afetado para ela. Talvez depois elas lutassem na lama. O barman trouxe um chardonnay para Veronica sem ser solicitado e carregamos nossos copos para uma mesa com uma vista decente da TV sobre o balcão. Gloria hesitou onde estava, perguntando-se se deveria se juntar a nós. Depois pegou o olhar de Veronica e achou melhor não vir.

O tema operístico do Action News do canal 10 anunciou a chamada clichê de Logan Bedford para o noticiário das seis: "Acabou o longo pesadelo de nossa cidade! Nossos nobres homens de azul fizeram uma prisão no caso dos incêndios de Mount Hope que aterrorizaram nossa bela cidade. Esperem e verão como o pegaram. Vocês ficarão *chocados*!"

Mas quem é que redige essa porcaria?

Ernie DiGregorio girou uma bola de basquete no indicador e nos convidou para nos divertirmos com ele em Foxwoods. Cadillac Frank deu um show chutando pneus com seus Ferragamos e anunciou "uma oferta que você não pode recusar para um Seville de único dono". Depois Logan voltou com a gravação da coletiva na delegacia de Providence.

Tudo eram tapinhas nas costas e parabéns, o chefe de polícia, o prefeito e Polecki revezando-se para dar o crédito ao outro. O prefeito teve a maior parte do tempo de câmera, atribuindo a prisão ao diligente trabalho policial de Polecki e fazendo o que podia para minimizar o papel de Zerilli e de seus justiceiros dos tacos. Polecki deu uma palavra de cautela, dizendo "A investigação está em andamento", mas os sorrisos presunçosos e o humor comemorativo deixavam claro que eles achavam que Wu Chiang era o homem.

Quando terminou, a multidão no Hopes aplaudiu. Três policiais e meia dúzia de bombeiros, segregados a duas mesas no fundo, levantaram e ergueram os copos num brinde. Depois cruzaram sua linha invisível de hostilidade mútua para partilhar abraços másculos, esquecendo momentaneamente os olhos roxos e lábios cortados da briga no jogo de softball Polícia x Bombeiros de agosto último.

33

Parece que estou sempre agitado por alguma coisa – um lead, uma citação, uma vaga gratuita, espaço acima da dobra. Quando há tempo para tomar fôlego, em geral envolve sugar uma lufada de cubano e ofegar minha torcida para os milionários de desenvolvimento retardado com "Red Sox" costurado no peito. Esta noite eu me metia em algo diferente e estava gostando disso.

Passamos pela Nordstrom, loja âncora no shopping esparramado que recebia no vento o fedor da sede do governo. Atrás das vidraças, manequins vestiam meu salário anual. Concentrei-me nos quadris de minha companheira, que desenhavam círculos sedosos por baixo da saia. Um ou dois minutos se passaram antes que eu percebesse que ela falava.

– ... queria dividir a autoria, mas Lomax não aceitou, então reconheci a sua colaboração e a de Mason no final da matéria.

Quando percebi que ela falava de trabalho, me senti estranhamente murcho.

– Somos uma boa dupla, Veronica.

– Você e Mason?

– Você e eu.

– Também acho que sim – disse ela.

De repente eu tive fome. Eu também queria comida.

Diante de nós estava um daqueles lugares pretensiosos com samambaias, corrimões de bronze, piso de madeira e garçons vaidosos com nomes como Chad e Corey. Ao nos sentarmos a uma mesa de canto, senti Veronica iluminar o dia. Ela soltou o cabelo preto de um elástico e o sacudiu, largando-o sobre os ombros. Depois suspirou e cruzou as pernas, desviando minha atenção do cardápio de 12 páginas.

Veronica pediu vitela. Eu pedi um steak. Há ocasiões em que nada servirá, só carne.

Ela estava naquela de novo. Falando. Eu pegava uma palavra em três. Incêndio. Prazos. Wu Chiang. Eu só queria que ela prendesse o cabelo e soltasse de novo. Que descruzasse as pernas e voltasse a cruzar.

– Já se sentiu sozinho, Mulligan?

Isso me pegou de surpresa. Senti que estava prestes a gaguejar, mas me lembrei do cara descolado que eu devia ser.

– Como posso me sentir sozinho com você, Gloria e Polecki querendo um pedaço de mim?

Ela não sorriu como pensei que faria. Baixou os olhos e passou um dedo lento pela borda da taça de vinho.

– Nós nos beijamos, rolamos na cama, dormimos. O que você quer de mim agora, pode conseguir de qualquer um.

– De jeito nenhum – eu disse. – De Gloria, sim, mas de Polecki seria nojento.

– Tudo para você é piada?

– A maior parte das coisas. Nem tudo.

Fiquei em silêncio por um instante, sem saber o que dizer ou como dizer.

– Você me pegou de jeito – eu disse. – Sabe a merda com que luto por toda a porra do dia, que fico fedendo a ela, e ainda acha que sirvo para ficar com você.

Enquanto ela erguia a cabeça para me olhar, Chad ou Corey se materializou, puxando meu saco para fazer valer a gorjeta. Não, eu não quero mais água. Não, não terminamos nossa bebida. Pode ficar com seu molho de pimenta. Dê o fora daqui.

Comemos em silêncio. Era um silêncio agradável, e isso me assustou um pouco. Eu falei demais. Ou não foi o suficiente. O que exatamente eu tinha dito? Ah, sim. *Merda*, *fedendo* e *porra* – as três palavras mágicas do romance.

– Mulligan?

O silêncio foi rompido:

– Você me pegou de jeito também. E me disseram que sou uma mulher difícil de amar.

Amar? Meu Deus! Quem falou em amor? Cortei meu steak, ganhando tempo. Depois ela jogou aquele lindo cabelo e meu fôlego ficou preso em alguma coisa. Quando Chad, ou Corey, apareceu com a conta, Veronica a pegou, entregando a ele seu cartão AMEX, e foi ao toalete. Amor? Quem falou em amor? Eu ainda refletia sobre isso quando senti as mãos dela em meus ombros e seu hálito em minha orelha.

Eu a segui, saindo do restaurante, e andamos de braços dados até o carro dela. Passamos pela porta de minha casa e estávamos sem roupa antes que eu conseguisse entender se a onda de sangue em todos os lugares certos era desejo ou algo mais.

Uns bons amassos, Mulligan em riste, depois um banho frio. Eu conhecia a rotina. Mas quando me estiquei na cama, as mãos dela foram insistentes. E sua boca também. Depois Veronica se mexeu para me colocar dentro dela.

Uma evolução interessante, para dizer o mínimo. Como dizem os comentaristas esportivos, a galera foi à loucura.

O que eu estive fazendo com Dorcas naqueles dois anos desperdiçados? O que quer que fosse, não tinha nenhuma relação com isso. Nós nos embolamos e contorcemos, escorregamos e ajeitamos, batemos o nariz e rimos, montamos e trememos. E quando finalmente acabou – puxa – nós *ficamos agarradinhos*. Exaustos e suados, eu esperava ter sido pelo menos um pouco divertido. Essa senhora era para ter.

A senhora levantou a cabeça de meu peito e sorriu.
– Sabe o teste que te pedi?
– Sei.
– Você passou.

Então ela *estava* pegando mais leve. Seria ótimo se achasse um jeito que não envolvesse meu braço furado por uma agulha, mas eu tinha de confessar que deu certo. Reprimi certa irritação. Qual era exatamente o sentido de esperar tanto?

– E então – disse ela –, você está esgotado, ou vamos tentar de novo?

Amor? Quem falou em amor?

34

Acordei ao familiar som de Angela Anselmo gritando com os filhos. Algo sobre cola, confetes e "Como você pôde fazer isso com o coitadinho do Toodles?".

Girei os pés para o chão e olhei Veronica na luz que entrava pela cortina. Sua respiração era profunda e regular. Resistindo ao impulso de enterrar a cara no emaranhado de cabelos pretos no travesseiro, fui ao banheiro na ponta dos pés, entrei no chuveiro e me ensaboei. De repente havia uma repórter de tribunal nua e sonolenta a meu lado no boxe apertado.

– Quem é Toodles? – perguntou ela. Olhando os regatos de água quente que escorriam por sua pele, eu tinha outras perguntas, mas primeiro respondi à dela:

– O gato da família.

Puxei-a em meus braços e nos beijamos debaixo da ducha. Ela esfregou minhas costas e eu me demorei à vontade com as dela. Eu teria levado o dia todo se ela não me lembrasse de que nossos empregos nos esperavam. Não havia nada melhor do que uma mulher molhada.

Minha geladeira estava vazia, então fomos ao Haven Brothers. Charlie ergueu uma sobrancelha felpuda quando Veronica e eu entramos juntos. Tirando a prisão de Wu, foi um dia devagar nos noticiários de Rhode Island, os editores enchendo as colunas com informações sobre as primárias para a Presidência, as mentiras de Washington e a carnificina no Iraque.

Enquanto Veronica passava os olhos pela seção "Lifestyle", eu abri na página de esportes. O ombro de Curt Schilling tinha piorado misteriosamente no inverno e os médicos debatiam se ele precisaria de cirurgia. Mas com Beckett, Matsuzaka, Lester, Wakefield, Buchholz, Colón e Masterson, tínhamos mais titulares do que precisávamos mesmo. Charlie raspou uma camada de gordura da chapa, limpou as mãos no avental e virou-se sorrindo para nós.

— Seu gosto para mulheres está melhorando, Mulligan. O que houve com aquela loura nojenta em quem você esbarrou no corredor, aquela que achava que seu nome era "Filho da Puta"?

Sempre que eu comia no Haven Brothers, dia ou noite, Charlie estava lá para cozinhar para mim. É preciso trabalhar muitas horas para colocar uma filha no Juilliard. Eu grunhi e larguei uma nota de vinte no balcão, grato por estar em um lugar onde podia pagar uma refeição a minha namorada sem solicitar um empréstimo bancário para cobrir o cheque.

35

– Estou prestes a apertar "Enviar", então fique perto do fax, Liam – disse a tia Ruthie. – Não quero outra pessoa colocando as mãos nisso e se perguntando de onde veio.

Tinha dez páginas no total, as faturas do Visa de Wu Chiang em novembro, dezembro, janeiro e fevereiro, e uma fatura parcial dos primeiros dias de março. Levei à minha mesa para cotejar as datas de cobrança com as datas dos incêndios, mas uma olhada rápida já me dizia que ia ser um problema.

Wu era um vendedor de copiadoras e a maioria das faturas falava de uma existência comum: CVS, Stop & Shop, Texaco, Target, B & D Liquors, embora os 249,95 dólares gastos na Victoria's Secret fossem intrigantes. Ou ele tinha namorada, ou talvez fosse um travesti. Mas o que mais me preocupava era uma despesa de 477 dólares em novembro num voo da U.S. Airways e de 2.457 por uma estada de 21 dias, terminado em 20 de dezembro, no hotel Whitcomb, no centro de San Francisco. Uma viagem de negócios, talvez, ou de férias de inverno. Ou seria um álibi preparado?

Liguei para o Whitcomb e falei com a recepção. Sim, ele se lembrava de Wu. O cara era um reclamão crônico. Ele não gostou da vista da janela do quarto. Queixou-se de que seu quarto de não fumante cheirava a cigarro. Nunca tinha J&B suficientes no frigobar. E na saída discutiu por causa da conta.

Para ter certeza, mandei a ele um e-mail com a foto de Wu, e o concierge respondeu com uma identificação positiva.

Voltei-me para o teclado e comecei a escrever, uma enterrada de primeira página. Depois pensei melhor e percebi que eu devia advertir algumas pessoas.

36

– Putaquipariu! – disse Zerilli.
– Tecnicamente, isso só o livra dos três incêndios de dezembro – eu disse. – Parece que, nos outros, ele estava na cidade. Mas para suspeitar dele agora é preciso pensar que mais de um incendiário serial andou agindo em Mount Hope.
– Não é provável.
– Não – eu disse. – Não é.
– Merda! Ontem à noite pedi aos DiMaggios para entregarem os tacos. Disse que podiam ficar com os bonés. Acho melhor colocar a turma nas ruas de novo.
– Acho melhor mesmo.
O telefone tocou. Ele atendeu, deu as chances para o jogo dos Celtics com os Nets, lambeu o coto do lápis, registrou uma aposta na tira de papel, desligou e distraidamente coçou o saco pela cueca.
– Ah, porra – disse ele. – Ainda bem que veio me dizer pessoalmente em vez de ter de ler a má notícia na merda do jornal.
Fumamos em silêncio por um tempo.
– O CD player tá legal?
– Tá.
– Já ficou sem cubanos?
– Ainda não.
– Que tal colocar cinquenta pratas nos Yankees, pra cercar sua aposta nos Sox?
– Não, obrigado, Whoosh – eu disse. – Se os Yankees vencerem, vai parecer dinheiro de sangue.

No pequeno apartamento de Jack, a cortina estava aberta e o sol inclinado pelas frestas elevava a atmosfera de deprimente a meramente melancólica. Jack tinha substituído o roupão por jeans passados e uma camisa social azul. Acabara de se barbear, tinha um arranhão da lâmina na face esquerda, e o cabelo grisalho e fino estava bem penteado. A jaqueta de náilon impermeável – a azul, com as letras *PFD* em branco nas costas – estava dobrada no braço. Ele se preparava para sair.

– Soube da última? – disse ele. Depois abriu um sorriso largo o bastante para mostrar a maioria dos dentes que lhes restavam.

– Jack, eu...

– Estou indo ao quartel para dar uma mão aos rapazes – disse ele. – Quer ir andando comigo?

Segurei seu braço.

– Jack, espere.

Ele viu meu olhar e, nele, algo que o deteve.

– Qual é o problema, Liam? Seus irmãos estão bem?

– Jack, a polícia prendeu o cara errado. Provavelmente não vão querer admitir isso ainda, mas terão de soltá-lo daqui a um ou dois dias.

– Tem certeza? A TV disse que...

– Eu tenho certeza.

Seus ombros arriaram e eu vi o ar lhe escapar. Ele deixou a jaqueta cair no chão.

– Então não acabou.

– Não.

– *Porca vacca!*

Meu palavrão favorito em italiano. Literalmente significa "porca vaca", mas é reservado para momentos em que a maioria dos não italianos diria, "Ah, merda!"

– Isso quer dizer que Polecki e Roselli vão começar a olhar para você de novo, Jack. Lembra do que eu te disse para fazer, se eles aparecessem de novo?

– Não falar nada. Não ir com eles, a não ser que me prendam. Se me prenderem, pedir um advogado.

– Isso mesmo. E não fale com a polícia que eu te disse para não falar.
– Tá. Entendi.
Ele desabou na poltrona perto da mesa onde a garrafa de Jim Beam, com apenas alguns centímetros de âmbar, ainda estava no descanso.
– Fica para uma bebida, Liam?
Juntos, sentamos em silêncio e secamos a garrafa, sem nos incomodar com os copos.
– Venha me ver de novo quando tiver uma chance – disse ele.
– Talvez da próxima vez eu tenha notícias melhores.
Na porta, virei-me e lhe dei um abraço. Pareceu constranger um pouco Jack.
– Só fique por aqui, Jack. – Enquanto eu descia a escada, minha úlcera rosnava.

Era outra plateia magra no Good Time Charlie's. Marie não estava servindo às mesas esta tarde e sua malha se fora, substituída por nada, a não ser que se contasse a liga na coxa direita. Quando ela me viu entrar, escorreu como água da beira do palco e enganchou um polegar na liga para eu colocar um dólar e lhe dar um tapinha na bunda.
– Obrigada, Mulligan – disse ela.
– O prazer é todo meu – eu disse, e falava sério.
Escolhi uma das mesas vazias ao fundo, comecei a sentar, percebi cerveja derramada no assento e escolhi outra com uma vista decente de Marie, que se pendurava de cabeça para baixo no poste.
Alguns anos antes o lugar estaria lotado, mas seis novas boates de strip foram abertas nos últimos anos, a maioria na antiga área industrial da Allens Avenue. Absorveram muitos clientes do Good Time Charlie's e atraíam freguesia de toda a Nova Inglaterra, alguns chegando em ônibus fretado de Boston, Hartford e Worcester.

O boom começou quando um advogado novo e inteligente, de um serviço de acompanhantes, realmente leu as leis de prostituição do estado e descobriu que se referia ao crime como "prostituição de rua". Isso, argumentou ele, significava que a lei criminalizava explicitamente o trabalho nas ruas, mas não falava da legalidade do sexo por dinheiro quando a transação ocorria a portas fechadas. Um juiz concordou e de repente não havia mais necessidade de pegar um avião para a Tailândia ou a Costa Rica. As novas boates exibiam luzes estroboscópicas, DJs e cabines privativas onde as mulheres da cidade, reforçadas por talentos siliconados de Nova York e Atlantic City, faziam danças particulares de 30 dólares e boquetes de 100 dólares.

Até agora, a única coisa que os legisladores do estado fizeram a respeito disso foram alguns discursos indignados. Podem me chamar de cínico, mas desconfio de que o dinheiro estava trocando de mãos. O velho que operava o Good Time Charlie's desde a década de 1970 se limitava ao ocasional tapinha na bunda. Não admirava que o negócio estivesse fazendo água.

Eu estava no segundo club soda quando Polecki apareceu, meia hora atrasado, e se espremeu na minha frente. O espaço entre a cadeira e a mesa não era largo o bastante para acomodar sua cintura de Kentucky Fried.

– O que é agora, babaca? – disse ele.

Eu não disse nada, só lhe passei uma cópia das contas de cartão de crédito pela mesa de fórmica marcada de cigarro.

– Tá, eu recebi uma dessas hoje de manhã do pessoal prestativo do Fleet Bank – disse ele. – Só precisei ameaçar com um mandado. Como diabos *você* pôs as mãos nisso?

– Prefiro não dizer.

– Infringiu alguma lei no processo?

– Nenhuma que seja importante.

Ele tentou seu arremedo de olhar severo, viu que não dava certo e desistiu.

– Ele também tem álibi para outros quatro incêndios – disse ele. – Ainda estamos verificando, mas parece que vão soltar o homem. Você me mandou numa caçada inútil, seu cabeça de merda. O seu sr. Êxtase não é o nosso homem.

– Acho que não. Mas por que será que ele fugiu quando tentei falar com ele na rua?

– Quem sabe? Talvez ele estivesse com flagrante e confundiu você com alguém da Narcóticos. Talvez ele tivesse pensado que você ia assaltá-lo. Talvez ele não goste de conhecer gente nova. Talvez ele só não goste de babacas.

– E agora?

– Temos 48 horas para fazer a acusação ou liberar. O chefe quer soltar o cara no sistema por um tempo, deixar o defensor público de vinte anos que pegou o caso tentando entender em que pé está. Pode nos dar algum tempo para achar o sujeito certo e evitar o desastre de relações públicas de soltar Wu quando não temos mais nada.

– Sei – eu disse, e sua cara se amarfanhou de preocupação.

– Meu Deus! Isso tudo é extraoficial, está bem?

– Tenha dó, Polecki. Sabe que nada é extraoficial, a não ser que diga antes de começar a falar. Algo para ter em mente se um dia estiver com outro repórter, alguém que se atenha às regras.

A garota negra e magrela, a atração na nossa última visita, apareceu com afetação em seus saltos altos e fio dental para pegar o pedido de Polecki.

– Traga uma Narragansett para ele por minha conta – eu disse, e ele me olhou esquisito.

– Pensando em publicar sobre o chefe do esquadrão de incêndios bebendo em serviço?

– Ah, tá legal. Eu te pago uma cerveja, depois faço uma denúncia sobre você bebendo. Nem eu cairia tanto por uma matéria.

– Você já caiu mais baixo do que isso.

A garçonete voltou com a cerveja dele. Eu lhe dei cinco pratas, tirei outro dólar e coloquei no fio dental, sem ver uma bunda que valesse um tapinha.

– Então nós voltamos à estaca zero – eu disse.

– Não tem *nós*, Mulligan. Eu sou o encarregado de conduzir uma investigação oficial. Você é só uma merda de parasita.

– Não tem outras pistas?

– Só a daquele ex-bombeiro.

– Jack Centofanti.

– Não estou confirmando isso. Se conseguiu o nome, não foi comigo.

– Entendido.

– Roselli tem uma ereção por ele, mas ainda não acho que ele é bom para isso.

Polecki tirou um Parodi do bolso da camisa e acendeu com um fósforo. O charuto preto e vagabundo fedia a merda batizada com citronela.

– Não leve isso a mal – eu disse –, mas talvez você precise de ajuda de fora.

– Olha aqui – disse ele –, a central de incêndios só tem três investigadores para todo o estado e já designou dois deles para trabalharem comigo. Um deles, Leahy, já foi chefe dos bombeiros em Westerly e é muito bom. O outro, Petrelli, conseguiu o emprego porque o primo dele é presidente do Partido Democrata no estado. Acha que sabe tudo porque fez um curso de duas semanas na Agência Federal de Incêndios, mas ele não sabe merda nenhuma.

– O que é a Agência Federal de Incêndios?

– Mais uma das agências de segurança nacional deles que não tem ideia de que porra devia fazer na vida.

– E o FBI?

– Desde o 11 de Setembro, se não for terrorismo, não está interessado.

– Nada ainda que sugira que é mais do que um piromaníaco?
– Nadica. Sempre se pensa primeiro em fraude no seguro, mas com cinco empresas diferentes como donas dos prédios... – Ele deu de ombros carnudos e sua voz falhou.
– O prefeito está no nosso pé. A Câmara de Vereadores grita que quer respostas. Eles não entendem que as investigações de incêndios são uma merda. Qualquer prova que o pervertido deixe também costuma pegar fogo. Que inferno, se o incêndio for bem ruim, não dá nem para provar como começou. É provável que esse maluco vá continuar botando fogo nas coisas até que tenhamos sorte e o peguemos no flagra.

O fedor do charuto de Polecki era forte o suficiente para me dar vontade de vomitar. Para mascarar o cheiro, tirei um cubano do bolso e acendi com o Colibri.

– Isqueiro bonito. Arrumou com aquele seu amigo bandido do Whoosh?

– Talvez.

Ele sorriu duro, terminou a cerveja e se desenganchou da mesa.

– Até mais, babaca – disse ele, e saiu.

Assim que eu voltasse ao trabalho, faria uma fotocópia das faturas de cartão de crédito e mandaria para a advogada de Wu. Os defensores públicos raras vezes têm tempo para alguma coisa além dos aparecimentos de rotina nos tribunais, e eu não confiava que Polecki agiria corretamente.

Marie sacudia seus ativos nas luzes vermelhas do palco, na batida de "Ladies' Night", do Kool & the Gang. Levantei e levei meu club soda para a frente para ver mais de perto. Vários minutos depois, me ocorreu o fato de que minha cara estava a centímetros dos mamilos de Marie e minha mente estava em Veronica.

37

Naquela noite, ela cozinhou para mim.

Chegou trazendo três sacos de compras, para preparar algo complicado, depois descobriu que meus utensílios de cozinha consistiam em uma única caçarola arranhada. Sem se deixar abater, usou-a para cozinhar penne e o colocou, com azeite, em meu forno antigo enquanto grelhava pimentões, berinjela, abobrinha e cogumelos em uma chapa de alumínio no fogão enferrujado.

– Então é para isso que essa coisa serve – eu disse quando ela acendeu o gás.

Quando o jantar ficou pronto, minha casa tinha um cheiro melhor do que nunca. Nós nos esparramamos na cama, diante de outra reprise de *Law & Order*, dividindo o Russian River da garrafa e comendo em pratos descartáveis com garfos de plástico. Dorcas levou todos os pratos e talheres, mas eu não me importava. Detestava lavar pratos.

Mais tarde, joguei os pratos e garfos na lixeira e voltamos à cama, eu com o novo romance de Robert Parker afanado da mesa do crítico literário do jornal, ela com uma brochura fina de Patricia Smith, uma poetisa fraquinha que ela descobrira. A domesticidade era ao mesmo tempo confortável e inquietante.

Eu estava no capítulo dois quando Veronica começou a recitar poemas em voz alta, gostando de sentir as palavras na boca. Lendo poesia para mim agora? *Poesia?* As coisas estavam *mesmo* se descontrolando. Tentei bloquear, concentrando-me muito se o marido suspeito achava que Spenser era o homem certo para seguir alguém. Veronica tirou o romance de minhas mãos e o fechou com um estalo.

– Você precisa ouvir isso.

– Não gosto de poesia, Veronica. Não me diz nada, a não ser os gemidos que Bob Dylan solta pelo nariz.

– Cala a boca e escuta.

O que deu à luz o jazz,
Por que passagem úmida e comprimida ele lutou,
Quem o ergueu,
Bateu em seu traseiro recém-nascido
E incitou o glorioso choro,
Não importa.

O que importa é a linha fluida retalhada em improviso
E essa doçura nos pertencer;
O que importa é o marrom mascavo,
Subindo saias caseiras
E abrindo buracos na pista,
Depois do toque de recolher, cansado *de perguntar as horas.*

– Puta merda! – e eu falava sério.
– Eu te disse.
– Deixa eu ver isso. – Ela me passou o livro e eu o virei, vendo a foto da autora na jaqueta. – Ora essa. Ela também é gostosa.
– Para com isso! – disse ela, mas sorria ao falar.

Mais tarde, liguei a TV de novo para ver uma reprise de *The Shield*, um seriado policial que me agradava porque o astro, Michael Chiklis, era um torcedor fanático dos Red Sox. Veronica pediu licença e desceu a escada para pegar alguma coisa no carro. Enquanto o detetive Vic Mackey e sua equipe tentavam entender como os One-Niners tinham colocado as mãos numa carga de lança-granadas, ela voltou de mansinho trazendo uma bolsa de viagem. Abriu meu armário e viu quatro pares de jeans desbotados, três camisas dos Red Sox, um blazer azul amarrotado e um monte de cabides vazios. Ela abriu a bolsa e pendurou umas coisas. A domesticidade estava ficando mais confortável e mais inquietante a cada minuto.

Veronica se jogou na cama e entrelaçou as pernas nas minhas. Eu estava rolando para lhe dar um beijo quando o rádio da polícia interrompeu o clima:

"Código Vermelho na Locust Street!"

– Mas que droga! – disse ela. – É o que penso que seja?

– É, e é em Mount Hope.

Vestimos moletons e fomos para o Secretariat.

– Agora isso é mais do que só uma reportagem – eu disse enquanto arrancava com o carro. – É pessoal. Esse piromaníaco está me deixando muito puto da vida.

– Mas por quê?

– Está atrapalhando minha vida sexual.

Na Camp Street, quando entrei à esquerda, na Locust, a turma do 6º Grupamento dos Bombeiros já enrolava mangueiras e guardava o equipamento. Rosie estava no jardim de um bangalô maltratado pelo clima, rindo.

– Liam! – gritou ela. – Vem cá. Precisa ver isso.

Ela nos levou pela porta da frente e entramos em uma sala decorada com cartazes de filmes de terror, Heinekens vazias e roupas sujas. Bem à frente havia uma daquelas escadas dobráveis que são puxadas de um alçapão no teto. Ela acendeu a lanterna, e Veronica e eu subimos com ela.

– Cuidado com a cabeça – disse ela, assim que meu crânio encontrou uma viga.

Os bombeiros tinham aberto buracos no telhado para ventilar a fumaça, mas o sótão apertado ainda fedia a fiação queimada e mais alguma coisa. Rosie girou a lanterna para a esquerda, iluminando uma mesa de compensado no osso, com caixas fazendo as vezes de pés. No tampo havia um cultivo hidropônico, duas dezenas de plantas de maconha sob uma série de luzes queimadas de alta intensidade. Metade das plantas era só caule, as folhas consumidas pelo fogo. O resto tinha murchado no calor.

– Uma casa cheia de alunos da Brown com sua própria lavoura – disse Rosie. – As lâmpadas superaqueceram e teriam queimado a casa toda se não chegássemos a tempo.
– Posso respirar?
– Fique à vontade – disse ela. – Metade do pessoal subiu aqui respirando fundo e prendendo a fumaça.

Rosie riu de novo e nos juntamos a ela. Não era tão engraçado, mas todos estávamos eufóricos de alívio porque o incendiário serial tinha tirado a noite de folga. E acho que Rosie estava meio doidona.

Rosie me puxou de lado e cochichou no meu ouvido. Era só 5 centímetros mais alta do que eu, então não tinha de se curvar muito para fazer isso.

– Pensei que você gostasse das altas.
– As baixas também servem para mim. Todas as partes ainda estão lá, só que mais próximas.
– Ela é bonita, Liam.
– E sabe cozinhar.
– Tem alguma ideia de como você é louco por ela?

Isso me fez parar.

– O que a faz pensar assim?
– Tá brincando? Dá para saber pelo jeito como você olha para ela.

Ela me deu um beijo no rosto e disse:
– Compre alguma coisa bonita para ela usar na pele.

Voltando no carro para casa, eu me sentia nervoso. Rosie me conhecia melhor do que eu mesmo, e o que ela disse me tirou o equilíbrio. E a adrenalina de uma grande matéria ainda corria por minhas artérias, sem ter para onde ir. Veronica sentiu isso e colocou a mão na minha coxa.

– Por que não paramos para beber alguma coisa no Hopes? – disse ela.

– Tenho uma ideia melhor. Vamos para casa tirar a roupa.
– Só se você me explicar uma coisa primeiro.
– O que é?
– Por que a Rosie pode te chamar de "Liam"?
– Ela me chama assim desde a primeira série, Veronica. Acho que é um hábito que ela não consegue largar.

Entrei de ré com o Secretariat na vaga na frente de meu prédio e estava com a mão na ignição quando o rádio da polícia estalou de novo.

"Código Vermelho na Doyle!"

Minhas glândulas adrenais começaram a bombear de novo enquanto eu manobrava o Bronco. Voltei pelo caminho que já fizera, monitorando a tagarelice do rádio:

"Três andares totalmente comprometidos. Gente nas janelas. Precisamos de apoio do 6º Grupamento."

– Deve estar brincando comigo – disse Veronica.

Pisei fundo no pedal e atravessamos o rio Providence, disparei pela ladeira da Olney Street e girei à esquerda na Camp, em Mount Hope.

O rádio de novo:

"Código Vermelho na Larch Street. Código Vermelho! Código Vermelho! Isso aqui está o inferno na Terra!"

38

Veronica pegou o celular na bolsa.
– Para qual deles estamos indo? – disse ela.
– Vou te deixar na Doyle e sigo para a Larch.

Ela ligou para o supervisor noturno da editoria local, contou aonde íamos e insistiu que ele mandasse todo mundo que tinha para Mount Hope. Depois deu outro telefonema, tirando Lomax da cama.

O rádio guinchou de novo, dizendo-nos que a cidade de Pawtucked respondia a uma solicitação de ajuda mútua de Providence, três carros-pipa e um com escada a caminho.

Da esquina da Camp com a Doyle, vimos chamas nas janelas do primeiro e do segundo andares de uma casa de três pavimentos, 50 metros rua abaixo. Viaturas policiais tinham interditado a Doyle, então eu parei, disse a Veronica para ter cuidado e a deixei sair.

Fiquei olhando seu charme ao passar pelo isolamento da polícia, depois acelerei por cinco quadras ao norte na Camp. A polícia tinha interditado também a Larch, então dirigi mais meia quadra, passando do cruzamento, e parei o Bronco na calçada, dando espaço de manobra aos bombeiros e à emergência.

Disparei pela calçada até a Larch, onde os curiosos se reuniam junto ao isolamento da polícia. Dessa vez eles pareciam assustados. Algumas mulheres choravam.

Abri caminho a ombro por ali, até que um policial uniformizado me detêve. O patrulheiro O'Banion não era um fã de Mulligan. Devia ter alguma coisa a ver com a época em que eu escrevia que ele roubava baseados do armário de provas, e o chefe – sem dúvida irritado por não ter pensado nisso primeiro – suspendeu-o por um mês sem salário. Mostrei minhas credenciais da imprensa. Ele olhou e disse: "Dá o fora daqui."

Eu dei o fora, resistindo ao impulso de disparar a correr. Não tinha sentido enfrentar o risco de um dos DiMaggios me confundir com um incendiário fugindo da cena. Andei uma quadra ao sul na Camp, virei a leste na Cypress, andei por uma entrada de carros, pulei uma cerca de ripas e me vi em outra entrada, saindo na Larch.

Ouvi o fogo antes de senti-lo, as chamas parecendo mil bandeiras batendo ao vento. E senti o calor antes de ver, como um tabefe do demônio.

Um manto de chamas subia pela frente do sobrado. Uma fumaça preta fervia a manta lateral de betume barato, misturando-se com a fumaça cinza que se enroscava dos beirais. No telhado, dois bombeiros davam machadadas, abrindo passagens para liberar a fumaça presa na casa. O vento atirava línguas flamejantes para cima do lado leste da construção. Os dois bombeiros desistiram e desceram por uma escada Magirus do outro lado enquanto os companheiros despejavam uma camada de água.

A rua era uma armadilha de mangueiras de incêndio. O vazamento das junções frouxas ensopou meu jeans.

Atrás de mim, ouvi um estalo.

Virei-me e vi um clarão numa janela do porão de um bangalô de dois andares. Tinta amarela descascando, um Dodge azul Ram sobre tijolos no jardim. A casa onde eu tinha falado com Carmella DeLucca e seu filho neandertal, Joseph. Um manto de fogo disparou pelo porão, da direita para a esquerda, iluminando suas três janelas.

– Ei! – gritei. – Aqui!

Mas quatro bombeiros já tinham se virado do sobrado e puxavam mangueiras pela rua. Rosie e dois de seus homens afivelaram respiradores, baixaram os capacetes, meteram o pé na porta da frente e entraram num rompante. Meio minuto depois saíram, Rosie carregando a figura de passarinho agitado de Carmella DeLucca.

– Me coloque no chão!

Ela colocou. A velha parecia bem, mas um dos bombeiros a levou ao caminhão de resgate. Eu a segui e, enquanto um médico a examinava, tentei tirar detalhes dela.

– Sra. DeLucca? Onde a senhora estava quando o fogo começou?
– Não é da sua conta – disse ela. – E não ponha meu nome no seu jornal.
– Quer dizer alguma coisa sobre a chefe? Ela acaba de salvar sua vida.
– Uma ova que salvou. Eu era perfeitamente capaz de sair andando sozinha.

Do outro lado da rua, a fumaça do sobrado tinha passado de vagalhões pretos para um vapor branco, sinal de que o fogo amainava, o trabalho fora bem-feito.

O bangalô preenchia essa lacuna. Arrotou uma série de baques surdos, provavelmente latas de tinta velha explodindo no porão. A fumaça rolava das calhas pelo telhado enquanto o fogo agarrava as paredes entre as estacas, onde o jato das mangueiras não alcançava. Uma fumaça cinza e fina se enroscava da porta aberta da frente.

Foi quando Joseph DeLucca cambaleou pela calçada arrastando o policial O'Banion, que se agarrava a sua perna. Joseph baixou uma pata, livrou-se do policial e berrou:
– MÃE!
– Ela está bem! – gritei, mas ele não me ouviu.

Ele investiu para a frente, correu pela porta e foi tragado pela fumaça. Rosie e um dos outros bombeiros que tinham resgatado a "mãe" foram atrás dele.

Fiquei na rua, prendi a respiração e contei os segundos.
Dez. As cortinas da janela pegaram fogo.
Vinte. Uma poltrona perto da janela da frente se incendiou.
Trinta. Chamas devoravam o revestimento perto da porta.
Quarenta. Uma língua de fogo subiu dos beirais e lambeu o telhado.

Cinquenta. Joseph irrompeu pela porta da frente como se tivesse sido atirado. Atrás dele, Rosie e os outros bombeiros se materializaram na soleira enfumaçada. Joseph tentou passar por eles para voltar para dentro. Eles o prenderam no chão, batendo em seu cabelo em chamas com as luvas térmicas. Outro bombeiro apontou o bico da mangueira para o alto e deixou que a água caísse neles como uma chuva de primavera.

39

Manchete da primeira página no dia seguinte: NOITE DE INFERNO EM MOUNT HOPE. A foto, ocupando quatro colunas, capturava Rosie saindo da porta fumarenta com Carmella DeLucca aninhada em seus braços.

Graças ao telefonema de Veronica, Lomax chegou à redação a tempo de parar a impressão da edição local com apenas 1.200 jornais impressos. Preparou uma série de atualizações para a edição on-line e escreveu ele mesmo a matéria para a versão impressa, com informes dos repórteres nas cenas. Refez a primeira página com fotos dramáticas do incêndio e publicou um ótimo jornal que começou a sair dos caminhões de entrega só noventa minutos depois do horário normal.

– Espera só até que o proprietário receba a conta das horas extras do pessoal da gráfica e dos caminhões – disse Veronica.

– É – eu disse –, ele provavelmente vai descontar do salário de Lomax.

Estávamos recurvados sobre pratos de ovos mexidos e bacon no Haven Brothers, devorando o jornal. Na noite anterior, ficamos isolados em cenas de incêndio separadas e estávamos famintos por toda a história em um lugar só. Foram cinco incêndios suspeitos no total, o último devorando todo um prédio de apartamentos de três andares na Mount Hope Avenue. Eu nem sabia desse, só quando li o que Lomax escrevera.

– Aposto que vão dar uma medalha para sua amiga Rosie – disse Veronica.

– Ela já tem uma gaveta cheia delas.

Charlie tirou os ovos frios e meio consumidos e completou nossos cafés.

– Lá vem aquele idiota de que te falei – disse ele. – Aquele que entrou aqui outro dia perguntando se eu podia bater um suflê de queijo para ele.

Mason entrou com uma aparência estranhamente informal, vestindo um suéter de cashmere largo e calça caramelo bem vincada, a mão esquerda segurando a alça de uma pasta Dunhill que valia mais do que minha aposentadoria. Empoleirou-se na banqueta ao lado da minha e pediu um café a Charlie.

– Como é, nenhum *café au lait* esta manhã? Nenhum *chai latte*? Deve haver algo que você queira e eu não tenha.

– Uma xícara de seu excelente café seria ótimo.

O cozinheiro bufou, bateu uma caneca na frente de Mason e despejou o restante de uma jarra quase vazia. Mason tomou um gole daquela borra e apontou a primeira página.

– Acho que perdi uma ótima história ontem à noite.

– É, perdeu sim – eu disse. – É o que acontece quando se trabalha em Providence e mora num palácio longe pra caramba, em Newport.

– Vocês fizeram um ótimo trabalho.

– Ora essa, obrigado, Valeu-Papai. Isso significa taaaanto, partindo de você.

Veronica estendeu a perna direita e meu deu um chute. Doeu o bastante para me fazer me perguntar de que lado ela estava.

– Pega leve com ele – disse ela. – Não é culpa dele que o pai seja rico.

Mason só deu de ombros, abriu o fecho prateado de sua pasta e pegou uma pasta de arquivo fina.

– Estive trabalhando na história das tampas de bueiro e posso ter dado com alguma coisa – disse ele. – Pensei que você podia dar uma olhada e me aconselhar sobre o que fazer agora.

– Mais tarde. Agora preciso ir a um lugar.

Deixando o foca com a gata, saí do restaurante e assoviei para o Secretariat. Como ele não veio, tirei-o da vaga na frente do jornal e o apontei para Mount Hope.

40

No Prospect Terrace, uma escultura do sr. Cabeça de Batata vigiava o túmulo de Roger Williams. Vândalos sexualmente perturbados já tinham aprimorado a batata com sutiã e um grande pênis vermelho.

Um carro da central de incêndios do estado estava estacionado na frente da casa de três andares incendiada na Doyle. Parei atrás dele, saí, passei por baixo da fita amarela de isolamento policial e contornei uma pilha de colchões e estofados molhados e pretos de fuligem. Um policial fardado estava de braços cruzados no degrau de concreto da frente. Não me disse para dar o fora dali.

– Um cara da central está fuçando o porão – disse ele. – Quer que eu veja se ele pode falar com você?

– Obrigado, Eddie.

Enquanto esperava, olhei o que restava do número 188 da Doyle Avenue, onde eu brincava de polícia e bandido com os gêmeos Jenkins quando era criança. Agora metade do telhado se fora. Nada além de preto atrás de cada janela espatifada. Uma perda total. Olhei a janela escancarada do terceiro andar, no canto sudeste, onde o velho sr. McCready, o professor que me apresentou a Ray Bradbury e John Steinbeck, foi asfixiado pela fumaça. O incendiário estava reduzindo minha infância a cinzas.

A turma do 12º Grupamento dos Bombeiros, o primeiro no local na noite passada, conseguira retirar todo mundo, menos o sr. McCready, mas dois bombeiros estavam no Rhode Island Hospital por inalação de fumaça e outro em uma laje, com os pulmões torrados. Eu ainda olhava a janela quando Leahy saiu da casa.

– Não posso declarar nada oficialmente, Mulligan – disse ele.

– Mas?

– Mas extraoficialmente há uma queima pesada em três pontos das paredes do porão.

– No formato de flechas de cabeça para baixo? – perguntei.
– É. Imagino que saiba o que isso significa.
– Sinais de acelerador – eu disse, começando a ver os frutos de minhas leituras pela madrugada dos relatórios do governo sobre incêndios.
– É – disse ele. – Sinais de acelerador. Que grande surpresa.
– Um dispositivo de retardo? Uma cafeteira de novo?
– Coletei uns cacos de vidro e plástico derretido do chão e mandei ao laboratório, mas é, deve ter sido com isso.

Agradeci a ele e voltei uma quadra ao norte para a Pleasant, onde um policial uniformizado cochilava ao volante de uma viatura na entrada de um bangalô de dois andares. O lugar queimou tanto que não havia como saber de que cor era sua pintura.

– As pessoas que moravam aqui apareceram – disse ele. – Queriam entrar, ver se podiam recuperar alguma coisa, talvez achar umas fotos de família. Vai levar pelo menos uma semana antes que os investigadores de incêndios apareçam para ver essa aqui, então tive de enxotá-los. Olha só esse lugar. Não acha que eles deviam saber que não sobrou nada que não tenha sido ensopado ou virado cinzas?

Na Mount Hope Avenue, o telhado do prédio era um esqueleto de vigas enegrecidas. Uma fumaça cinza e fina vagava do interior calcinado. Uma turma dos bombeiros ainda estava ali, jogando um jato de água pela parede noroeste, que desabara. Os reforços de Pawtucket combateram este, chegando a tempo de ver as pessoas pulando das janelas do segundo e do terceiro andares. Três que saltaram quebraram o tornozelo e dois quebraram a perna. Um bombeiro e seis inquilinos, inclusive uma criança de colo, foram hospitalizados com queimaduras de segundo grau e inalação de fumaça.

Eu procurava com quem conversar quando Roselli saiu dos escombros e me mostrou o dedo, seu jeito especial de dizer Sem comentários.

No sobrado arruinado da Larch, uma turma da Dio Construction se esparramava na calçada ao lado da retroescavadeira, abrindo latas de 'Gansett no meio da manhã e dividindo a cerveja com Polecki.

– Eu estava me perguntando quando é que você ia aparecer, babaca – disse ele.

– O que eles estão fazendo aqui? Você já liberou o local?

– Não. O dono os contratou para derrubar o lugar e limpar o entulho, e por mim, tudo bem. O telhado e o piso desapareceram no porão. Nem posso entrar ali para olhar antes que eles tirem parte desse lixo.

Do outro lado da rua, Joseph DeLucca estava arriado no degrau da frente, pousando a cabeça enfaixada nos joelhos. Ouviu meus passos na calçada de lajotas, ergueu os olhos e me encarou feio.

– Tira sua bunda de nossa propriedade, seu abutre de merda!

Ele levantou, cerrou os punhos em bolas e deu um passo na minha direção. O movimento me fez estremecer de dor.

– Como está a sua mãe?

Isso o deteve. Ele suspirou e desabou de novo no degrau.

– Não quero você escrevendo sobre a minha mãe na porra do seu jornal de novo – disse ele, mas toda a valentia tinha sumido de sua voz.

– Não vou, Joseph. Só estava querendo saber como sua mãe está.

– Puta da vida. Teve de ficar com a irmã dela, mas a mãe não entende por que não pode voltar para casa.

– Por que está sentado aqui? – perguntei, antes de perceber que ele provavelmente não tinha para onde ir.

– Por causa do merda do Polack. Pozecki? Perluski? Ele me disse que não posso entrar na porra da minha casa. Eu disse a ele que era besteira, então ele prometeu me deixar entrar, pra eu ver, desde que fique longe da merda do porão. Tenho de ver se as fotos do pai e meus cards Nomar queimaram. Ele bem que podia parar de encher a cara de cerveja, o babaca.

– A casa era alugada?
– Não. É da mãe. O pai deixou pra ela depois que o câncer o pegou. É tudo o que ela tem.
– Tem seguro?
– A mãe disse que sim.
– Vão reconstruir?
– Sei lá, cara. A mãe tá velha demais pra começar de novo. Devia ter vendido a merda da casa quando tivemos uma chance.

41

Os novos voluntários incharam os DiMaggios a 62 membros, e Zerilli interrompeu o alistamento quando ficou sem tacos Louisville Sluggers. Recrutas mal treinados da academia dos bombeiros reforçavam o grupamento em batalha de Rosie, que agora perdera cinco homens, entre mortos e feridos. Extintores de incêndio e armas de fogo sumiam das prateleiras da Drago Guns and Hardware, na North Main. Um monte de mulheres e crianças fugiu de Mount Hope e foi morar com os parentes, mas os homens permaneceram para ficar sentados a noite toda com revólveres ou rifles. O jornal anunciou um fundo de auxílio às famílias que perderam as casas nos incêndios e o dono entrou com os primeiros milhares de dólares. E o governador ofereceu a Guarda Nacional de Rhode Island para patrulhar as ruas de Mount Hope, depois retirou a oferta quando se lembrou de que ela estava no Iraque.

Os seguimentos da Noite de Inferno nos mantiveram ocupados por dias. Era bom ter tanto trabalho. Eu não tinha tempo para pegar mais leve e pensar em todas as maneiras com que o antigo bairro ficava menor.

Era sexta-feira antes que eu tivesse tempo de pensar o que ia fazer. Ainda estava sentado a minha mesa pensando nisso quando o Deep Purple me interrompeu com os acordes de abertura de "Smoke on the Water". Verifiquei o identificador de chamadas e decidi atender assim mesmo.

– Seu!
Filho!
Da!
Puta!
– Bom-dia, Dorcas.
– Quem é a vaca asiática que você estava apalpando no Casserta's outra noite?

– Sabe de uma coisa? Estou feliz que tenha ligado. Como está indo a Rewrite? Está se lembrando de dar o vermífugo? Ela deve tomar um por mês.

– Você sempre se preocupou mais com aquela merda de cadela do que comigo!

– Bom, ela *era mesmo* mais afetuosa.

– Seu filho duma puta!

– Foi ótimo conversar com você, Dorcas, mas tenho de voltar ao trabalho. – Desliguei antes que ela pudesse me acusar de estar trepando com a cadela.

Assim que desliguei, no meio da arenga de minha amável ex, o Deep Purple recomeçou: Da Da DA, da da da-DA, da da DA, da da.

Lembrete a mim mesmo: mudar o ring tone para algo que não tenha *fumaça* no título.

– Precisamos conversar.

– Tem alguma coisa para mim?

– Nada de sólido – disse McCracken –, mas a Noite de Inferno não faz sentido. Um piromaníaco incendeia para ver a coisa queimar. Por que cinco incêndios em quatro ruas ao mesmo tempo? Não há como saborear todos eles.

Peguei um vidro novo de Maalox na minha gaveta, abri e tomei um gole.

– Talvez ele não se excite com os incêndios – eu disse. – Talvez seja ler sobre eles no jornal, ver sua obra no noticiário da TV.

– É, pode ser. Ou talvez fosse uma forma de maximizar os danos. O Departamento de Incêndios não está equipado para lidar com tantos incêndios ao mesmo tempo. Temos "talvez" demais. Por que não dá uma passada aqui para a gente pensar junto?

– Chego aí em meia hora.

Andei pela cidade e entrei na sala de McCracken bem a tempo de ver a secretária dele curvada para enfiar uma pasta no arquivo.

– Ele está esperando você – disse ela, sustentando a pose para me dar uma boa visão da calcinha de renda vermelha por baixo da microssaia preta. – Pode entrar.

Era uma linha reta, mas não toquei naquilo. Vi o namorado dela, um ex-boxeador, remodelar muitos rostos.

– Soube alguma coisa do Polecki? – eu disse.

– Só depois de ligar para você. O incêndio da casa de três andares e da outra de duas famílias foi definitivamente premeditado. Cafeteiras e gasolina usadas em três. Ainda estão trabalhando no sobrado e no prédio de apartamentos, mas podemos ter certeza do que vão encontrar.

– Dizem que o bebê que tiraram do prédio não vai sobreviver – eu disse. – Outra criança que não vai crescer em Mount Hope. Isso soma 11 mortos, para não falar de outros 15 com queimaduras e ferimentos.

– É – disse ele. – Quase 5 milhões em apólices de seguros, 3 milhões só de minha empresa. Graças a Deus não estou no setor de seguro de vida.

A mesa dele era do tamanho de uma vaga de carro. Ele abriu um mapa, que cobriu a maior parte dela, uma vista topográfica de Mount Hope, mostrando todas as ruas e construções. Passamos os minutos seguintes identificando os 14 prédios incendiados. McCracken os coloriu cronologicamente com um marcador amarelo, começando pelo primeiro incêndio em dezembro e terminando com a Noite de Inferno.

No início, os incêndios pareciam esparsos: o primeiro na Cypress, o seguinte quatro quadras ao sul, na Doyle, o terceiro na Hope, na margem leste do bairro. Mas enquanto os seis últimos quadrados eram preenchidos de amarelo, surgiu um padrão. Todos os incêndios foram ateados dentro de um retângulo irregular limitado pela Larch ao norte, a Hope a leste, a Doyle ao sul e a oeste pela Camp, conhecida nos tempos coloniais como Horse Pasture Lane. Nada fora do quadrante sudeste do bairro, a parte que dá para a Universidade Brown e o East Side de elite.

– Percebi a mesma coisa na terça-feira, quando estava no carro verificando os danos da Noite de Inferno – eu disse. – Eu podia ter estacionado o carro e passado a pé pelos 14 prédios incendiados em dez minutos.

– Exclua todos os prédios antigos entre a Doyle e a Larch – disse McCracken – e você terá uma mina de ouro em área para construção.

– É mesmo. Mas isso exigiria uma conspiração daquelas.

– Porque as propriedades pertencem a cinco imobiliárias diferentes.

– É, e os DeLucca são donos da casa na Larch, o que soma seis proprietários.

– E os outros quatro alvos da Noite de Inferno?

– Ainda não sei – eu disse. – Vou ver as escrituras esta tarde, mas provavelmente nos dará outros donos.

– É provável – disse ele. – É difícil ver alguma coisa nisso. Ainda assim, o padrão é peculiar.

– Pode ser aleatório. Há cinco anos, pensei ter achado uma epidemia de câncer perto do McCoy Stadium. Uma dezena de mortos e moribundos em apenas quatro quadras. Uma equipe do Centro de Controle de Doenças veio de Atlanta para ver e concluiu que não acontecia nada de estranho. Qualquer coisa que apareça em abundância, como incêndios em Mount Hope, câncer em Pawtucket ou estrelas no céu, nunca se espalha com regularidade. Sempre se agrupa.

– Ainda assim, dá no que pensar – disse ele.

– É – eu disse –, dá mesmo.

42

Na volta, atravessando o rio Providence a pé, liguei para Veronica e sugeri que ela se juntasse a mim em meu habitual banquete gourmet no Haven Brothers. Eu olhava o chef Charlie torrar meu cheeseburger quando ela apareceu com Mason. Isso me irritou um pouco. Um apertão e um beijo de Veronica e eu quase esqueci.
– Que bom que você ligou – disse ela, sentando na banqueta a meu lado. – Tinha uma coisa que eu queria te dizer hoje de manhã. Lembra da Lucy?
– Sua irmã?
– É. Ela virá de carro esta tarde de Boston para passar o fim de semana comigo. Eu não vou te ver por alguns dias, então é bom que a gente tenha um almoço sossegado juntos.

Olhei em volta. Duas mulheres gritonas tinham uma discussão cheia de expletivos sobre as traições de alguém de nome Herb. Charlie cantarolava uma versão desafinada de ZZ Top para torrar meu burger, que pedia piedade aos gritos. O Haven Brothers não era exatamente um lugar romântico e, sentado entre Veronica e Mason, eu não sentia muito que o tempo seria bem aproveitado.
– Você tem uma irmã? – disse Mason.
– Tenho.
– Ela é bonita como você?
– Mais nova e mais bonita.
– Acha que ia gostar de mim?

O que era isso, *High School Musical*?

Veronica jogou o cabelo para trás e riu.
– Pode ser. Vou dar seu número a ela e você mesmo pode perguntar.

Mason sorriu, depois se lembrou dos boatos que diziam que ele era repórter. Abriu a Dunhill e pegou uma pasta.

– Agora tem alguns minutos para conversar sobre aquela história das tampas de bueiro? Acho que peguei alguma coisa e você pode me aconselhar sobre como continuar com minha nvestigação.

Ah, que ótimo. Agora ele é um repórter *investigativo*.

– Desculpe, Valeu-Papai. Hoje não tenho tempo.

– Ah. Tudo bem – disse ele, e guardou a pasta.

Ele ficou sentado em silêncio por um instante, depois disse:

– Mulligan?

– Humm?

– Isso é um teste? Quer saber o que sou capaz de fazer sozinho?

– Isso mesmo. Você sacou.

– Então eu tenho de usar minha capacidade crítica, não é?

– É, essa sofisticada ferramenta afiada nos sagrados corredores da Colúmbia.

Ele assentiu e sorriu consigo mesmo.

Veronica e Mason ainda estavam escolhendo os sanduíches quando Charlie tirou meu prato e largou a conta no balcão. Eu a empurrei para o Valeu-Papai.

– Divirta-se, Veronica – eu disse. Isso pareceu idiota, então lhe dei uma bitoca no rosto para dar ênfase.

Ao seguir para a porta, virei-me para dar uma última olhada em suas pernas enroscadas sob a banqueta. Ela sacara a carteira e mostrava uma foto da irmã a Mason. Ele sorria de novo. Eu me virei e saí para um dia que tinha cheiro de chuva.

Fui a pé até a CVS na Kennedy Plaza, comprei uma caixa de Benadryl, engoli alguns a seco e fui para a sala bolorenta de registros de imóveis no porão da prefeitura. O remédio não ajudou muito. Quando fechei o último livro de registros, meus olhos coçavam e o nariz escorria.

A casa de três andares na Doyle, a térrea na Pleasant e o sobrado na Larch tinham sido comprados por uma ou outra daquelas cinco misteriosas imobiliárias nos últimos 18 meses. O prédio de apartamentos em Mount Hope era uma história diferente. Pertencia à empresa de Vinnie Giordano, a Rosabella Development, que recebeu o nome de sua santa mãe. Os registros mostravam que o mafioso tinha arrebanhado a propriedade em troca dos impostos três anos antes. Por garantia, olhei a casa onde moravam os DeLucca, confirmando que era da família de Joseph desde a década de 1960.

Anotei tudo, mas não valeu o tempo nem o nariz entupido. Pelo que eu podia ver, não valia nada de nada.

43

Já eram mais de nove horas quando peguei umas coisas na redação e saí para uma chuva leve. Não estava com vontade de passar o resto da noite de sexta sentindo o cheiro dos vestígios de Veronica em um apartamento vazio, então fui a pé para o Hopes e tomei posse de uma banqueta no bar. Annie, uma estudante da Johnson & Wales que fazia bico ali, manejava a batuta.

– O de sempre?

Minha úlcera disse sim, mas o resto de mim dizia Killian's.

– Tem certeza?

– Tenho.

Alguém colocou moedas na juke e escolheu "Lonesome Day Blues", do Bob Dylan. Era justamente o que eu precisava – uma música para combinar com meu humor.

Um grupo de bombeiros ria na outra ponta do balcão. Vi que empurravam uma nota de um dólar para Annie. Ela as pegou e subiu a saia pelas pernas compridas, deixando que eles dessem uma boa olhada. Depois alisou a saia, recolocando-a no lugar, voltou a mim deslizando, viu minha garrafa quase vazia e me trouxe outra.

– O que foi isso?

– Eu fiz uma tatuagem na semana passada – disse ela – e cometi o erro de comentar aqui. Agora todo mundo quer ver. No início eu dizia Nem pensar. Então os caras começaram a me oferecer um dólar por uma olhada. Eu pensei, E por que não? É o único jeito de conseguir que esses oportunistas me deixem uma gorjeta.

Tirei a carteira do jeans e deslizei uma nota pelo balcão.

– Quero uma vista de cinco dólares – eu disse.

Ela deu um sorriso falso e levantou a saia, revelando uma borboleta azul e vermelha empoleirada ao sul do paraíso. Achei que isso desviaria minha mente de Veronica. Não deu certo.

Eu estava terminando a terceira cerveja e minha úlcera começava a rosnar, quando Annie se aproximou com outra garrafa.

– Esta é por conta da morena alta e linda de morrer da mesa do fundo – disse ela.

– Eu já vi aquela cara em algum lugar. Será que foi na TV?

Olhei para onde Annie apontava e disse:

– Foi. No trailer do novo filme da *Mulher Maravilha*.

Peguei a garrafa e a levei para a mesa onde Rosie estava sentada sozinha, com uma dose de âmbar líquido na mão e quatro garrafas vazias de Budweiser enfileiradas diante dela. Normalmente, ela era de beber pouco. Eu nunca a vi beber tanto. Havia rugas de preocupação em torno de sua boca que não estavam ali antes.

– Eu não te vi quando entrei – eu disse.

– Eu te vi. Só não tive vontade de falar mesmo.

– Como você está?

– Dois de meus homens estão mortos, e outros no hospital, aqueles que deixei estão todos mortos de cansaço e perdi a conta do número de civis mortos e feridos nos meus turnos. É assim que eu estou.

Cobri sua mão esquerda com a minha e apertei.

– Até parece que é sua culpa – eu disse.

– Tem certeza de que não é? – Apareceu aquele olhar carrancudo novo, o que me fazia voltar direto à primeira série.

– Tá brincando comigo? Você é uma heroína, Rosie. – Mas a heroína baixou a cabeça e declinou a honra. Seus ombros arriaram e os fios de cabelo castanho caíram em seu rosto. Era a primeira vez que eu a via descuidada.

– Sabe o que mais me dá medo? – disse ela num sussurro.

– O que é?

– Polecki e Roselli. Com Debi e Loide no caso, é possível que a gente nunca saia desse pesadelo. – Ela virou o que restava da bebida e gesticulou para Annie trazer outra. Quando chegou, tomou em um só movimento.

– Precisa de uma folga, Rosie.
– Foi o que disse o diretor de segurança pública. Eu disse a ele De jeito nenhum, mas ele me ordenou tirar alguns dias. Vou passar todos eles bêbada. – Ela vasculhou a bolsa, pegou um envelope e me entregou. – Toma – disse ela –, pode muito bem ficar com isso.

Espiei dentro do envelope e achei dois ingressos para a abertura no Fenway.

– Leve sua namorada – disse ela. – Eu não teria humor para isso.

– Ela não gosta de beisebol. Prefiro ir com você.

– Eu não seria nada divertida.

– Está tudo bem. Podemos ficar infelizes juntos.

Com essa, ela se afastou da mesa, pegou a bolsa e levantou para sair. Estendi a mão e peguei a chave do carro dela na mesa.

– Isso é um amor – disse ela –, mas acho que vou a pé.

Meia hora depois, eu estava sentado numa banqueta ninando minha cerveja quando Annie apareceu com outra garrafa.

– Essa é da loura perto da janela da frente – disse ela. – Você é assim tão gostoso, ou hoje é seu dia de sorte?

– Gostoso – eu disse. – Todo dia é dia de sorte.

Peguei a garrafa e a levei à mesa onde Gloria estava sentada com uma lata de Bud.

– Sozinho numa noite de sexta? – perguntou ela.

– Veronica está se divertindo com a irmã.

– Vocês dois começaram a esfriar?

– Mais parece que estamos esquentando.

– Ah. Que pena.

Eu não sabia o que dizer e acho que ela também não. Ficamos sentados em silêncio por alguns minutos.

– Bom – disse ela enfim –, tenho de ir.

– Um encontro tarde?

Ela balançou a cabeça.

– Não é fácil achar o cara certo, que queira passar uma noite romântica zanzando de carro por Mount Hope com as janelas abertas, farejando fumaça no ar.
– Meu Deus, Gloria. Ainda está fazendo isso?
– Na maioria das noites. Não todas. Quando o inferno se abriu na segunda, eu estava na White Horse, em Newport, sendo apalpada por um corretor que tentou me impressionar com tudo o que sabia sobre fundos hedge. Perdi a maior história do ano e nem mesmo me diverti.

Ela secou a lata, empurrou a cadeira para trás e levantou.
– Fique, Gloria. A próxima rodada é por minha conta.
– Desculpe. Tenho de ir.
– Não devia ficar andando por aí sozinha.
– Venha comigo – disse ela. – Tenho Buddy Guy no CD player, você pode fumar no meu carro e desta vez prometo que *não vou te beijar*.

Eu quase cedi. Mas, que inferno, eu não podia cuidar de todo mundo. O ronco no meu estômago me dizia que eu não estava fazendo um bom trabalho cuidando de mim mesmo. Além disso, eu não tinha certeza se ela cumpriria a promessa ou se eu me lembraria de me comportar, se ela não cumprisse.

Quando meneei a cabeça numa negativa, ela se virou e foi para a porta. Eu a vi passar na chuva pela janela.

Tirei um cubano do bolso da jaqueta, cortei a ponta e acendi com o Colibri. Annie me trouxe outra Killian's, depois voltou ao balcão e aumentou o volume da TV para que o turno da noite da redação pegasse a versão dos fatos de Logan Bedford:

"Lembram-se de Sassy, a cadela que andou ou não por todo o país para achar seus donos? Bom, os testes da faculdade de veterinária da Tufts chegaram e o 10 News os tem com exclusividade. Esperem só para saber o que eles descobriram. Vocês vão ficar *chocados!*"

Não, eu não vou, pensei, mas levei minha cerveja para o balcão para ver mais de perto. Bedford se esbaldava expondo a matéria de Hardcastle e se esfregando nela. Ele encerrou a matéria com duas imagens curtas – uma de Martin Lippitt brincando com sua cadela, outra de Ralph e Gladys Fleming na escada da frente em Silver Lake, agarrados um ao outro, chorando na chuva.

Annie enxugou uma lágrima do rosto e me trouxe outra cerveja.

– Essa é uma das coisas mais tristes *do mundo* – disse ela.

– É. Só perde para "Em lugar das flores", "Vamos ser só amigos" e "Os Yankees venceram".

44

Naquela noite, não consegui dormir. Fiquei esticado na cama, de cueca, vendo a CNN e lendo *Guia de bolso para coleta de provas de aceleradores*. Senti o cheiro de gasolina antes de ouvir o farfalhar na porta de meu apartamento.

Fui descalço e na ponta dos pés até a cozinha, pisei em alguma coisa molhada e espiei pelo olho mágico. Só o que eu podia ver era o reboco rachado da parede oposta. Abri a tranca, puxei a porta e descobri um homem agachado na minha soleira, derramando um galão em uma pá de lixo inclinada para lançar a gasolina por baixo de minha porta.

Ele baixou o galão no chão, endireitou-se em toda a sua altura de 1,65m e me olhou de cima a baixo.

– Fala sério! – disse ele. – Cueca dos Red Sox? Não está levando as coisas meio longe demais?

– Devia ver minhas camisinhas.

O canto direito de sua boca se curvou em algo que quase podia ser confundido com um sorriso. Depois ele pôs a mão no bolso do casaco e tirou um maço de Marlboro. Sacudiu e pegou um, meteu na cara e o acendeu com um isqueiro descartável.

Eu não disse nada. A boca do bandidinho entortou de novo. Ele devia pensar que eu estava mudo de medo, mas não era esse o meu problema. Eu só não conseguia achar a piadinha certa. "Essas coisas podem te matar" era óbvio demais. "Não sabia que é a Semana de Prevenção a Incêndios?" não era muito melhor. "Oi... sem ofensas" parecia inferior a mim. Ao contrário de minha soleira, a cada uma delas faltava alguma coisa.

Por fim me decidi:

– Desculpe, mas o Timmy não pode sair para brincar.

A boca torta endireitou.

– Muito engraçado para um morto.
– É só uma úlcera.
– O quê?
Dei de ombros.
– Tenho um recado para você, Mulligan. Você andou metendo o nariz onde não foi chamado e isso não é saudável. Pare de xeretar. Esse é só um aviso. Da próxima vez, deixo cair o cigarro.
– Mulligan? – eu disse. – Está procurando o Mulligan? Expulsei aquele babaca há meses. Ele fumava no apartamento, nunca ajudava a lavar os pratos depois do jantar, eu o peguei me traindo e ele sempre dava calote na sua parte do aluguel.

O bandidinho não engoliu essa. Já estava descendo a escada.

Fui atrás dele, alcançando-o no hall estreito da entrada. Segurei-o pelo ombro e o girei. Um erro. Ele cerrou os punhos, fez uma finta com o esquerdo e meteu um gancho de direita na minha virilha. Sorriu ao me ver cair, depois se virou e saiu pela porta como se não tivesse nenhuma preocupação na vida.

45

– Tudo bem, babaca – disse Polecki. – Vamos repassar a história.

Repeti a descrição do bandidinho, da cabeça raspada a seus Air Jordans, e recitei, pelo que me lembrava, cada palavra que ele disse.

– Ele disse que tinha um recado para você? Quis dizer que era dele, ou que estava passando para alguém?

– Ele não disse isso.

– Me fale de novo como ele conseguiu te dar uma sova, mesmo você sendo grandalhão.

– Já contei isso três vezes.

– É, mas eu quero muito ouvir essa parte.

Já passava bem das três da manhã quando saí da delegacia da Washington Street. O sargento da noite ouviu minha história, reconheceu sua importância e tirou Polecki da cama. Sentamos um de frente para o outro nas cadeiras de metal gastas, com dois copos de café vazios na mesa marcada de cigarros da sala de interrogatório.

– Esse pode ser nosso invasor – disse ele. – Você pode ter visto a cara do nosso homem.

Quatro horas depois, fechei o último livro de fotos de suspeitos, incapaz de achar um rosto. Passei mais uma hora com uma desenhista que achara sua faculdade de artes no verso de uma caixa de fósforos. A julgar por seu retrato, estávamos procurando por Homer Simpson.

Quando cheguei em casa, o apartamento ainda fedia a gasolina. Uma poeira preta de digitais cobria o corrimão da escada, a soleira da minha porta, a maçaneta, qualquer coisa que o bandidinho possa ter tocado.

Tentei dormir um pouco, mas não deu, então liguei para McCracken para dar a dica do bandidinho. Ele prometeu passar a descrição aos investigadores de seguros da Nova Inglaterra.

– Ele te disse para parar de xeretar? Foram essas as palavras dele?
– Arrã.
– Lá se foi sua teoria de que ele tem prazer com a publicidade.
– Pois é.
– Me conta de novo como foi que ele te deu uma surra.
– Já falamos nisso.
– É, mas eu quero ouvir essa parte.

Desliguei e caí na cama de novo, mas ainda não conseguia dormir. Decidi dar um passeio.

– Se eu topar com ele de novo, ele é meu – eu disse. – Nem acredito que deixei que levasse a melhor daquele jeito.
– Olha, merdas acontecem – disse Zerilli. – O babaca bateu nos teus bagos, o tamanho dele não importa. Meu neto Joey, de seis anos... Lembra do pequeno Joey? Outro dia ele pulou em mim, bateu no meu saco e eu desabei de joelhos.

A mão esquerda dele baixou por reflexo para proteger o volume na cueca.

– O topo da cabeça dele mal chegava a meus ombros – eu disse –, então eu calculo que tenha 1,65m. Pele morena, cabeça raspada com uns trechos descamando e vermelhos, pode ser psoríase. Ombros feito melões metidos no paletó. Fuma Marlboro. Parece alguém que você tenha visto no bairro?
– Não. Parece um pouco um cara que Arena trazia de Brockton de vez em quando para um trabalho sujo, mas, da última vez que eu soube, ele pegou dez anos na Cedar Junction por roubo de carga. O idiota deu uma coronhada no motorista, arrombou a tranca da caçamba e começou a sonhar com a grana que ia fazer com uma carga de computadores. Abriu as portas, e o que acha que estava lá dentro? Uma carga de cadeiras dobráveis de ferro.

Já tínhamos passado por nosso ritual – ele me presenteando com uma nova caixa de cubanos e me pedindo para jurar de novo nunca revelar o que acontecia nesta salinha que dava para os corredores do mercadinho; eu jurando, abrindo a caixa e acendendo um.

– Quanto está pagando na abertura de amanhã?
– O jogo do Sox?
Assenti.
– Um para setenta – disse ele.
– Parece meio demais.
– Com Matsuzaka rebatendo? Devia ser mais alto.
– Boto dez pratas.
Zerilli ganhava no volume. Se os Sox vencessem, ele recolheria 100 dólares dos coitados e pagaria 100 aos protegidos, sem lucrar nada. Se os Sox perdessem, ele recolheria 170 dos protegidos e pagaria 150 aos coitados, ganhando 20 por aposta.
A julgar pelo toque constante do telefone, volume não era problema.
– O movimento nos Sox é tanto – disse ele – que vou ter de suspender a do Grasso.

46

O beisebol é um esporte que devia ser disputado no verão. Isso parecia especialmente verdadeiro nessa tarde de início de abril em Boston, quando a temperatura na hora do jogo estava nos 4 graus e o vento soprava do porto com cheiro de sal e um toque de esgoto.

 Pegamos um trem da Amtrak no final da manhã na estação de Providence, Rosie com um moletom novo de capuz com o nome e o número de Ramirez costurados nas costas, eu com um velho agasalho dos Red Sox que pertencera a meu pai. Falamos de beisebol, incêndios e Veronica o tempo todo.

 – Já comprou aquele presente para ela?
 – Não.
 – Por que não?
 – Sei lá, parece...
 – Um passo além.
 – É, acho que sim.
 – Garoto, você já passou desse ponto.
 – Passei?
 – Posso te fazer umas perguntas?
 – Claro.
 – Você pensa muito na Veronica quando não está com ela?
 – Er... penso.
 – Quando Annie te mostrou aquela borboleta outra noite, você deixou de pensar nela?
 – Você viu, é?
 – Pare de fugir e responda a minha pergunta.
 – Não. Não parei de pensar nela.
 – Se seus dedos roçam o braço dela, você fica formigando?
 – Se eu fico formigando?
 Ela só me olhou.

– É, acho que sim. Mas nem sempre no braço.

– Você fica acordado no meio da noite, só olhando-a dormir?

Como é que ela poderia saber disso?

– Às vezes.

Ela estendeu a mão e me beliscou no rosto.

– Ai. O meu pequeno Liam está apaixonado.

Meu primeiro instinto foi discutir com ela, mas, se eu perdesse, só ficaria confuso.

Pegamos um táxi para a South Station, chegando no Fenway a tempo para o show de abertura. Os Boston Pops tocaram o tema de *Jurassic Park* enquanto uma imensa bandeira do campeonato mundial de 2007 era desenrolada e cobria o Green Monster. Tedy Bruschi, Bobby Orr, Bill Russell e um monte de outros heróis dos esportes de Boston apareceram correndo. David Ortiz ajudou o ancião Johnny Pesky a hastear a bandeira do campeonato no poste do centro de campo. Rosie e eu estávamos roucos de gritar quando Bill Buckner pisou no monte, enxugou uma lágrima e fez o arremesso inicial para a tacada de Dwight Evans.

Ah, sim. Eles também jogaram beisebol. Matsuzaka brincou com os tacos dos Tigers, Kevin Youkilis rebateu três seguidas, Ramirez bateu nas três bases e os Sox venceram por 5 a 0.

Depois disso, eu estava pronto para uma Killian's gelada, mas Rosie tinha outras ideias:

– Vamos até o estacionamento dos jogadores para acenar para eles quando saírem.

Ui! Péssima ideia. Eu adorava vê-los jogar, mas venerar heróis não era a minha.

– Vamos lá – disse ela. – Vai ser divertido.

Não tanto quanto uma cerveja. Eu me arrastei atrás dela.

Um mar enlouquecido de vermelho e branco se apertava na cerca de tela, pirando completamente sempre que um jogador saía, ignorava-os solenemente e entrava num bebedor de gasolina obsceno de tão caro.

– Casa comigo, Dustin!
– Ei, Youk! Me dá um autógrafo!
– Josh! Quero ter um filho seu!

Rosie atravessou a multidão e abriu caminho até a frente. Alguns caras começaram a protestar, depois esticaram o pescoço para olhá-la e pensaram melhor. Foi quando Manny Ramirez quicou porta afora como um estudante. Ele sorriu e agitou um boné imaginário enquanto as câmeras digitais clicavam. Rosie soltou um grito que eu só ouvia de adolescentes histéricas em shows de rock.

Manny se virou para o grito e, como todos os homens, viu Rosie assomando sobre a multidão. Acima de dezenas de loucas gritando seu nome, eu claramente o ouvi dizer "Caramba".

Enquanto ele se aproximava da cerca, ela meteu os dedos por ali. Ele sorriu, pegou-os e apertou. A chefe Rosella Morelli, heroína de Mount Hope, derreteu. Depois Manny se virou e foi para seu Lincoln Continental 1966 restaurado. Olhou para trás, babou para Rosie de novo, subiu ao volante e se foi.

Ela ficou olhando até que as lanternas traseiras desaparecessem numa esquina. Depois se virou para mim.

– Se um dia...
"Contar a alguém...
"Sobre isso..."
– Sobre o quê?

Seguimos a multidão até o Cask's Flagon, na esquina da Lansdowne Street com a Brookline Avenue, para uma pizza com cerveja, depois andamos pela rua para jogar sinuca no Boston Billiard Club. Muito mais tarde, ficamos no Bill's Bar, na esquina, até fechar. Já era tarde demais para pegar o último trem para Providence, então o barman nos indicou um lugar que oferecia a opção de Budweiser ou Miller direto da lata, Jim Beam ou Rebel Yell em copos lascados e um monte de tapas nas costas de torcedores dos Sox. Pegamos o primeiro trem da manhã, às 6:10, hora local, e tentamos dormir a caminho de casa. Quando fomos depositados, felizes e amarrotados, na estação de Providence, eram 6:55 da manhã. Hora de dormir.

Uma escultura do sr. Cabeça de Batata nos recebeu no saguão. Na lateral, alguém tinha escrito "Bosta de Yankees!" em spray vermelho. Agradeci a Rosie de novo pelo ingresso, abracei-a, pedi que tivesse cuidado e saí da estação. Andei pela Atwells Avenue para casa, despejei Maalox na minha úlcera gritante e desmaiei no colchão.

Era quase meio-dia quando fui trabalhar. Ao entrar na editoria local, Lomax me pegou pelo braço.

– Mulligan! Soube do que aconteceu com Gloria Costa?

47

Quinze minutos depois, eu entrava no quarto de Gloria no Rhode Island Hospital e não reconhecia o rosto no travesseiro. O olho direito estava coberto de gaze. O nariz era de um preto azulado e entortava para a esquerda. Os lábios estavam cortados e inchados. A mão direita, engessada, estava imóvel no lençol branco e imaculado. Sangue seco grudava no cabelo louro. Ela não parecia mais a Sharon Stone.

Pensei em pegar sua mão esquerda, depois vi o tubo intravenoso colado no dorso, então só coloquei a mão em seu ombro. O olho esquerdo de Gloria abriu palpitante e ela murmurou alguma coisa que podia ser meu nome.

Levantei e tirei seu prontuário do gancho ao pé do leito. "Ruptura do tendão, mão direita. Fratura do osso occipital direito. Fratura de três costelas, lado direito. Contusões múltiplas no rosto, braços, peito e costas. Descolamento de retina, olho direito. Prognóstico de recuperação da visão incerto."

Eu não conseguia lembrar que olho ela usava no visor da câmera.

Naquela noite, Veronica cozinhou para mim de novo, trazendo sua *wok* e salteando uma mistura fragrante de camarão, gengibre e algo que ela chamava de "vegetais". O vapor que subia enevoava sua pele.

– Como está a Gloria? – perguntou ela.

– Cheia de dor. Não fala muito. É difícil olhar para ela. Devia ir visitá-la. Sei que ela está cansada de olhar a minha cara.

Fez-se silêncio enquanto Veronica apagava o fogo sob a *wok*. Por fim, ela falou:

– Não tenho tanta certeza disso.

O jogo dos Sox era um assunto mais seguro. Enquanto comíamos, tagarelei sobre ele, parando por uns dez minutos depois que os olhos de Veronica ficaram vidrados. Depois ela me contou sobre seu fim de semana jantando fora e fazendo compras no Providence Place com a irmã.

– Sentiu minha falta? – disse ela.

– Ah, sim. Claro que sim.

Quando falei em meu contato com o bandidinho, ela baixou o garfo e me encarou.

– Jesus, Mulligan! Por que não me contou isso antes?

– Porque os Sox são muito mais importantes.

– E se ele voltar?

– Estou contando com isso. Acredite, eu posso acabar com ele e é o que vou fazer na primeira oportunidade que tiver.

Ela pegou o garfo de novo e apunhalou um camarão.

– Vocês não são dois meninos no pátio da escola, Mulligan. Se esse é o nosso incendiário, já sabemos que ele mata gente. E se ele da próxima vez estiver armado?

– Eu tiro a arma dele – eu disse, de repente sentindo-me menos seguro do que aparentava.

– E se ele bater aqui de novo? – perguntou ela, os dedos roçando a frente do meu jeans. – Com a sorte que você tem tido ultimamente, ele pode causar danos permanentes da próxima vez.

Não gostei do rumo que a conversa tomava, mas gostei de onde sua mão vagava. Eu estava meio cansado, mas as partes que eu pretendia usar não estavam. Depois que caímos na cama, eu me virei de costas. Pela primeira vez desde que transamos, não íamos transar.

– Você precisa descansar – sussurrou ela. – E precisa parar de agir como um caubói.

Ela puxou minha cabeça para o peito, e era bom ali. Ela tocou os lábios em minha testa, demorando-se num ponto que eu juro

que nunca foi beijado antes. De repente dormir era uma possibilidade distinta. Seu cheiro era uma droga, puxando-me para baixo.
— Noite — consegui murmurar.
— Eu te amo, gato — disse ela. Ou talvez eu estivesse sonhando isso.

48

No dia seguinte, Gloria estava um pouco melhor. Não muito, mas um pouco. Bom, o suficiente para tentar me contar sua história. Ela falava em instantâneos, às vezes parando para chorar, às vezes para tomar fôlego. Sua voz era rouca e fraca. Fiquei sentado ao lado de sua cama por duas manhãs e duas tardes antes de ter a história toda.

Na noite de sábado, depois que a deixei sair do Hopes sozinha, ela rondou por Mount Hope em seu Ford Focus azul. Pouco antes da meia-noite, a chuva apertou e ficou frio. Ela pegou a garrafa térmica e percebeu que tinha se esquecido de enchê-la antes de sair. A loja de Zerilli ainda estava aberta, então ela parou na vaga ao lado do prédio e entrou correndo. No balcão de café, recarregou a garrafa térmica com um quarto de Green Mountain. Quando saiu, a chuva caía forte. De cabeça baixa, ela disparou para o carro e meteu a chave na fechadura.

Tinha acabado de abrir a porta do carro e colocar o pé para dentro quando aconteceu: a base da mão de alguém golpeando suas costas. Uma queda de cara no banco do carona, a garrafa térmica escorregando de sua mão, caindo no asfalto. O peso de um homem caindo por cima dela, tirando-lhe o fôlego. A chuva batendo no teto, abafando seus gritos.

Debatendo-se embaixo dele. Tateando o console, procurando a porta do carona. Punhos socando seu rosto. Sua cabeça jogada sob o painel. Sua mão tirando um sapato, batendo na janela lateral para atrair alguém. Ninguém. O sapato arrancado de sua mão, esmurrado no crânio. Uma faca de repente em seu pescoço. Uma voz cortando a escuridão:

"Vai se foder, sua puta enxerida!" E dizendo isso de novo. E de novo. E mais uma vez.

Agora deitada, sem movimento, com metade do corpo no chão, enquanto ele tira a Nikon da maleta, depois vasculha a bolsa. A voz dele de novo:

"Cadê o dinheiro, piranha?"

A voz dela: "Na carteira. Só alguns dólares."

Os punhos de novo. A faca no banco enquanto ele mexe no fecho de seu relógio Skagen. A faca tão perto. Correndo o risco. Pegando a faca, apontando para a cara dele. Uma cara que não tinha rosto. Coberta por uma máscara de esquiar azul.

A voz dele: "Agora pediu por isso, piranha."

Sua mão pequena esmagada na dele, mutilada, soltando estalos. A lâmina mordendo a base de seu polegar direito, cortando o tendão, depois caindo no banco. Sua cabeça agarrada e batida no painel de novo, e outra vez. E o mantra: "Vai se foder, sua vaca enxerida!" Um mantra só para ela.

De repente a voz parando, o corpo dele caído sobre o dela, prendendo-a no banco. Os dois fora de vista, imóveis como mortos. Tinha alguém passando? Os DiMaggios? Uma patrulha da polícia?

A chave de seu carro voando longe quando a dança dos dois recomeçou. Ele agora a achou no tapete do carona, ligou a ignição, dirigiu. Ela tentou espiar pela janela, ter um vislumbre de liberdade, mas ele lhe bateu com força por isso, depois colocou a mão grande em sua cabeça e a empurrou para baixo. Ela não sabia quanto tempo eles rodaram quando sentiu o carro reduzir e parar.

"Tá na hora, piranha enxerida que tira fotos."

As mãos dele agora nas roupas dela, arrancando o suéter pelos peitos, rasgando seu sutiã. Os punhos de novo. Um espancamento interminável. Apontando a faca para seu pescoço, obrigando-a a tirar o jeans e a calcinha. Dedos grossos contorcendo-se desajeitados entre suas pernas.

Lembrando. Não se resiste a um estuprador. Algo que ela leu em algum lugar.

A voz dela: "Vamos para o banco traseiro para nós dois curtirmos isso."

A voz dele: "Tá. Vai nessa, piranha."

Cambaleando de quatro pelo banco para a traseira, tateando no escuro, procurando a alavanca que abria a mala. O homem bem atrás dela, as mãos grandes apalpando.

A mão boa de Gloria achando a alavanca, puxando, abrindo a mala. Saindo aos tropeços. Batendo a porta da mala na cara dele. Correndo às cegas, choca-se num poste telefônico. Virando e correndo, nua e ensanguentada, pela chuva fria, fria.

Meu Deus. Gloria tinha me pedido para ir com ela.

– Como ele era?

Ela murmurou algo que não entendi.

– Baixo? Musculoso?

Teria sido o bandidinho?

Mais um murmúrio.

Eu parei de pressionar. Já havia exigido muito.

49

– Ela não viu a cara dele – dizia Laura Villani, a sargento de crimes sexuais, no final daquela tarde. – Ele ficou com a máscara de esquiar o tempo todo. Só o que conseguimos é que é branco, tem voz de fumante, aliança de casado, agasalho verde. Ela não o viu de pé, então não pode deduzir sua altura.

Será que o bandidinho tinha aliança de casado? Tentei imaginar as mãos dele, mas não conseguia me lembrar.

– Ela estava rondando pelo bairro, esperando pelo próximo incêndio – eu disse.

– Ela me falou.

– E ele a chamou de "piranha enxerida que tira fotos".

– É – disse ela. – Estamos trabalhando dessa perspectiva. A descrição dela não nos dá muita coisa, mas tiramos algumas digitais da bolsa de vinil da câmera. Se forem dele e ele estiver no sistema, vamos pegá-lo.

– Se pegar, gostaria de ter alguns minutos a sós com ele.

– Se pegarmos, vou deixar que tenha.

Voltei ao trabalho, peguei todas as minhas anotações sobre os incêndios em meu arquivo e as empilhei na mesa. Vinte e duas cadernetas apinhadas de descrições dos incêndios, registros de imóveis, descobertas do esquadrão de incêndios e incontáveis entrevistas com vítimas, bombeiros e investigadores. Vinte e duas cadernetas cheias de nada.

Ou teriam alguma coisa?

Quando um detetive da Homicídios chega a um beco sem saída, ele examina o livro do assassino, um registro cronológico de cada detalhe de sua investigação. Eu não tinha um livro do assassino, mas tinha todas aquelas cadernetas. Haveria algo ali que eu não tivesse visto? Haveria algo que devesse estar ali, mas não estava? Poderia eu achar algum padrão em quatro meses de anotações? Abri a primeira e comecei a ler.

Eu tinha começado a segunda caderneta quando Mason apareceu.

– Eu sinto muito pela Gloria – disse ele.

– Sei que sente.

– Mandei flores para ela.

– Eu sei. Vi no quarto dela.

Ele franziu a testa e meneou a cabeça.

– O olho direito dela – disse ele. – É o que ela usa para olhar pelo visor.

Ele percebeu isso? Talvez houvesse mesmo um repórter dentro dele.

– Talvez ela possa aprender a usar o esquerdo – eu disse.

– De qualquer maneira, ela tem um emprego para a vida toda. Vou cuidar disso.

Ele ficou em silêncio por um momento, com uma pasta fina de arquivo metida na mão esquerda.

– O que tem aí? – perguntei, já sabendo o que era.

– Meu arquivo das tampas de bueiro. Gostaria muito que você tirasse alguns minutos e repassasse comigo, para saber se deixei alguma coisa de fora.

– Tudo bem. Puxe aquela cadeira para cá e vamos dar uma olhada.

Ele sentou, empurrou de lado uma caixa de pizza e colocou a pasta na minha mesa. Abriu-a com cuidado, como se estivesse manipulando uma Bíblia de Gutenberg, e tirou três folhas de papel – fotocópias de registros de compra da prefeitura que mostravam transações com uma fabricante da cidade, chamada West Bay Iron.

– São quantas até agora? – perguntei.

– Novecentas e dez.

– Não precisa cochichar, Valeu-Papai. Ninguém vai roubar sua matéria.

– Os pedidos se espalham por um ano – disse ele –, cada um de menos de quinhentos dólares, para escapar da exigência de licitação do município. Juntas, 910 tampas de bueiro de ferro a 55 dólares cada uma, somando mais de 50 mil.

– O que o Departamento de Vias Públicas da prefeitura precisa fazer com 910 tampas de bueiro?

– Era o que eu queria saber. Fui lá perguntar a Gennaro Baldelli, mas ele me tocou para fora.

– "Blackjack" Baldelli.

– Como?

– É assim que nosso superintendente de Vias Públicas gosta de ser chamado.

– Então fui ver o vice dele, Louis Grieco. Ele também tem apelido?

– "Knuckles."

– Tá, bom, o Knuckles me disse para cair fora.

– E o que você fez então?

– Fui à prefeitura e verifiquei os registros de contribuição de campanha – disse ele, pegando outra folha de papel da pasta. – Por acaso Peter Abrams, o dono da West Bay Iron, doou o limite legal para a campanha de reeleição do prefeito.

– Ótimo trabalho, Valeu-Papai.

– Estive trabalhando no meu lead. Pode dar uma olhada?

– Não.

– Por que não?

– Porque você não está pronto para escrever.

– Não estou?

– Não tem o suficiente. Só o que tem é a prefeitura dando um pequeno negócio a um grande financiador de campanha. Isso pode ser matéria no Iowa ou em Connecticut, mas em Rhode Island não é notícia. É o de sempre.

– Então eu perdi meu tempo?
– Não necessariamente.
– E o que vou fazer agora?
– Descubra o que eles estão fazendo com todas aquelas tampas de bueiro.
– Mas eu já perguntei. Não me disseram.
– Isso porque você perguntou às pessoas erradas. Precisa cultivar algumas fontes, Valeu-Papai. Seduza uma secretária. Descubra onde os limpadores de neve bebem e pague umas rodadas a eles. Bata papo com os homens que trabalham com as pás e não tenham títulos antes do nome.

Mason sorriu, voltou a sua mesa, colocou o arquivo das tampas de bueiro na primeira gaveta e pegou o telefone. Talvez eu estivesse enganado sobre ele. Isso me fez perguntar em que mais eu estaria enganado.

Peguei a primeira caderneta e recomecei, querendo ler todas seguidamente, sem interrupção. Na hora seguinte, seis repórteres e cinco copis pararam na minha mesa para perguntar como estava Gloria. McCracken e Rosie ligaram pelo mesmo motivo, e Dorcas me telefonou para me dar suas saudações de costume.

Claramente, isso não ia dar certo.

Desliguei o celular, enfiei as cadernetas em uma pasta de vinil surrada e fui para o Secretariat.

A capa de "Com Defeito" que eu tinha enfiado no parquímetro sumira e algo estava escrito no tíquete enfiado sob meu limpador de para-brisa: "Boa tentativa." Eu odiava perder aquela capa, mas ainda tinha meu plano reserva. Desci a quadra a pé, coloquei o tíquete no para-brisa do dono do jornal, entrei no Bronco e fui para casa.

Estiquei-me no colchão e comecei novamente com a primeira caderneta, lendo devagar e fazendo uma ou outra anotação em um novo bloco ofício amarelo. Precisei de duas horas para repassar todas as cadernetas, e aquela em que derramei cerveja ainda era bem legível. Depois recomecei e li tudo de novo. Quando terminei, só o que eu tinha no bloco ofício era meia página de perguntas.

Quem era o dono das cinco empresas misteriosas que compraram um quarto de Mount Hope? Era provável que não fosse realmente a escalação há muito morta dos Providence Grays. Haveria algum jeito de descobrir? Eles ainda estavam no mercado de imóveis no bairro dos incêndios? Se estivessem, por quê? O que foi que Joseph DeLucca me contou mesmo? Que eles deviam ter vendido a casa quando tiveram uma chance. Será que alguém fez uma oferta à mãe?

Em minha segunda leitura, percebi que minhas anotações sobre os documentos de incorporação incluíam tudo, menos os nomes dos advogados que deram entrada na papelada. Na hora, não me pareceu importante. Provavelmente ainda não era. Advogados para clientes que querem continuar anônimos não costumam me dar papo. Ainda assim, *era* uma ponta solta.

Por que Giordano me deu a dica das tampas de bueiro? Certamente não era por estar preocupado com o bem público. O que ele disse quando me deu a dica? Que eu devia parar de perder meu tempo com Mount Hope. Será que estava tentando me distrair da questão dos incêndios? Que motivo haveria para dizer isso? Era mais provável que ele tivesse rancor contra Blackjack e Knuckles pela vez em que se recusaram a dar um de seus empregos-fantasma para o seu irmão Frank.

Em uma das páginas sujas de cerveja, eu tinha registrado ver uma turma da Dio Construction demolindo uma casa de três andares incendiada. Eu havia sublinhado *Dio* três vezes. Por que pensei que podia ser importante? Refleti sobre isso. Levantei, bebi um Maalox, voltei e refleti mais. Mas eu não tinha a menor noção.

E quem era o bandidinho? Seria ele o piromaníaco, ou era um mercenário entregando um recado de outro?

Fosse como fosse, ele era a chave. Se eu não parasse de xeretar, ele voltaria. Foi o que prometeu. Só o que eu precisava para colocar as mãos nele era induzi-lo a me procurar de novo.

50

Naquela noite, Veronica e eu dividimos uma pizza de pepperoni no Casserta's e eu contei meu plano. Ela não o achou tão brilhante quanto eu.

– Isso é loucura – disse ela. – Nenhuma matéria vale uma surra.

– Algumas valem.

– Aposto que a Gloria não pensa assim.

Eu não tinha resposta para isso.

– Por favor, gato – disse ela, a voz embargada de preocupação. – Dessa vez ele pode te machucar de verdade.

– É ele que vai sair machucado.

– Bom, não conte comigo – disse ela. – Não pretendo estar aqui quando o show começar. Desculpe, caubói, mas vai dormir sozinho até essa história acabar.

– Eu podia passar algumas horas na sua casa, depois ir para a minha.

– Eu gostaria muito, mas não esta noite. Estou ocupada.

Ocupada? Não gostei de como soou, mas decidi não fazer estardalhaço. Paguei a conta, curvei-me na mesa para um beijo e levantei.

– Se cuida, gato – disse ela. – Providence seria um lugar solitário sem você.

Quando cheguei em casa, liguei a TV para pegar a terceira partida dos Red Sox contra os Tigers. Os Wakefield bateram os Boston por 4 a 2 e lideravam depois de seis *innings*, e os rebatedores dos Sox deram uma surra em três lançadores reservas dos Tigers. Placar final, 12 a 6. Eu sorri e desliguei a TV.

Mexi no celular, mudando o ring tone para "Am I Losing You?", dos Cate Brothers, minha música preferida dessa ótima banda de blues do Arkansas. Depois tirei a caixa da parede, abri e retirei a Colt .45 de meu avô. Sentei de pernas cruzadas no chão e passei uma hora limpando a arma e pensando nele.

"Acaba com eles ou pica a mula." Era o que meu avô dizia.

Limpando o excesso de óleo, pensei tranquilamente em comprar algumas balas. Mas o bandidinho era, digamos, "inho". Por que eu precisaria de munição?

51

Na manhã seguinte, visitei Gloria no hospital. Sua voz estava mais forte, mas ainda parecia um tanto derrotada. Ela ficava sussurrando "Obrigado, Mulligan", como se eu tivesse feito alguma coisa além de deixar que ela andasse sozinha pelas ruas de Mount Hope.

Uma hora depois, eu estava dirigindo o Secretariat pelo antigo bairro, com "Blue Dog Prowl", de Jimmy Thackery, berrando do CD player. Fazia parecer que eu estava à espreita. Achei Joseph DeLucca em frente à casa dele, carregando caixas de papelão para a traseira de uma picape Ford com adesivo do Bondo.

– Oi – disse ele.

– Oi, Joseph. Posso dar uma mão?

– Não. Estou acabando. Peguei a picape emprestada porque achei que tinha mais, mas só sobrou o que está nas caixas.

Não era muita coisa – talheres, algumas panelas, alguns pratos descasados, algumas ferramentas, umas fotos em porta-retratos, uma dezena de livros manchados de água com capas de couro iguais, cheirando a fumaça.

Por curiosidade, peguei um volume. *Casa abandonada*, de Charles Dickens.

– Precisa ler isso, se tiver uma chance – disse Joseph. – Esse cara escreve bem pra caramba!

Joseph lê Dickens? Joseph sabe ler? Mark Twain e eu estávamos enganados sobre ele. Era seu lado brilhante que ele nunca mostrava a ninguém.

– Quando nos falamos na semana passada, você disse que queria ter vendido a casa quando tiveram a oportunidade. Vocês sondaram o mercado?

– Não. Mas teve uma mulher que bateu na nossa porta, perguntando sobre a venda.

– Só bateu na porta e fez uma oferta do nada?
– Do nada mesmo.
– Quando foi isso?
– Janeiro. Não, fevereiro, porque todos os especiais de Nigger History Month estavam fodendo com meus programas de TV.

Estremeci com as palavras que ele escolheu e perguntei:
– Quem era a mulher?
– Não me lembro o nome dela, mas ela me deu uma porra de cartão.

Ele pegou uma carteira de couro no bolso da calça, retirou um cartão de apresentação gasto e me mostrou. Letras azul-marinho surgiram impressas em maiúsculas, dizendo: "Cheryl Scibelli, Corretora, Little Rhody Realty Co." Abaixo, um número telefônico, mas sem endereço.

Little Rhody. Uma das imobiliárias misteriosas.
– Posso ficar com ele?
– Não tô nem aí.

Deixei o Secretariat na frente da casa de Joseph e fui a pé pelo bairro, batendo na porta das casas térreas, os prédios que mais provavelmente seriam ocupados por seus proprietários. Isso me custou três portas na cara, quatro ninguém-em-casa, dois inquilinos e seis proprietários. Por acaso eu conhecia todos eles – um ex-professor de educação física, três ex-colegas de turma da Hope High, a mãe de Annie e Jack Hart, o cara que assumiu a rota do leite de meu pai quando ele ficou cego. Cinco de seis disseram que foram procurados por compradores. Dois já tinham vendido e estavam prestes a se mudar. Quatro ainda tinham cartões de Cheryl Scibelli, da Little Rhody Realty.

Atravessei a Camp Street, deixando para trás o quadrante sudeste incendiado do bairro, e bati em outras portas. Peguei mais cinco proprietários e nenhum deles ouviu falar em Cheryl Scibelli ou na Little Rhody Realty.

De volta ao Bronco, cortei caminho pela Catalpa Street e passei por uma turma da Dio Construction carregando o que restava da casa de cômodos em um caminhão. Foi quando me ocorreu. Por que a empresa de Johnny Dio era a única que eu via demolindo casas incendiadas em Mount Hope?

52

– Little Rhody Realty! – A voz era esperta e ansiosa por ajudar.
– Posso falar com o sr. Dio, por favor?
– Desculpe, senhor, mas não tem ninguém aqui com esse nome.
– Bom, posso falar então com o sr. Giordano?
– Desculpe – a voz agora era mais fria –, mas também não tem ninguém aqui com esse nome.
– E Charlie Radbourn ou Barney Gilligan? Na verdade, serve qualquer jogador morto dos Providence Grays.
– Não sei do que o senhor está falando.
– Cheryl Scibelli pode atender?
– Acho que ela vai ficar fora o dia todo, senhor.
– Me faça um favor, então. Da próxima vez que Johnny Dio ou Vinnie Giordano aparecerem, diga que Mulligan está procurando por eles.
Ela me disse de novo que nunca tinha ouvido o nome deles, e talvez não tivesse mesmo. Eu me despedi e desliguei.
Se a Little Rhody tinha alguma coisa a ver com os incêndios...
E se Dio ou Giordano tinham alguma coisa a ver com a Little Rhody...
E se a recepcionista desse meu recado a eles...
E se o bandidinho trabalhasse para os dois...
Bom, então eu podia receber outra visita dele muito em breve.

53

Naquela noite, peguei uma comida chinesa e fui para a casa de Veronica em Fox Point. Comemos frango com molho de alho e camarão *lo mein* direto das embalagens e ela falou de seu dia. A noite foi um borrão de comida e papo, até que ficamos nus e caímos na cama.

De novo, Veronica guiou minha cabeça a seu peito, mas não para eu relaxar. Levei todo o tempo do mundo explorando e a mulher explodia de desejo quando nossos corpos pegaram o ritmo.

Quando minha respiração voltou ao normal, eu me desvencilhei dela, peguei o jeans no carpete e procurei uma coisa nos bolsos.

– Toma. Quero que fique com isso.

Ela sentou na cama, abriu a caixinha azul e ergueu o colar em um dedo. Não era grande coisa, mas conseguia cintilar um pouco. Uma maquininha de escrever Underwood em uma corrente de prata.

– É lindo. L.S.A. Mulligan mostrando seu lado meigo?

Dei de ombros e levantei seu cabelo enquanto ela fechava o cordão na nuca. Depois ela me beijou.

Mais tarde, houve um novo tipo de papo de travesseiro. Veronica queria discutir o futuro.

– O que vem agora para você, Mulligan?

– Tenho uns documentos de incorporação para checar.

– Não, não, não é isso. O que quer fazer do resto de sua vida?

– Ah. Primeiro, quero finalizar meu divórcio.

– Seria um bom lugar para começar.

– Depois quero sentar nas arquibancadas centrais do Fenway Park com minha namorada e ver os Red Sox vencerem a World Series de novo.

– Sua namorada? Essa seria eu?

– Seria.
– E depois?
– Depois posso morrer feliz.
– Dá para falar sério só um minuto?
Pensei que eu *estivesse* falando sério, mas o que eu disse foi: "Tudo bem."
– Você está em Rhode Island há muito tempo, Mulligan.
– A minha vida toda.
– Não está na hora de se mudar para algo melhor?
– Como o quê?
– *The Washington Post? The New York Times? The Wall Street Journal*, talvez?
– Me mudar para um lugar onde eu não vou ter os Red Sox na TV aberta? Além disso, você sabe como é o mercado dos jornais. Aqueles jornalecos não estão contratando, estão demitindo.
– É, mas sempre tem lugar para um repórter investigativo com uma gaveta cheia de prêmios.
– Ninguém quer ouvir falar de um Pulitzer de dez anos, Veronica.
– Querem sim – disse ela. – E seu Polk foi só há dois anos.
– Hummm.
– E noticiário de TV? A CNN, talvez.
– Com a *minha* cara?
Esperei que ela protestasse, mas ela não fez isso. Disse simplesmente:
– Wolf Blitzer também não é nenhuma beleza.
Eu não disse nada.
– Pense nisso, gato. O que você faria de sua vida se pudesse fazer qualquer coisa que quisesse?
– Já estou fazendo – eu disse.
– Você *gosta mesmo* disso aqui?
– De ficar pelado com você? Tá brincando?
– Fale sério!

Eu sorri.
– Sabe de onde Rhode Island tirou seu nome, Veronica?
– Não, mas aposto que vai me contar.
– Na realidade, não vou. A verdade é que ninguém tem certeza. Os historiadores fuçaram isso por anos, mas só o que conseguiram foram algumas teorias meia-boca.
– E daí?
– Daí que uma delas era a seguinte: *Rhode Island* é uma corruptela de *Rogue Island*, a Ilha dos Patifes, um nome que os robustos fazendeiros da Massachusetts colonial deram ao enxame de heréticos, contrabandistas e facínoras que aportaram nas praias da baía de Narragansett.

Veronica casquinou e atirou o cabelo para trás. Eu gostava quando ela fazia isso.
– Deviam voltar a esse nome – disse ela. – *Rhode Island* é chato. *Rogue Island* tem *vibe*.

Também é perfeito. Por mais de cem anos, piratas saíam das cavernas ocultas da baía de Narragansett para saquear embarcações mercantes. No final das décadas de 1700 e 1800, os capitães de navio de Rhode Island dominavam o comércio de escravos americano. Durante a Guerra Franco-indígena e novamente durante a Revolução, corsários fortemente armados escapuliam de Providence e Newport para tomar butins com pouca consideração pelas bandeiras que carregavam. Depois da Guerra Civil, Henry Boss Anthony, um coproprietário do *The Providence Journal*, manteve sua máquina republicana no poder por décadas comprando votos a dois dólares cada. Lá pela virada do século, Nelson Aldrich, ex-balconista de armazém de Providence, imortalizado em "The Treason of the Senate", de David Graham Phillips, ajudava os barões ladrões a pilharem o país. Nas décadas de 1950 e 1960, um mafioso de Providence chamado Raymond L.S. Patriarca era o homem mais poderoso da Nova Inglaterra, decidindo tudo, de que discos tocavam nas rádios a quem vivia e quem morria. E o predecessor do prefeito Carozza, o honorável Vincent A. "Buddy" Cianci Jr., recentemente cumpriu pena federal por formação de quadrilha, também conhecida como prefeitura de Providence.

– É claro que sabemos de onde vem o nome de Providence – eu disse. – Roger Williams batizou sua cidade em gratidão pela divina orientação de Deus. As sugestões de Cotton Mather, "O Rebotalho da Criação" e "O Esgoto da Nova Inglaterra", felizmente não pegaram.

– E é por isso que você gosta daqui?

– Eu cresci aqui. Conheço a polícia e os ladrões, os barbeiros e garçons, os juízes e os assassinos, as putas e os padres. Conheço a legislatura do estado e a Máfia dentro dela, e são praticamente a mesma coisa. Quando escrevo sobre um político comprando votos ou um policial subornado, o cidadão calejado se limita a rir e dar de ombros. Antigamente isso me incomodava. Não incomoda mais. Rogue Island é um parque temático para repórteres investigativos. Nunca fecha e posso andar na montanha-russa de graça todo dia.

"Além disso, se eu tentasse escrever sobre um lugar que não conheço, nunca ficaria tão bom."

– Claro que ficaria – disse ela. – Pense no quanto você se divertiria perseguindo todos os corruptos de Washington.

Washington? Era a segunda vez que ela falava em Washington.

– Você se candidatou ao *Post*, não foi?

– Deixa eu te contar uma coisa sobre a minha família, Mulligan. Sabe a minha irmã Lucy? Ela começa na Faculdade de Medicina de Harvard no outono. Meu irmão Charles? Aos trinta ele já é vice-presidente da Price Waterhouse. Eu? Eu me arrebento cobrindo "O Rebotalho da Criação" para um jornal de terceira que me paga 600 dólares por semana. Papai tem tanta pena de mim que me manda 500 por mês, e eu estaria vivendo como você se tivesse orgulho suficiente para mandar a grana de volta.

"Meus pais são pessoas ambiciosas. Quando contei que ia ser repórter, eles me fizeram sentar e me disseram que eu estava cometendo um grande erro. Como não dei ouvidos, eles não implicaram, nem fizeram ameaças. Depois que me formei em Princeton, eles pagaram toda a conta da faculdade de jornalismo da Colúmbia e nunca reclamaram. Mas acho que eles têm certa vergonha de mim. Quero que eles tenham orgulho de mim, como têm de Charles e Lucy. Quero ter orgulho de mim mesma. Eu sou filha de meus pais, Mulligan. Também sou ambiciosa."

O discurso foi bonito, mas o que mais me preocupava era quando eu dormiria sozinho de novo.

– E o que o *Post* disse?

– Mandei meu currículo e recortes a eles há um mês. Na semana passada, Bob Woodward me ligou. *Bob Woodward, porra!* Peguei um voo ontem para uma entrevista. Bob disse que adora meus instintos, adora minha redação, adora minhas reportagens, especialmente as histórias de Arena. E com a pressão que ele sofre para contratar minorias, sabe muito bem que ele adora o fato de que sou asiática. Pelo modo como ele me olhava, eu sabia que ele também adorou minha aparência.

Isso estava acontecendo rápido demais. Tentei afastar o desespero de minha voz.

– E quando você começa?

– Ele me disse que terá uma vaga para repórter de tribunal federal daqui a um ou dois meses. Eu escreveria notas diárias para o site e análises para o jornal. É um ótimo emprego e é meu, se eu quiser.

– Agora você vai dizer que falou de mim com ele.

– Melhor do que isso. Escrevi um currículo de matar para você e dei a ele com um pacote de seus melhores clips.

– Também disse a ele que sou chinês?

– Mulligan!

– Ajudaria se nos casássemos e eu assumisse seu nome?

– Pare de fazer piada, por favor. Ele quer que você telefone. Vai pelo menos pensar nisso? Eu te amo, gato, não quero perder você.

Puxei-a para meus braços e cheirei seu cabelo.

– Eu também não quero te perder – eu disse. Eu quase disse "eu também te amo", mas na última vez em que disse isso era o último mês de meu casamento, e era mentira. As palavras não pareciam mais certas na minha boca.

– Já pensou no *The Globe*? – perguntei. – Se eles souberem que o *Post* quer você, vão te pegar num segundo. Boston só fica a 80 quilômetros pela interestadual. Posso ir de carro todo fim de semana. Talvez a gente possa guardar dinheiro e comprar um camarote no Fenway.

– Vamos combinar o seguinte – disse ela. – Se você me prometer pensar no *Post*, eu prometo pensar no *Globe*. Fechado?

– Tá, tudo bem. – Senti que eu estava prestes a dizer uma coisa que não era muito romântica. – Mas, se no fim das contas você sair da cidade e eu ficar, que tal me dar sua fonte de presente de despedida?

Ela suspirou:

– Aquela que está vazando as transcrições de grande júri para mim?

– É, essa mesma.

– Ele nunca vai falar com você. Ele te odeia mortalmente.

Arrá! A fonte de Veronica era um ele que me odiava mortalmente. Por outro lado, isso não reduzia muito a lista.

Quando voltei para casa, era quase meia-noite. Tentei ler um romance de Dennis Lehane, mas as palavras ficavam borradas na página. Não conseguia parar de pensar em Veronica. Haveria alguma coisa que eu pudesse dizer que a convencesse a ficar? Fiquei sentado, me perguntando isso até as quatro da manhã, mas o bandidinho não apareceu. Ele também não apareceu na noite seguinte.

54

Um enfermeiro ajudou Gloria a sair da cadeira de rodas, desejou-lhe boa sorte e rodou a cadeira de volta pelas portas automáticas. Peguei-a pelo braço bom enquanto ela cambaleava a pouca distância do Secretariat. À nossa esquerda, um homem com o braço direito engessado ergueu o esquerdo para chamar um táxi. Gloria viu o braço subir e se encolheu, enterrando a cara em meu peito. Seus ferimentos físicos se curavam, mas os danos eram muito mais profundos.

Abracei-a por um momento, afagando sua cabeça. Depois ajudei-a a entrar no banco do carona. Ela deu um gritinho quando puxei o cinto de segurança sobre as costelas quebradas. Contornei o Bronco pela frente, entrei do outro lado e liguei a ignição.

– Você parece melhor.
– Não pareço não.
– Deve ser bom sair do hospital.
– Eu tenho de voltar.
– Eu sei.

Haveria outra cirurgia para consertar o tendão e duas plásticas no nariz e na face direita. Não havia nada que pudessem fazer por seu olho direito.

Entrei na I-95 indo para ao sul, e seguimos em silêncio por alguns quilômetros, Gloria semicerrando os olhos pelo para-brisa para uma manhã nublada de Rhode Island.

– Mulligan?
– Sim?
– Não foi culpa sua.
– Foi sim.
– Trouxe?
– Trouxe. Está no porta-luvas.

Ela se curvou para frente e a pressão do cinto fez com que gritasse de novo. Abriu o porta-luvas e pegou uma lata de spray de pimenta.

– Obrigada. Quanto te devo?

Quanto *ela* deve a *mim*?

– Nada, Gloria. O Whoosh tinha uma caixa delas por lá e queria que você ficasse com uma. Ele te daria um revólver, mas não achei uma boa ideia.

Ela levantou a mão boa com o polegar dobrado num cão e o indicador formando o cano, remoendo a ideia.

– Você sobreviveu, Gloria. Derrotou o cara.

– E se ele voltar?

– Não vai. Agora foge da polícia.

– Eles vão pegá-lo?

– Vão. – A polícia não identificou as digitais, mas Gloria não precisava saber disso. Precisava pensar que a justiça seria feita.

Começou a chover enquanto eu passava pela Cranston para pegar a interestadual. Quando liguei os limpadores, Gloria ficou tensa. Depois começou a gemer:

– Ah, não. Ah, não. Ah, não.

– O que foi, Gloria?

– A chuva! – Agora gritando: – PARE A CHUVA! – Ela bateu a mão boa no painel.

Não havia onde estacionar e nada que eu pudesse fazer para reconfortá-la.

– Pare a chuva!

Enquanto eu pegava a saída da East Avenue em Warwick, a chuva parou. Os gritos de Gloria se transformaram num gemido ao seguirmos os poucos quilômetros para a Vera Street e estacionarmos na frente da casinha amarela onde ela foi criada. A mãe esperava na calçada para me ajudar a levar a filha para dentro.

55

Cada um dos advogados que deram entrada nos documentos de incorporação tinha assinado com um floreio presunçoso de volteios e arabescos. Era mais fácil ler o impresso abaixo das assinaturas: Beth J. Harpaz, Irwin M. Fletcher, Patrick R. Connelly III, Yolanda Mosley-Jones e Daniel Q. Haney.

Era minha esperança achar um mesmo advogado assinando para as cinco empresas. Isso criaria uma ligação, daria algo em que me basear. Em vez disso, toda a minha viagem de volta à secretaria estadual resultou em mais cinco nomes de que eu nunca ouvira falar. Mas eu conhecia alguém que poderia reconhecê-los.

Entrei na redação logo depois do meio-dia e achei Veronica sentada em seu cubículo, mordiscando algo verde e folhoso. Abri minha caderneta na página certa e larguei em sua mesa.

– Dê uma olhada nesses nomes e me diga se conhece um deles.

Ela olhou a página por um momento.

– Desculpe – disse ela. – Não tenho tempo para isso. Preciso ir ao tribunal. Dizem que a indiciação de Arena pode ser hoje.

Ela levantou da cadeira ergonômica, me deu um beijinho no rosto e foi para o elevador.

Um repórter investigativo deve ser despachado. Quando falham as primeiras fontes, deve encontrar outra. Abri minha gaveta e peguei o arquivo secreto. Beth J. Harpaz, advogada, estava na lista telefônica de Providence.

– McDougall, Young, Coyle and Limone. Com quem deseja falar?

– Beth Harpaz, por favor.

– Posso saber seu nome e o motivo da ligação?

– Meu nome é Jeb Stuart Magruder. Minha mulher, de 22 anos, tem uma amante lésbica e quero dar entrada no divórcio imediatamente.

– Desculpe, senhor, mas a dra. Harpaz não trabalha com divórcios. Sugiro que procure uma firma menor.

Agradeci a ela, desliguei, abri a lista telefônica e comecei a procurar o número de Daniel Q. Haney. Depois pensei melhor e apertei a rediscagem.

– McDougall, Young, Coyle and Limone. Com quem deseja falar?

– Como é que tá, meu bem? Estou me perguntando se meu bom amigo Dan Haney está aí esta tarde.

– Posso saber seu nome e o motivo da ligação?

– Diga a Danny que Chuck Colson está ligando para saber se ele não está pensando em amarelar no nosso golfe no sábado de manhã. Ele apostou uma grana preta que ia me vencer e já gastei por conta.

– Entendo – disse ela. – Espere um momento, por favor, verei se ele pode atender.

Ela me colocou na espera e eu desliguei. Passei alguns minutos treinando outra voz de telefone e apertei a rediscagem.

– McDougall, Young, Coyle and Limone. Com quem deseja falar?

– Irwin M. Fletcher, por favor.

– Posso saber seu nome e o motivo da ligação?

– É James W. McCord. Preciso falar com o dr. Fletcher imediatamente sobre um assunto de certa urgência.

– Desculpe, senhor, mas o dr. Fletcher viajou a negócios. Talvez outra pessoa possa ajudá-lo.

– O sacana nunca está quando preciso dele – eu disse, e desliguei.

Dez minutos depois, de novo o botão de rediscagem.

– McDougall, Young, Coyle and Limone. Com quem deseja falar?

– Patrick Connelly, por gentileza.
– Seria Patrick R. Connelly Junior ou Patrick R. Connelly III?
– Mas que droga! Eu não sabia que o velho ainda estava vivo.
– O dr. Connelly sênior só tem 55 anos, senhor.
– Então os antibióticos deram conta da sífilis, hein?
– Como, senhor? – disse ela, e eu desliguei.

Eu tinha esgotado minhas vozes e deduzi que a voz sem corpo do outro lado acabaria olhando o identificador de chamadas. Levantei-me e fui até a mesa de Mason.

– Preciso de um favor.
– Eu também.
– O meu primeiro – eu disse, e contei o que precisava que ele fizesse.

– Yolanda Mosley-Jones, por favor.
Pausa.
– Meu nome é Gordon Liddy e estou ligando sobre um caso criminal meu que está aos cuidados dela.
Pausa.
– Mas é urgente falar com ela esta tarde.
Pausa.
– Sei. Não, não. Estou em trânsito. Ligo de novo esta tarde – disse ele, e desligou.
– E aí?
– Aí que a dra. Mosley-Jones está ajudando Brady Coyle em um caso penal no tribunal federal e só estará disponível esta tarde.
– Mandou bem, Valeu-Papai.
– Quem diabos é Gordon Liddy?
– Deixa isso pra lá. Que posso fazer por você?
– Descobri o que eles estão fazendo com as tampas de bueiro.
– Diga lá.

– Perguntei por aí e descobri que um monte de caras do Departamento de Vias Públicas gosta de ir depois do trabalho a uma boate de strip chamada Good Time Charlie's, na Broad Street.
– Já ouvi falar.
– Então comecei a andar por lá também, de jeans e moletom para não ficar deslocado. No início, meu plano era tentar falar com eles, mas eles provavelmente não me diriam nada, né? Então só fiquei sentado no bar, de orelha em pé, o que não foi fácil, porque a música é alta. Nas duas primeiras noites, só tinha um bando de caras apalpando as dançarinas e gritando pelos Celtics e Red Sox. Mas, na terceira noite, entraram três homens de roupas de trabalho, sentaram no bar e começaram a reclamar do serviço que iam fazer na manhã seguinte. Não peguei tudo, mas tinha algo a ver com carregar um caminhão, e peguei as palavras *tampas de bueiro*. Estavam muito revoltados com isso. Um deles queria dar queixa.

– Essas coisas são pesadas – eu disse.
– Setenta quilos cada uma. Eu verifiquei.
– E daí?
– Daí que no dia seguinte, de manhã cedo, fui até o Departamento de Vias Públicas e achei uma vaga perto dos trilhos da ferrovia, onde eu podia ficar fora de vista e ver o terminal de carga. Lá pelas dez horas um caminhão parou e três homens, que pareciam os mesmos que vi no bar, começaram a carregar as tampas de bueiro.

– Você seguiu o caminhão?
– Segui. Entraram à direita na Ernest e à direita de novo na Eddy Street, depois pegaram a I-95 para o norte. Pegaram a saída da Lonsdale Avenue, em Pawtucket, foram para o leste por mais ou menos 2 quilômetros e pararam na frente de um portão automático. Buzinaram, o portão abriu, eles entraram e deram a ré em uma área de carga.

Ele sorriu, querendo que eu pedisse o resto.

– Que lugar era esse?
– A placa no portão dizia Sucatas Weeden.

Nós dois rimos.

– Quanto a Weeden está pagando por tampas de bueiro ultimamente?
– Dezesseis dólares cada uma – disse ele. – Eu verifiquei.
– Deixa eu entender isso direito. O Departamento de Vias Públicas compra tampas de bueiro por 55 dólares cada uma do maior contribuinte de campanha do prefeito, e Baldelli e Grieco aparecem e as transformam em sucata por 16 dólares cada.
– É o que estão fazendo. Até agora, eles embolsaram 14.560 dólares. Eu fiz as contas.
– Já escreveu seu lead?
– Tenho mais uma entrevista primeiro. Vou ver o prefeito hoje à tarde. Achei que devia contar a ele o que está havendo e lhe dar a chance de comentar.

– Não se esqueça de perguntar o que ele *achava* que estava acontecendo quando nomeou caras como Knuckles e Blackjack para cuidar do Departamento de Vias Públicas.

– Lomax disse que posso colocar a matéria na edição on-line – disse ele – e depois reescrever uma versão mais longa para o jornal.

– Parece que você conseguiu sua primeira página, Valeu-Papai.

Voltei à minha mesa, achei o cartão de apresentação que Joseph me dera e disquei para a Little Rhody Realty. Cheryl Scibelli ainda não estava, então deixei meu nome e telefone. Abri meu arquivo secreto e descobri que o número da casa dela estava na lista.

Ninguém atendeu.

A lista dava seu endereço na Nelson Street, 22, perto do Providence College. Fui até lá e bati na porta de um chalé branco e imaculado.

Ninguém em casa.

56

Às cinco horas a secretária de McCracken tinha encerrado o expediente, então eu entrei sozinho. Depois de lhe contar o que eu soube dos advogados, ficamos sentados em silêncio por um tempo, pensando no assunto.

– Sabe que isso não prova nada – disse ele.
– Eu sei.
– Uma firma grande de advocacia que lida com um monte de documentos de incorporação.
– Lida mesmo.
– Mas é uma coincidência do caramba.
– É sim.

Ficamos sentados, pensando um pouco mais.

– Seria bom se descobríssemos quem é o dono das cinco empresas – disse ele.
– Seria.
– Mas não há jeito de descobrir.
– Nenhum que eu conheça, a não ser que um dos advogados decida se arriscar a uma expulsão da ordem e trair a confiança de um cliente.
– O que não é nada provável.
– Não, não é.

Ele abriu o umidificador de cerejeira na mesa, pegou dois charutos, cortou as pontas e me ofereceu um. Acendeu o dele com um fósforo e eu incendiei o meu com o Colibri. Ficamos sentados, fumando por um tempo.

– Lembrou de divulgar a descrição do bandidinho? – perguntei.
– A cada investigador de seguros que conheço – disse ele. – Ninguém achou que conhecia.

– Ele disse que voltaria a me procurar se eu não parasse de xeretar.
– E você não parou.
– Claro que não.
– O que vai fazer quando ele aparecer?
– Entrevistá-lo.
– E isso seria antes ou depois de você dar uma sova nele?
– Vai depender dele.

Os Cate Brothers tocaram no bolso de minha calça. Olhei o identificador de chamadas, vi que era Dorcas e deixei cair na caixa postal. Eu estava colocando o telefone no bolso quando a banda voltou para um bis.

– Oi, gato. Só queria que soubesse que não posso te ver esta noite. Vou jantar com uma fonte e posso chegar tarde.
– Amanhã, então?
– Amanhã, sem dúvida nenhuma. Estou louca de saudade. Tenho de correr. Tchau.

Nota para mim mesmo: mudar o ring tone para uma música que não tenha as palavras *te perder* no título.

– E então – eu disse. – Quer ver o jogo dos Sox com os Yankees hoje à noite?
– Você tem ingressos? – disse McCracken.
– Tenho. Dois lugares no camarote do Hopes. Vou ligar para Rosie, ver se ela quer se juntar a nós.
– A chefe Lesbos?
– Olha, eu já te avisei.
– Mas ela *é* lésbica, Mulligan. Agora eu tenho certeza.
– Mas como?
– Convidei-a para sair e ela me deu um fora.
– E tem certeza só por isso?
– Claro.
– Você deve conhecer um monte de lésbicas.

Rosie sentou numa banqueta entre mim e McCracken assim que Derek Jeter posicionou-se contra a nossa fera, Josh Beckett. Mike Mussina rebateu cada arremesso dele, até que Ramirez cobriu todas as bases no meio do quinto *inning*. Uma longa interrupção pela chuva deu muito tempo para uma cerveja e para McCracken tentar mais uma vez com Rosie.

– Desculpe – disse ela –, mas você não faz o meu gênero.
– E qual é o seu gênero?
– O meu gênero está bem ali – disse ela, apontando a TV do bar. A chuva finalmente parara e Manny Ramirez corria pela grama molhada para tomar posição na frente do Green Monster.
– Ai, meu Deus, ele é tão gostoso!

Papelbon fechou a tampa dos Pinstripes no nono, e o Hopes gritou o tradicional "Bosta de Yankees!". Alguém derramou uma cerveja na camisa do Jeter de um babaca e Annie pegou o controle remoto, sintonizando no noticiário do canal 10. Depois ela fez a ronda pelas mesas, pegando cédulas de um dólar e puxando a saia para cima das pernas compridas. Uma boa diversão para todos. Menos para o cara da camisa do Jeter.

Naquela noite, fiquei acordado até tarde com um romance de Tim Dorsey, na esperança de que o bandidinho finalmente desse as caras. Lá pelas três da manhã, ele apareceu.

57

Ele anunciou sua presença com o som de madeira lascada.
Corri para minha porta espatifada, olhei de cima a cabeça do bandidinho e meti um de esquerda nele. Ele o bloqueou sem esforço com a direita e me deu um belo chute na virilha, uma área pela qual ele parecia ter certa preferência. Depois ele se jogou em mim, me empurrando pela sala até a parede da cozinha, e trabalhou nas minhas costelas.
Meus contragolpes eram inofensivos no alto de seu crânio. Tentei empurrá-lo para ter espaço para socar, mas era como tentar mover um vagão de carga. Seus braços eram britadeiras, esmurrando esquerdas e direitas em meu corpo. Por que ele não pegava meu queixo? Talvez fosse alto demais para alcançar. Quando seus punhos finalmente se cansaram de mim, ele recuou um passo e descobri que ele era a única coisa que me mantinha de pé.
Escorreguei pela parede até o chão. Ele girou o braço direito e curto e me deu um tabefe na cara.
– Seu babaca – disse ele. – Eu te avisei para parar de xeretar as tampas de bueiro.
Tampas de bueiro? Parecia que eu tinha apanhado com uma. O que significava aquilo?
Tentei formular a pergunta, mas o bandidinho se fora, levando minha dignidade com ele.

58

Pela manhã, não havia muito sangue em minha urina, mas minhas costelas doíam quando eu me mexia e mesmo quando não me mexia. Entrei todo rígido na redação e fui direto à mesa de Mason.
– O que houve com você? – disse ele. – Está péssimo.
– Deixa isso pra lá, Valeu-Papai. Só me diz uma coisa. Há algum motivo para alguém pensar que eu estava trabalhando na matéria das tampas de bueiro?
– Ora essa, Mulligan. Eu disse a todo mundo que trabalhava com você.
Que ótimo.
– Mulligan! – Lomax me acenou da editora local. – O rádio da polícia guinchou sobre um corpo numa obra perto do Rhode Island Hospital.
Depois ele ergueu os olhos do computador e me olhou de cima a baixo.
– Parece que alguém teve uma noite ruim. Pode fazer isso?
– Claro – eu disse, mas na verdade não podia. Ainda assim, a tarefa *era* conveniente. Eu podia passar na emergência do hospital e ver minhas costelas.

O cadáver estava esparramado de bruços perto de uma retroescavadeira em ponto morto da Dio Construction. A julgar pela confusão que deixou na terra, a vítima se arrastou por cinco metros até o hospital, antes de seu corpo desistir. Havia três buracos nas costas que pareciam ferimentos de saída.
Um detetive rolou o corpo. Um logo amarelo estava costurado no bolso do peito do blazer verde-escuro. "Little Rhody Realty." A pouca distância, um policial uniformizado vasculhava sua bolsa e pegava a carteira de habilitação.

– Oi, Edie. Tem identificação?
– Tenha dó, Mulligan. Sabe que não posso liberar antes de notificarmos os parentes.
– E se eu te falar?
Ele se limitou a me olhar.
– Cheryl Scibelli, da Nelson Street, 22.
– Reconhece a mulher?
– Algo parecido.

Passei duas horas na emergência esperando minha vez atrás de cinco vítimas de acidente de trânsito, uma dezena de crianças gritonas com febre alta, três homens de meia-idade com dores no peito e dois idosos que escorregaram e caíram.

Minha melhor pista, o bandidinho, não tinha nada a ver com os incêndios. Minha segunda melhor pista estava morta e o recado que deixei a ela pode ter sido o motivo. Eu não sabia o que fazer agora.

Os raios X mostraram quatro costelas quebradas, uma à esquerda, três à direita.

O residente que me transformou numa múmia egípcia colocou tudo em perspectiva:

– Mais alguns socos e uma dessas costelas ia perfurar um pulmão.

– Acho que é meu dia de sorte.

Quando voltei, Lomax viu que eu me arrastava pela redação e sentava cautelosamente na cadeira. Eu estava batendo o *lead* sobre os tiros para nossa edição on-line quando ele se aproximou e sentou na ponta de minha mesa.

– Mas o que aconteceu com você?

Eu não queria falar no assunto.

– Esbarrei em alguns torcedores de Nova York que não gostaram da camiseta "Bosta de Yankees".

– Costelas?

– É.
– Quebradas?
– Quatro.
– Depois que escrever isso, por que não vai para casa?

Não discuti. Esta noite, os Sox começavam uma série de duas partidas contra os Indians, o time que derrotamos na série do campeonato da liga no ano passado, e eu ia precisar de mais tempo do que o de costume para me conformar.

59

Despir a camiseta foi uma agonia. Depois que consegui tirar, precisei de cinco minutos para vestir a camisa de beisebol e abotoar na frente. Quando Veronica telefonou, os Sox faziam 1 a 0 no terceiro.

– Oi, gato. Quais são os planos para esta noite?
– Acho que vou ficar em casa.
– Está brincando, não é?
– Acho que não. Até falar doía.
– Preciso que me faça um favor – eu disse. – Pode pegar uma comida para nós e passar na Walgreens da Atwells Avenue para comprar um remédio para mim?
– Você está bem?
– Estou, estou bem. Vou contar tudo quando você chegar.

Quarenta minutos depois, ela entrou com um saco de sanduíches e um saquinho branco de farmácia.

– O que houve com a sua porta?
– Nada com que se preocupar. O senhorio disse que vai consertar em alguns dias.
– Qual é o seu problema? Para que precisa disso? – disse ela, largando o saco da farmácia a meu lado na cama.

Eu ainda não queria falar nisso. Abri o saco, pelejei com a tampa à prova de crianças do frasco, botei dois comprimidos na boca e meti para dentro com Killian's.

– Não devia tomar isso com álcool, gato.
– É o que dizem, mas, segundo minha experiência, faz mais efeito assim.
– Vai me contar o que está havendo?
– Os Sox estão perdendo por 4 a 1 e vamos rebater no final do sexto *inning*.

– Mulligan!

Ela pegou o controle remoto e desligou a TV.

– Vou te contar tudo depois do jogo – eu disse.

– Vai me contar agora. – Ela segurava o controle remoto fora de meu alcance, uma tortura.

– Mais tarde. Não posso perder esse.

Ela fez biquinho, entregou o controle e se jogou a meu lado enquanto eu religava a TV. Ela rolou para me abraçar, e eu gemi.

– Mulligan?

– Assim que o jogo terminar. Coma seu sanduíche.

Os Sox empataram no oitavo, Ramirez cobriu as bases no início do nono, Papelbon fez o que sempre fazia e tinha acabado.

– Acho que não vou gostar do programa pós-jogo – eu disse.

Ela respondeu apertando um botão no controle e a tela ficou escura.

– E então?

– Lester não teve sua melhor noite, mas o aquecimento dos reservas foi ótimo.

– Já chega! Conte o que aconteceu com você.

E eu contei. Tentei levar tudo no bom humor, mas não adiantou nada. Eu levei uma surra de um pigmeu.

Quando terminei minha triste história, Veronica se esforçava para reprimir o riso.

– Achei que você ia acabar com ele.

– Eu estava enganado.

Depois ela olhou a porta quebrada e franziu a testa.

– Acha que ele vai voltar?

– Não vai. Ele conseguiu o que queria. Além disso, a matéria das tampas de bueiro sai amanhã, então ele não tem nada a ganhar fazendo outra visita.

Veronica aninhou meu rosto nas mãos e tocou os lábios em minha testa, em cada face, no queixo. Tentei puxá-la para mim e gemi novamente.

– Talvez você possa ficar por cima – eu disse. Eu sou mesmo muito despachado.

– Talvez a gente deva descansar por uns dias.

Uns dias? Engoli outro coquetel de comprimidos com Killian's e completei com Maalox. Olhei para Veronica e me perguntei como pude ficar com uma mulher tão linda. Ainda estava pensando nisso quando o remédio bateu e eu dormi.

Pela manhã, acordei com o barulho de Veronica na cozinha. Quando ela me ouviu ligar na CNN, veio com o jornal e uma bandeja carregada de ovos mexidos, bacon, suco de laranja e café. Usei o suco para engolir alguns analgésicos, mas eles não funcionaram tão bem sem a cerveja.

A matéria de Mason sobre as tampas de bueiro se esparramava pela primeira página. Não havia notícias de incêndios. Não houve nenhum incêndio desde a Noite de Inferno.

– Por que acha que é assim? – disse Veronica.

– São 62 DiMaggios putos da vida patrulhando as ruas, doidos para rachar uma ou duas cabeças. Metade da população de Mount Hope está quase explodindo e se deita na expectativa, com armas de fogo e dedos nervosos no gatilho. Talvez nosso incendiário tenha mais amor à vida do que a coisas queimando.

– Por que ele simplesmente não passa para outro bairro?

– Parece que tem um interesse especial por Mount Hope.

– Sabe aqueles advogados de que me perguntou outro dia? O que era aquilo tudo?

– Só alguns nomes com que topei por acaso.

– Levaram você a algum lugar?

– A um beco sem saída – menti. Dado o que tinha acontecido com Gloria e com Cheryl Scibelli, quanto menos Veronica soubesse, melhor.

Naquela tarde, Veronica se enroscou a meu lado com outro livro daquela poeta sexy que descobriu. Abri uma revista *New*

Yorker que ela me trouxe para passar o tempo. Seymour Hersh estava nela de novo, expondo mais detalhes sobre os equívocos da Guerra do Iraque.

Passei os últimos 18 anos escrevendo sobre criminosos e mentirosos menores que governavam Rhode Island. Hersh passou os últimos 25 escrevendo sobre os grandes criminosos e mentirosos que governavam o país. Talvez Veronica tivesse razão. Talvez *fosse mesmo* a hora de eu mudar, ver se podia escrever algo que importasse.

Pensei nisso. Depois pensei mais um pouco. Meu casamento tinha acabado. Meus pais estavam mortos. Minha irmã estava em New Hampshire. Meu irmão na Califórnia, e não nos falávamos mais. Veronica ia para Washington e eu não suportava perdê-la. O que estava me prendendo aqui?

Naquela noite, Veronica levantou aquela coisa chamada "o futuro" de novo.

– Mulligan?
– Humm?
– Já ligou para Woodward?
– Essa semana. Prometo.
– Vai ligar mesmo?
– Vou mesmo – eu disse. E dessa vez eu falava sério.

Na quarta de manhã, Veronica tentou me convencer a alegar doença, depois desistiu e me ajudou a tomar um banho e vestir a camisa. Minhas costelas não pareciam doer tanto como na véspera, os Red Sox tinham uma série de vitórias e eu estava prestes a tomar uma decisão sobre o meu futuro. Se não fosse pelo olho de Gloria, o cadáver de Scibelli, a nuvem de suspeita sobre Jack, o espancamento humilhante que sofri, as cinco noites consecutivas sem sexo, eu poderia estar de bom humor.

Não achei vaga na rua, então paguei dez pratas para estacionar em um terreno da Máfia e andei duas quadras até o jornal. Duas viaturas estavam em fila dupla na frente. Enquanto eu subia a calçada, suas portas abriram e quatro policiais saíram delas.

Dois me pegaram por trás, os outros dois pela frente, bloqueando meu caminho. Um deles me segurou pelos braços, puxando-os às costas, e fechou algemas ali. Depois me empurrou para uma viatura, separou minhas pernas, me apalpou e virou meus bolsos pelo avesso. Meu frasco de analgésicos caiu na calçada. A dor nas costelas parecia de um tiro.

– Você está preso.

Tá. Já tinha deduzido essa parte.

As únicas palavras pronunciadas na curta viagem até a delegacia foram "O que é isso?", "Podem me dizer o que está havendo?", "Mas de que diabos estou sendo acusado?". Talvez as autoridades tenham descoberto sobre meu truque com os tíquetes de estacionamento e não acharam graça nenhuma.

60

Três furgões de noticiários de TV estavam parados em fila dupla na frente da delegacia, e um comitê de boas-vindas de câmeras e microfones esperava na escada. Os repórteres começaram a gritar perguntas no momento em que fui arrancado da viatura. Logan Bedford abriu caminho até a frente do bando e berrou:
– Por que você fez isso?
Fiz o quê?
Os policiais me puxaram pelos braços para a delegacia, empurraram-me para um elevador e me arrastaram para uma sala de interrogatório no segundo andar. Não doeu muito dizer a eles o quanto eu sentia dor. Um policial pôs as mãos em meus ombros e me empurrou para uma cadeira reta de metal. Depois eles me deixaram, batendo a porta ao sair. Por uma janelinha na porta, eu via que um deles ficara ali para montar guarda. Ao que parecia, eu representava risco de fuga.

Pelo desenho das queimaduras de cigarros na mesa, eu sabia que era a mesma sala onde contei a Polecki sobre o bandidinho. Eu estava sentado ali havia quase uma hora, saboreando o aroma de suor velho e cigarro choco, quando Polecki e Roselli entraram sorrindo feito idiotas. Minhas costelas doíam e meus braços estavam dormentes dos cotovelos à ponta dos dedos.

– Que tal tirar essas coisas?
– Não – disse Polecki. – Você deve usar aço com mais frequência. Fica bem em você.
– É – disse Roselli –, e vai ficar ainda melhor de listrado.
– Não usam mais listras no presídio estadual – disse Polecki.
– Talvez Mulligan possa lançar moda e trazer de volta – disse Roselli.
– Terminaram – eu disse –, ou tem algum material novo sobre pegar o sabonete no banho?

– Eu terminei – disse Polecki. Ele se virou para sua metade Loide. – E você?

– Não tenho mais nada.

– E então, Mulligan – disse Polecki. – Agora são as drogas?

Ele colocou a mão no bolso do paletó, pegou um saco plástico de provas e o atirou na mesa. Meu frasco de comprimidos estava lá dentro.

– Leia o rótulo, imbecil. Foi receitada.

– Ah, é? – disse Polecki. – Então não se importaria se chamássemos esse dr. Brian Israel, para saber se está tudo certinho.

– Foi por isso que me trouxeram para cá?

– Ah, não – disse Polecki. – Tem mais.

– Deixa eu contar a ele – disse Roselli.

– Vamos nos revezar – disse Polecki. – Por que não começa lendo os direitos dele?

Roselli sacou um cartão muito manuseado do bolso e começou o discurso. Veja alguns seriados policiais de TV e você pode recitar a Lei de Miranda de trás para frente, mas Roselli ainda precisava do cartão.

– Então, agora – disse Polecki – estou muito feliz que tenha vindo bater um papinho.

– É – disse Roselli. – Foi bom você ter passado aqui.

– Há alguma coisa que queira confessar antes de começarmos? – disse Polecki.

– Pode nos poupar muito tempo – disse Roselli.

– Perdoe-me, padre, porque eu pequei. Forniquei umas mil vezes desde minha última confissão.

– Nos velhos tempos – disse Polecki –, seria nessa parte que eu te arrebentava com uma lista telefônica.

– Mas não fazemos mais essas coisas – disse Roselli.

Os dois agora levaram um momento para beber café dos copos de plástico. Não me ofereceram nenhum.

– Sabe o que é um perfil criminal, Mulligan? – disse Polecki.

Eu não disse nada.

– O FBI é muito bom nisso – disse Roselli. – Você dá a eles os detalhes de um crime e eles voltam com uma descrição do criminoso, completinha, até o tamanho do pau.

– Então, na semana passada – disse Polecki –, os rapazes e moças de Quantico deixaram de perseguir abduls por algumas horas para trabalhar num perfil de nosso incendiário serial.

Ele tirou alguma coisa do bolso do paletó e a bateu na mesa – algumas folhas digitadas e grampeadas. Deviam ser anotações que ele fez ao falar ao telefone com um agente. O bureau nunca colocava os perfis por escrito. Não queria que os advogados de defesa os usassem como prova escusatória, se por acaso eles estivessem errados.

– Talvez você queira dar uma lida – disse Polecki. – Ah, espere aí. Com suas mãos algemadas às costas, como vai virar as páginas?

– Isso *é mesmo* um problema – disse Roselli.

– Podemos tirar as algemas – disse Polecki.

– Mas não vamos – disse Roselli.

– Eu sei – disse Polecki. – Por que não resumimos para ele?

– Vou começar – disse Roselli. – Segundo o FBI, nosso incendiário está entre o final dos vinte e final dos trinta anos.

– Você tem 39, não é, Mulligan? – disse Polecki.

– Ele mora sozinho – disse Roselli.

– Como o Mulligan – disse Polecki.

– Ele tem um SUV velho e batido – disse Roselli –, provavelmente um Chevy Blazer ou um Ford Bronco.

– O Bronco de Mulligan é uma lata velha – disse Polecki.

– Ele está em boa forma física – disse Roselli.

– Meio como o Mulligan – disse Polecki.

– Se não – disse Roselli –, ele não conseguiria carregar latas de gasolina de 5 galões por aí, e entrar e sair por janelas de porão.

– Mas ele tem uma espécie de doença ranheta – disse Polecki.

– Não sabemos que Mulligan tem uma úlcera?

– Os incêndios são meticulosamente planejados, deixando poucas provas – disse Roselli –, então estamos procurando um assassino organizado com QI alto.

– Você é um cara inteligente, não é, Mulligan? – disse Polecki.

– Ele tem uma atitude pouco saudável para com as figuras de autoridade – disse Roselli.

– Pode até dar apelidos a elas, como "Debi e Loide" – disse Polecki.

– Ele gosta de zanzar à noite em sua Blazer, ou Bronco, procurando oportunidades de atear outros incêndios – disse Roselli.

– Ei! – disse Polecki. – Não soubemos alguma coisa sobre Eddie parando Mulligan outra noite em Mount Hope?

– Depois que incendeia, ele gosta de ficar por perto e ver tudo queimar – disse Roselli. – Mas ele é esperto, então terá uma desculpa plausível para sua presença ali.

– Como, digamos, ser repórter de um jornal – disse Polecki.

– Ele vai achar um jeito de se insinuar na investigação da polícia – disse Roselli.

– Talvez até implicar um inocente como Wu Chiang ou inventar um suspeito falso como um bandidinho para nos tirar do rumo – disse Polecki.

– Ele tem dificuldade para manter relacionamentos com o sexo oposto – disse Roselli.

– E como está a Dorcas, aliás? – disse Polecki.

E ele é fascinado por fogo, pensei, lembrando-me de um trecho de minhas leituras noturnas. Mas de maneira nenhuma Polecki e Roselli poderiam saber isso de mim.

– E ele é fascinado por fogo – disse Roselli.

– É – disse Polecki. – O que foi que a Dorcas nos disse esta manhã?

– Que o Mulligan é um filho da puta.

– Eu quis dizer a outra parte.

– Que ele fica hipnotizado com o fogo desde que viu o Capron Knitting Mill se incendiar há 15 anos – disse Roselli.

Obrigado, Dorcas, por achar outro jeito de me punir.

Polecki acendeu um charuto vagabundo com um fósforo, segurou a chama perto de mim por um momento, depois a balançou na minha cara.

– E então, Mulligan – disse ele –, esse perfil não lembra alguém que você conhece?

– Lembra um pouco você – eu disse –, menos pela parte do QI alto e a boa forma física.

– Talvez a gente precise daquela lista telefônica, afinal – disse Roselli.

– O que é isso? – eu disse. – Vocês dois sabem que eu não fiz nada.

– Mulligan – disse Polecki –, você agora sabe o quanto eu adoro ver você se estabacar.

Debi e Loide fizeram mais algumas ameaças vazias, depois levantaram e saíram da sala. Quinze minutos depois, voltaram, seguidos por mais duas caras simpáticas. Jay Wargart, um boçal com uma barba por fazer e punhos de marreta, e Sandra Freitas, uma loura de farmácia com quadris largos e um sorriso predatório de Cameron Diaz. Trabalhavam na Homicídios. Mas o que é que *eles* queriam?

61

Freitas sentou de frente para mim e largou um grande envelope pardo na mesa. Wargart contornou a mesa e se postou atrás de minha cadeira. Polecki e Roselli encostavam-se na parede perto da porta, a salinha agora abarrotada.

Freitas abriu o envelope e extraiu dali três fotos de cena de crime.

– Ela estava com seu nome e telefone em um papel de recados na agenda – disse ela.

Eu não disse nada.

– Testemunhas o viram bater na casa dela alguns dias antes de ela ser baleada.

Mantive a boca lacrada.

– Ela passou muito tempo procurando uma propriedade em Mount Hope. Teria visto alguma coisa que não devia? Foi por isso que a matou?

Eu me limitei a olhar para ela. Devia ter pedido um advogado há uma hora, mas queria ver se as perguntas me dariam alguma novidade.

– Ela foi baleada três vezes com uma .45, mas é claro que você sabe disso, não é? Aposto que a balística mostrará que é a mesma arma que achamos quando demos uma busca em seu buraco de apartamento esta manhã.

– Quanto? – eu disse.

– Como?

– Quanto quer apostar?

Wargart chutou minha cadeira, jogando meu peito na mesa. Já vi essa rotina – tira mau, tira pior. O frasco de comprimidos ainda estava na mesa. Minhas costelas imploravam por eles, mas eu não achava que Debi e Loide e os gêmeos da Homicídios me deixassem tomar algum.

Eles me torraram sobre o assassinato por uma hora antes de soltarem as algemas e permitirem meu único telefonema. Usei para ligar para Jack e lhe contar o que estava havendo, para ele saber que ele estava livre, pelo menos por enquanto.

– Meu Deus, Liam – disse ele. – Tem alguma coisa que eu possa fazer? – Dei o número de Veronica e pedi que contasse a ela por que eu não estaria em casa por um ou dois dias. Não haveria o suficiente para me manter aqui depois que chegasse o relatório da balística. Pelo menos era o que eu dizia a mim mesmo.

Quando terminei, eles me jogaram numa cela da detenção. Conversei com dois traficantes de metanfetamina e fiz um estudo do mural de arte popular desenhado nos blocos de concreto. Sua intensidade visceral, energia crua e emoção bruta formavam um forte contraste com a interação fria de realismo e impressionismo. Pense nos seguintes termos: uma mistura de Grandma Moses com Ron Jeremy.

Eu estava morto de cansaço. Estiquei-me no catre duro e sujo, mas minhas costelas não me deixavam dormir. Parece que horas se passaram, até que finalmente peguei no sono.

A chuva batia nas janelas do tribunal. Gloria se contorcia e gemia do banco das testemunhas. "Pare a chuva! Pare a chuva!"

Dorcas a olhava de sua cadeira. "Sei que isso é difícil para você", disse ela, "mas responda às merdas das perguntas." Depois ela colocou a mão por dentro da toga preta e pegou uma cafeteira e uma lata de gasolina de 5 galões.

O bandidinho levantou da mesa da promotoria.

"O homem que fez isso com você está neste tribunal?", perguntou ele.

Gloria assentiu e apontou.

"Que conste nos autos", disse Dorcas, "que a testemunha identificou o Filho da Puta."

No júri, Hardcastle, Veronica e Brady Coyle riam e se cumprimentavam num *high-five*. Dorcas mexia na cafeteira, tentando ajustar o timer. A testemunha ainda apontava para mim, mas agora tinha a cara de Cheryl Scibelli. Depois a cafeteira explodiu em uma bola de fogo e eu acordei. Minhas costelas pareciam estar em brasa.

62

Depois de 48 horas, fui liberado.

Devolveram meus comprimidos, cinto, cadarços, relógio do Mickey Mouse, isqueiro e carteira, mas as três notas de vinte que estavam nela tinham sumido. Meu cartão Visa ainda estava onde devia, mas deduzi que pegaram o número para verificar compras recentes. Por sorte não comprei nenhuma cafeteira ultimamente. Não me devolveram a arma de meu avô. O Secretariat tinha sido apreendido e sem dúvida era desmontado pela perícia. Engoli a seco alguns analgésicos e andei os 800 metros da delegacia até a minha casa. O apartamento tinha sido revirado, as gavetas da cozinha puxadas para fora e esvaziadas no chão. Eu já não me importava com mais nada. Tirei a roupa, entrei cautelosamente no banho e deixei que a água quente jorrasse em minhas costelas por muito, mas muito tempo.

No final da manhã de quinta-feira, saí do elevador e entrei rigidamente na redação. Os estalos de teclado caíram em silêncio enquanto duas dezenas de repórteres e editores pararam o que faziam para olhar. No início, ninguém disse nada. Depois uma voz arrastada rompeu o silêncio:

– Queimar um bairro inteiro só para escrever sobre isso? Puxa vida! Por que eu não pensei nisso antes?

– Cala a boca, Hardcastle – disse Lomax.

Ele levantou de seu trono na editoria local, gesticulou que eu devia segui-lo e entrou na sala envidraçada de Pemberton. Eu estava a meio caminho, quando Veronica me interceptou:

– Você está bem?

– Tão bem como se pode esperar.

– Alguma coisa que eu possa fazer?

– Tem – eu disse. Peguei sua mão e apertei. – Me faça companhia depois que eu tiver esse papinho amistoso.

Depois me virei, entrei na sala do editor-chefe e afundei em uma das cadeiras de couro marrom para visitantes. Pemberton tirou os óculos, limpou-os com um Kleenex e os recolocou. Desabotoou os punhos de sua camisa branca engomada e enrolou as mangas.

– Quer alguma coisa, Mulligan? Água mineral? Um café, talvez?

– Eu gostaria de um Percocet.

– Como?

– Deixa pra lá. Estou bem.

– Sim, sim. Então vamos direto ao assunto. Parece que temos um probleminha aqui.

– Um probleminha? – disse Lomax. – Mais parece uma merda de descarrilamento de trem.

Eu não disse nada.

– Já notou como esse caso infeliz está dando assunto aos noticiários da TV? – disse Pemberton.

– Desculpe, mas o centro de entretenimento de 72 polegadas, alta definição e tela plana da detenção estava na assistência técnica.

– Sim, claro. Você esteve detido. Deve ter sido muito desagradável para você.

– Por certo, muito desagradável – eu disse.

Lomax me fuzilou com os olhos.

– Pare com isso.

– Infelizmente – disse Pemberton –, todos os canais locais colocaram a questão inteiramente fora de proporção. Ouvindo essa gente, é de pensar que o jornal em si é o incendiário serial.

– Quer dizer, e não apenas um funcionário genioso?

– Eu não pretendi implicar isso.

– E como o jornal está lidando com a história?

– Ah, é verdade. Você também não leu o jornal. Talvez deva ler isto antes de continuarmos.

Ele tirou um exemplar da pilha em sua mesa e me passou. Abri na página de esportes. Os Sox bateram os Yankees por 7 a 5 na noite passada. Oba.

O nome L.S.A. *Mulligan* estava na primeira página novamente, mas dessa vez não assinava uma reportagem. A matéria de minha prisão foi escrita por Lomax, a circunstância era delicada demais para ser confiada a um mero repórter. Passei os olhos e soube que Polecki me identificara na investigação como "possível envolvido" nos incêndios. Pelo menos a polícia não me relacionou publicamente com o assassinato de Scibelli. Pemberton foi citado, dizendo que não comentaria nada antes de poder "analisar a situação".

Joguei o jornal na mesa e olhei para Pemberton.

– Que gozado – eu disse. – Não vi nada aqui sobre o apoio que vocês dão a seu repórter.

– Sim, bem... – Ele procurou ajuda em Lomax, não conseguiu nenhuma e prosseguiu: – Espero que entenda por que tenho de te perguntar isso, Mulligan. Você tem alguma culpa nesse evento pavoroso?

– Claro que não tem – disse Lomax.

– Creio que Mulligan é capaz de responder sozinho.

– Vai se foder! – eu disse.

– Devo tomar isso como um não, então?

– Pode ser.

– Que bom. Estamos conversados. Agora precisamos decidir o que vamos fazer com você.

63

Às duas da tarde, o Hopes estava praticamente vazio, só uns bebuns arriados no bar, bebendo uma cerveja. Levei Veronica e Mason para a mesa perto da geladeira, no fundo.

– Suspensão por tempo indeterminado, sem remuneração – eu disse.

– Tá brincando – disse Veronica.

– No início, era para ser *com* remuneração, mas só se eu prometesse não meter o nariz na investigação dos incêndios. Eu disse que não podia fazer isso. Especialmente agora.

– Gato, isso é tão injusto.

– Procure enxergar da perspectiva deles – eu disse. – Pelo bem do jornal, eles precisam se distanciar de mim. Se eu estivesse no lugar deles, faria a mesma coisa.

– Mas sem salário?

– Como pareceria se eu continuasse fuçando a história e um babaca como Logan Bedford descobrisse que ainda estou na folha de pagamentos?

– Peraí um minutinho – disse Mason. – A polícia realmente acha que você é o responsável pelos incêndios, ou é Polecki que está tentando se vingar daquela história de "Debi e Loide"?

– As duas coisas.

– Por que eles acham que você está envolvido?

– O perfil do FBI *bate perfeitamente* comigo.

– É, mas pode bater com um monte de gente.

– É verdade. E tem uma falha nele também.

– Qual?

– O perfil pressupõe que o safado é piromaníaco.

– E não é?

– Não. Isso não é piromania. É incêndio criminoso visando ao lucro.

– O que o faz pensar isso? – perguntou Mason.
– Tudo em seu tempo, Valeu-Papai.
– O que você vai fazer agora? – disse Veronica.
– Tenho 1.200 dólares na minha conta. Isso me dá cerca de um mês para resolver essa coisa. Se levar mais tempo...
– Não tirou férias este ano, tirou? – disse Mason.
Assenti.
– E você tem... o quê?... Três semanas por ano?
– É.
– Então receba as férias em dinheiro. Com seu salário, deve dar uns...?
– Pouco menos de 2.600 – eu disse.
– Vou falar com meu pai e ele vai liberar o cheque.

Diego, o garçom do dia, estava ocupado com algo no balcão, então Mason levantou e pegou nossos drinques. Campari e refrigerante para ele, chardonnay para Veronica, Killian's para mim. Tomei alguns analgésicos, lavei com a cerveja e completei com Maalox.

– Woodward ligou hoje – disse Veronica.
– Ah?
– Disse que deve abrir uma vaga para mim logo, mas me aconselhou a guardar distância de você até que essa história acabe.
– Então acho que não é a melhor hora para eu ligar para ele e falar do emprego.
– Provavelmente não.
– Vai aceitar o conselho dele?
– Não sei. Não quero isso.
– Mas você é ambiciosa – eu disse. – É a garotinha do papai.

Ela apertou os lábios e olhou a taça de vinho.

Hardcastle passou pela porta com alguns redatores e pegou uma banqueta no balcão. Um funcionário do tribunal entrou. O lugar enchia. Hardcastle olhou em volta, me viu, tirou o celular do bolso do paletó e deu um telefonema.

– Você precisa de um advogado – disse Veronica.

– Não posso pagar um.

– Se não pode pagar um advogado, providenciaremos um para você – disse Mason.

– Cala a boca, Valeu-Papai.

– Desculpe. Estive andando com um espertinho e a coisa pega. Mesmo a contragosto, eu começava a gostar desse garoto.

– E o que você vai fazer? – perguntou Veronica.

– Talvez eu peça à sua fonte misteriosa para me representar *pro bono*. Afinal, Brady Coyle e eu fomos colegas de turma no PC, e os colegas de turma devem se apoiar.

Era uma conjectura fundamentada. Coyle era uma das pessoas com acesso ao testemunho secreto ao grande júri. Como advogado de Arena, ele não era legalmente habilitado para ir até a fase de produção de provas do julgamento, mas para alguém com sua influência, o tribunal era uma peneira. E ele combinava com a descrição que Veronica deixou escapar – um ele que me odiava mortalmente. Quando seus olhos se arregalaram, entendi que tinha acertado.

– É difícil guardar segredo nesta cidade, Veronica. A única coisa que não entendo é por que Coyle está te dando informações que fazem seu cliente parecer culpado.

Eu ainda esperava que ela dissesse alguma coisa, quando o celular começou a cantar blues no bolso da minha calça.

– Acabei de saber pelo rádio que te soltaram – disse Rosie. – Você está bem?

– Já tive dias melhores.

– Há alguma coisa que eu possa fazer? Precisa de dinheiro para um advogado?

– Tenho tudo sob controle – menti.

– Onde você está? Quero te ver.

– Só depois que eu resolver tudo. Não pode se associar com um suspeito de incêndios seriais. Como vai explicar isso a seus homens?

Discutimos sobre isso por mais uns minutos e nos despedimos justo quando Logan Bedford entrava no bar com um cameraman. Deu uma olhada pela sala, depois veio diretamente a mim. A luzinha vermelha da câmera me dizia que estava ligada. Veronica se virou e disparou para o banheiro feminino.

Nota para mim mesmo: mude o ring tone do celular para "Stand by Your Man".

Logan verificou o cabelo no espelho atrás do balcão e se colocou a meu lado para que o cameraman pudesse pegar a nós dois.

– O noticiário do canal 10 soube com exclusividade que o perfil que o FBI fez do incendiário de Mount Hope combina com você. O que tem a comentar?

– Como pode ter sido exclusivo – eu disse –, quando já estava no jornal?

– O público quer saber, L.S.A. Mulligan, você é o incendiário de Mount Hope?

– Logan, se você tivesse vindo aqui como jornalista profissional, o que você não é, em vez de se intrometer como um babaca, o que você é, eu podia realmente conversar com você. Por que não coloca *esse* comentário no ar?

– E quanto ao senhor? – disse ele, voltando sua atenção para Mason. – Pode explicar por que escolheu esta companhia para esta noite?

Mason pegou meu vidro de Maalox e o ofereceu a Logan.

– Toma – disse ele. – Vai precisar disto depois que eu enfiar a câmera pela sua goela.

Sim. Eu definitivamente começava a gostar desse garoto.

Com essa, Logan se virou para ir embora.

– Ei! – eu disse.

Ele se voltou e olhou para mim.

– Quando sair, diga a Hardcastle que eu o mandei à merda.

64

Ao cair da noite, uma neblina densa rolava da baía. Acho que Veronica pensou que isso lhe desse cobertura suficiente para não ser vista comigo. Saímos do Hope de mãos dadas e entramos no carro dela juntos. Quando ela dava a partida no motor, passaram dois pedestres, materializando-se da névoa feito fantasmas. Eu mal enxergava dois carros à frente enquanto ela seguia com dificuldade para a minha casa.

Naquela noite fizemos amor, Veronica se balançando suavemente por cima de mim, fazendo o máximo para não esbarrar em minhas costelas. Nenhum de nós tinha vontade de conversar. Depois que ela adormeceu em meus braços, eu afaguei seu cabelo com o nariz, respirando seu cheiro familiar. Não sei quanto tempo fiquei deitado ali, pensando num jeito de me agarrar a ela. Pensando num jeito de conseguir meu emprego de volta. Pensando num jeito de pegar os filhos da puta que estavam transformando minha infância e meu futuro em cinzas. Depois de um tempo, me desvencilhei de Veronica sem acordá-la, engoli um coquetel de Maalox com analgésicos, sentei à mesa da cozinha e comecei a ler minha pilha de cadernetas mais uma vez.

Logo depois das duas da manhã, o rádio da polícia ganhou vida. "Código Vermelho, Hopedale Road, 12." O prédio onde morei quando criança, onde Aidan, Meg e eu brincávamos de esconde-esconde, onde assistimos, impotentes, meu pai fenecer. Será que eu conhecia alguém que morava lá? Não conseguia me lembrar.

Levantei e entrei no quarto para pegar a chave do carro de Veronica. Ela estava sentada na cama, vestindo o jeans.

– Não há necessidade de você ir – disse ela.

– Porque não sou mais repórter.

– Deite-se e durma um pouco, amor. Estarei de volta daqui a pouco para te contar tudo.

Ela estendeu a mão direita para a chave. Meneei a cabeça e a coloquei no meu bolso.

A neblina pegava os fachos de nossos faróis e nos devolvia enquanto eu praticamente tateava pelas conhecidas ruas da cidade. Mantive a velocidade em 20 por hora ao rodar pela Camp Street, errando a entrada para a Pleasant. Dei a ré, virei à direita e bati num carro estacionado, arrancando seu retrovisor lateral. Uns 15 metros depois na mesma rua, ao entrar à esquerda na Hopedale Road, as luzes dos veículos de resgate e dos bombeiros transformavam a neblina numa névoa vermelha.

Ao corrigir o volante, ouvi um estouro, e justamente nesse momento perdi o controle da direção. Veronica gritou enquanto o carro era jogado para a esquerda e batia num poste de luz.

– Você está bem?

– Acho que sim – disse Veronica. – Você se machucou?

Minhas costelas me reapresentavam à dor real, então eu menti:

– Eu estou bem.

Saí para ver o estrago. Um farol quebrado e um para-lama amassado. Se não fosse pelos dois pneus dianteiros vazios, o carro poderia rodar. Dei a volta até a porta do carona e ajudei Veronica a sair. Ela deu alguns passos e vi que mancava.

– Acho que bati o joelho – disse ela.

Curvei-me para dar uma olhada. Tinha um rasgo ensanguentado no jeans.

– Você precisa ir ao hospital.

– Eu a levo – disse alguém.

Levantei a cabeça e vi Gunther Hawes, um dos DiMaggios, descendo a escada de um chalé maltratado.

– Meu carro está estacionado bem ali, na Pleasant Street – disse ele. – Fiquem aqui e eu volto logo.

Enquanto esperávamos, olhei em volta para ver se descobria o que tinha furado os pneus. Duas tábuas com pregos tinham sido colocadas na rua. Virei-as para baixo, pisei para entortar os pregos e as arrastei para a caçada. Enquanto eu terminava, Gunther parou o carro a nosso lado e percebi que faltava seu retrovisor esquerdo.

A caminho do hospital, pedi desculpas pelo retrovisor, anotei os dados de meu seguro para ele e lhe contei da armadilha de pregos.

– Alguém queria retardar o equipamento dos bombeiros – disse ele –, mas eles chegaram pelo outro lado da rua.

– Deve ter por lá também – eu disse.

– Devíamos contar a alguém – disse Veronica.

– Os carros dos bombeiros já estão na rua – eu disse –, então eles já devem ter descoberto da pior maneira.

Gunther pisou no freio na frente da emergência do Rhode Island Hospital e nós dois saímos para ajudar Veronica a descer do carro. Uma ambulância com a sirene aos berros parou atrás de nós e as portas traseiras abriram. Dois enfermeiros dispararam do hospital para ajudar a descarregar uma maca da traseira.

A vítima estava presa a uma prancha, com um colar cervical estabilizando o pescoço. Parte do uniforme tinha queimado. O corpo por baixo parecia grelhado. Eu não teria reconhecido, a não ser por uma coisa.

A maca era quase 15 centímetros menor do que ela.

65

Na segunda-feira, o grande júri federal aprovou um indiciamento por 32 acusações contra Arena e três autoridades do Sindicato Internacional dos Trabalhadores de escuta ilegal, malversação de fundos, lavagem de dinheiro, suborno, fraude em declarações de imposto de renda, perjúrio, obstrução da justiça, extorsão e formação de quadrilha. Os 12 pontos no joelho não pareceram reduzir a velocidade de Veronica. Com a dica de sua fonte, ela colocou a história na primeira página, estragando os planos do promotor federal de dar uma coletiva espalhafatosa.

Coyle estava tão ocupado arranjando a fiança, segurando a mão de seu cliente e condenando o governo numa série de entrevistas que só pôde me receber uma semana depois.

Isso me deu muito tempo para ficar doente de preocupação por Rosie.

Ela estava na unidade de tratamento intensivo. Só a família tinha permissão para vê-la. Todo o hospital me dizia que seu estado era crítico. Diziam isso toda vez que eu ligava. Policiais e bombeiros me enrolavam quando eu pressionava, querendo detalhes, então só o que eu sabia do acidente foi o que li no jornal.

CHEFE HEROÍNA DOS BOMBEIROS GRAVEMENTE FERIDA POR ARMADILHA, dizia a manchete. Ela estava dirigindo o carro de serviço pela Mount Hope Avenue, com as luzes vermelhas acesas. Na Hopedale, entrou à esquerda, aproximando-se do incêndio pelo norte. A armadilha de pregos estourou os dois pneus dianteiros e o carro foi arremessado para um poste. O motorista do carro-pipa que vinha atrás estava cego pelo nevoeiro. Só a viu quando era tarde demais. O caminhão bateu na traseira direita de seu carro, provocou o capotamento e o tanque de gasolina explodiu.

Continuei fuçando, verificando documentos e reentrevistando fontes. Eu precisava de algo para me distrair da imagem de Rosie flácida e indefesa em uma maca. E agora eu tinha mais motivos do que nunca para pegar os filhos da puta. Sentia-me tremendamente homicida.

A firma de McDougall, Young, Coyle and Limone ocupava dois andares inteiros da Textron Tower. Saí do elevador no décimo segundo, abri as portas de mogno e entrei numa sala de espera com tamanho suficiente para abrigar um jogo de basquete mano a mano. À esquerda, uma recepcionista de terninho bege fazia malabarismos com o telefone atrás de uma grande mesa de vidro. À direita, cinco filhotes de tubarão com olhinhos cruéis giravam em sentido anti-horário por um aquário de 400 litros, o jeito de a firma lhe dizer que tipo de advogado você está pegando.

Parei na frente da mesa, até que a recepcionista desligou o telefone, olhou minha camisa de David Ortiz e o boné dos Red Sox e perguntou se eu estava ali para pegar ou deixar.

– Tenho hora marcada às dez com Brady Coyle.

– Ah, tem?

– Tenho – eu disse, na esperança de que ela não reconhecesse minha voz.

– Seu nome?

– L.S.A. Mulligan.

– Um momento, por favor.

Ela pegou o telefone, falou algumas palavras, me disse que o dr. Coyle me receberia logo e pediu que eu me sentasse. Passei quase uma hora obcecado com Rosie e examinando os pequenos tubarões – a espera era o jeito de o grande tubarão estabelecer sua ascendência –, antes de a secretária dele aparecer e me levar a uma escada interna para sua sala.

– Mulligan! – disse ele, pegando minha mão direita nas duas mãos e abrindo um sorriso tão grande que exibia uma cerca de dentes cintilantes. – Não te vejo desde que acabei com você na escola, naquele jogo no Alumni Hall.

Ainda tentando estabelecer ascendência, como se a vista panorâmica da histórica Benefit Street, seus 8 centímetros a mais na altura e seu terno de 1.200 dólares não bastassem para fazer o serviço.

Enquanto ele me levava por um tapete persa azul a uma poltrona de couro preto para visitantes, estudei a decoração por um momento. Fotos de Coyle posando com Buddy Cianci, George W. Bush, Alan Dershowitz e Ernie DiGregorio. Quatro Jacksons Pollocks de bom gosto em molduras. A sala não era um cofre-forte, então deduzi que as telas eram reproduções.

– E então – disse ele, sentando em uma cadeira de couro de espaldar alto por trás de sua mesa –, agora deve saber que pedimos um adiantamento de 20 mil dólares em casos penais.

– Não tem problema – eu disse. – Acabo de fechar um acordo de 80 mil dólares com a Simon and Schuster para um livro sobre a iminente extinção dos jornais.

– É mesmo?

– É – menti. – Depois de dar 20 paus a você e mais vinte à Receita Federal, ainda terei o bastante para comprar um juiz, vinte jurados e um giro sexual por Woonsocket.

– Suborno de júri não é algo com que se possa brincar, Mulligan.

– E compra de juízes?

– Metade deles tem "À Venda" bordado em suas togas, mas falar nisso é considerado deselegante.

– Obrigado pela aula de etiqueta.

– Não há de quê. Mas chega de brincadeira. Vamos ver o que podemos fazer para tirar você dessa embrulhada.

Discutimos o perfil do FBI; Coyle já estava familiarizado com parte dele, por ter lido o jornal.

– Um perfil em geral é um instrumento de investigação, mas não é prova – disse ele. – Esse pode combinar com várias pessoas.

Eles teriam alguma coisa sólida? Uma testemunha ocular? Provas materiais?
– Não vejo como.
– Nada que o incrimine em seu carro ou no apartamento?
– Não, a não ser que tenham plantado alguma coisa.
– Você tem álibi para o início dos incêndios?
– Em dezembro, quando uma casa de três andares na Hope Street foi incendiada, eu estava em Boston com um investigador de seguros vendo os Canadians deixando os Bruins de joelhos. Em dois outros, eu estava pelado com aquela repórter de tribunal para quem você anda vazando testemunhos do grande júri.

Ele me fuzilou com os olhos por um momento.

– Bom, e *estou* surpreso que Veronica tenha descumprido nosso acordo de confidencialidade, mesmo em circunstâncias tão íntimas.

– Ela não descumpriu. Eu deduzi.

– Sei. – Ele forçou um sorriso. – Talvez isso possa continuar entre nós três.

– Claro que sim.

– Que bom. Ora, então. Podemos resolver seu caso prontamente. Posso informar ao chefe de polícia que você tem testemunhas que jurarão que sabiam de seu paradeiro quando vários incêndios foram ateados. Como a polícia aparentemente acredita que todos são de responsabilidade do mesmo indivíduo, você deve ficar limpo depois que verificarem seu álibi. Nesse meio-tempo, insistirei para que o chefe peça desculpas publicamente e repreenda o esquadrão de incêndios por chamá-lo de possível envolvido. Ainda exigiremos o adiantamento, é claro, mas se as coisas são como você diz, vai receber uma parte de volta.

Peguei o talão de cheques no bolso do jeans. Coyle estendeu a mão pela mesa e me passou uma caneta-tinteiro.

– Antes que eu continue com isso – eu disse –, quero ter certeza de que me representar não envolverá conflito de interesses.

– Não sei como poderia.
– Seria assim – eu disse. – A maior parte dos prédios incendiados pertencia a cinco imobiliárias que andaram ocupadas comprando o bairro. Todas as empresas foram incorporadas mais ou menos nos últimos 18 meses. Os advogados desta firma deram entrada na papelada.
– Não vejo a relevância.
– A relevância é que as pessoas por trás dessas empresas são aquelas que estão incendiando o bairro. Pretendo revelar todas. Se esta firma representar a mim e a eles, as coisas poderão ficar estranhas.

Coyle ergueu as sobrancelhas, fingindo choque.
– Tem provas que sustentem essas alegações?
– Estou trabalhando nisso.
– Nem imagino que haja alguma coisa nisso. *Não* são o tipo de gente que se envolveria numa coisa dessas.

Que interessante. A firma dá entrada em um monte de documentos de incorporação. Esses documentos em particular foram registrados por cinco de seus sócios juniores. Mas Coyle sabia exatamente de que empresas estávamos falando.

– Johnny Dio e Vinnie Giordano são *exatamente* o tipo de gente que se envolveria numa coisa dessas.

Mais uma conjectura. Eu tinha esperanças de que provocasse uma reação, mas Coyle era frio. Seus olhos dispararam para um canto da sala, depois caíram em mim. Mais nada. Foi tão rápido que eu quase perdi. Por um segundo, pensei em me virar e ver o que tinha atraído seu olhar. Mas me lembrei de minhas costelas – e o modo como Coyle costumava me maltratar nas quadras.

– Não sei como você chegou a esses nomes, Mulligan, mas eles não aparecem em lugar nenhum nos documentos de incorporação.
– Não, mas eles preencheram os cheques, não foi?
– Não tenho como saber – disse ele. – Teria de ver com a contabilidade.
– Por que não faz isso?

– E que sentido teria? A ética me impede de dividir essa informação com você sem a permissão dos clientes.
– E eles não darão permissão?
– Eu teria de aconselhar em contrário.
– Seria a mesma ética que proíbe o vazamento de testemunhos secretos ao grande júri?
– Não creio que esta firma possa representar você, Mulligan. Esta conversa está encerrada.
– Olha, isso foi ótimo – eu disse. – Vamos nos ver de novo em breve, talvez jogar um mano a mano.
– Não deu para perceber? Já fizemos isso. Você perdeu.

Não era assim que eu pensava.

66

Peguei um café para viagem no Haven Brothers e fiz hora no Burnside Park, orgulhosamente batizado em homenagem a Ambrose Everett Burnside, de Rhode Island, um incompetente general da Guerra Civil cuja única realização foi popularizar os pelos faciais que agora trazem seu nome, as costeletas.

No meio do parque, o sr. Cabeça de Batata chamava atenção, homenageando com uma saudação a estátua equestre de Burnside. No flanco da batata, alguém tinha acrescentado um memorial em spray vermelho: "Obrigado pelas 8 mil baixas da União em Fredericksburg."

Pediram-me um trocado uma dezena de vezes, ofereceram-me uma variedade de produtos farmacêuticos a preços competitivos, levei uma rosnada de um pit bull e um resmungo de uma prostituta adolescente que se sentiu rejeitada. A prostituta não me interessava, mas com minhas costelas ainda doendo, eu *fiquei* tentado pelo Vicodin.

Liguei para o hospital de novo. Ainda crítico.

Era quase uma e meia da tarde quando Coyle saiu da Textron Tower e andou decidido pela calçada com seus mocassins italianos. Eu o vi atravessar o parque, disparar pela rua e entrar no Capital Grille, o lugar da moda de almoços caros pagos com contas de representação. Depois entrei na Textron Tower e peguei o elevador de novo para o décimo segundo andar.

A recepcionista mexia em alguma coisa na mesa. Não levantou a cabeça, mas deve ter pegado um vislumbre de meu jeans.

– Pegar ou deixar?

– Pegar – eu disse. Passei por ela rapidamente e subi a escada.

– Pare aí! Aonde pensa que vai?

– Esqueci meu boné dos Red Sox! – gritei.

– Você está com ele!

Eu a ouvi subindo ruidosamente a escada atrás de mim, mas seus saltos altos não eram páreo para meus Reeboks. Experimentei a porta de Coyle. Destrancada. Entrei, virei para o canto onde seus olhos tinham adejado e vi quatro cilindros de correspondência de um metro de comprimento.

– O que está fazendo? Coloque isso no lugar!

Passei por ela, saí pela porta e apertei o botão do elevador. Enquanto esperava, a ouvi gritando ao telefone, pedindo à segurança para interceptar um ladrão de boné e camisa dos Red Sox. Ele carregava um cilindro de papelão grande, disse ela.

Quando a porta do elevador abriu no primeiro andar, dois seguranças me esperavam. Viram um homem alto, sem boné e de camiseta preta, com várias folhas grandes de papel dobradas em quatro, enfiadas sob o braço esquerdo. Depois se viraram enquanto outro elevador abria suas portas silenciosamente. Passei pela porta giratória, andei pela calçada, tirei o boné do bolso de trás e o coloquei. O dia estava meio frio sem minha camisa, mas ela estava enfiada no cilindro que deixei no elevador e eu não achava que conseguiria pegá-la de volta.

Fui para o Central Lunch, na Weybosset, sentei e pedi um cheesebacon. Enquanto era preparado, abri as folhas, dobrei-as de novo apressadamente e pedi à garçonete para embalar meu pedido para viagem. Depois corri para o terminal Peter Pan e saltei no primeiro ônibus para fora da cidade.

Desci em Pawtucket, olhei em volta para ver se não tinha sido seguido e peguei um quarto no Comfort Inn.

O sono, quando enfim chegou, foi entrecortado por trechos de um longo sonho. O Fenway. O sol era mais forte do que já foi um dia. Em um mar de vermelho e azul, uma mulher alta e gloriosa localizou Manny Ramirez e abriu um sorriso de menina.

67

Pela manhã, tentei reter pelo maior tempo possível a imagem de uma Rosie sorridente, mas, quando tomei um banho e me vesti, tinha evaporado. Andei até o Dunkin' Donuts mais próximo, ligando para o hospital de novo no caminho. Nenhuma alteração. Comprei um copo de café e um sanduíche e os carreguei para uma mesa junto da janela. Lá fora, o rio Blackstone agitava-se sobre uma antiga represa que já forneceu eletricidade à primeira fábrica de tecidos movida a água da América do Norte.

O Slater Mill agora era um museu, celebrado como o Berço da Revolução Industrial Americana. Imagino que era um jeito de ver a coisa. Para mim, era o berço da espionagem industrial americana. Foi aqui, em 1790, que um inglês chamado Samuel Slater construiu máquinas de fiação a partir de planos pirateados que tinha contrabandeado da Grã-Bretanha.

Ônibus com nomes de distritos escolares da Nova Inglaterra descarregavam crianças no estacionamento do museu. Perguntei-me se os docentes lhes diriam que a maioria dos empregados da fábrica era de crianças. Que trabalhavam 12 horas por dia respirando o ar pesado de fiapos. Que, quando interrompiam o trabalho, eram surradas pelos supervisores. Que as máquinas às vezes as agarravam pelos cabelos, arrastavam para dentro e as transformavam em carne moída.

Pensei nisso por um tempo, depois abri o jornal na seção de esportes. Eu estava revivendo a vitória por 8 a 3 da noite passada sobre os Rangers quando Mason entrou. Assentiu para mim, foi até o balcão pegar café e um bolinho de milho e se juntou a mim na janela que dava para o museu.

– O estado de Rosie ainda é crítico – disse ele.
– É. Eu sei.

Ele gesticulou para o Slater Mill.
– Foi meu tataravô, Moses Brown, que trouxe Samuel Slater para cá e lhe deu dinheiro para construir suas máquinas.
– Eu estava mesmo pensando nisso.
– É motivo de orgulho – disse ele.
– Se você diz, Valeu-Papai.
Erguemos os copos e bebericamos.
– Obrigado por vir até aqui de carro – eu disse.
– Tudo bem – disse ele. – Mas por que eu vim?
– Preciso que guarde uma coisa para mim por alguns dias.
– Tá legal.
– Não seria justo lhe pedir para fazer isso sem contar que é uma coisa que eu não devia ter e que um pessoal do mal tentará pegar de volta.
– E o que é?
– É melhor você não saber.
– Onde quer que eu guarde?
– É pequeno. Talvez possa enfiar no estepe do seu carro e jogar alguma coisa por cima.
– Tudo bem.
– Só isso? Não tem outras perguntas?
– Só.
– Se você fosse um repórter de verdade, não conseguiria deixar de abrir e dar uma olhada.
– É verdade.
– É melhor não fazer isso.
– Mas você sabe que vou fazer.
– Está dobrado por dentro da seção de negócios – eu disse.
Falamos sobre Rosie de novo por mais uns minutos. Depois Mason terminou o café, pegou o jornal, enfiou-o debaixo do braço e saiu pela porta.
Terminei meu café da manhã, procurei pela rua uma loja de eletrônica e comprei um gravador sem fio para telefone por 21,99 dólares. Depois andei mais algumas quadras, até a loja de depar-

tamentos Apex, e comprei uma bolsa de viagem pequena, meias, cuecas, produtos de toalete, dois vidros de Maalox, duas camisetas pretas, um par de dock sides caramelo, um blazer azul e óculos de sol que, de longe, passariam por Ray-Bans. Carreguei minhas compras para o hotel e arriei na cama.

Naquela noite, liguei para o hospital de novo:
– A chefe Rosella Morelli?
– Ainda crítico.

Conectei o gravador na entrada de microfone de meu celular e me estiquei na cama para ver a batalha dos Sox contra os Angel. Os Sox estavam três pontos atrás no quarto *inning* quando Tammy Wynette começou a gemer que apoiava seu homem. O que eu andei pensando? Aquela música é horrível. Verifiquei o identificador de chamadas e decidi atender mesmo assim.

– Seu!
Filho!
Da!
Puta!
– E boa-noite para você também, Dorcas.
– Vai passar a noite com quem, seu filho da puta?
– E por falar em putas, como está a Rewrite? Está lembrando dos vermífugos dela, não é?
– Você adora aquela cadela, não é?
– Claro que sim.
– Que bom. Acho que vou levá-la para o abrigo – disse ela, batendo o telefone. Isso era novidade. Em geral, eu era o primeiro a desligar.

A Rewrite odiava gaiolas. Há quatro anos, quando a colocamos em um canil por alguns dias e tiramos umas raras férias juntos para o Monterey Bay Blues Festival, ela se recusou a comer até voltarmos. Eu disse a mim mesmo que Dorcas devia estar blefando.

Youkilis tinha acabado de empatar o placar com um *home run* quando o celular tocou de novo. Dessa vez não reconheci o número, então liguei o gravador.

68

– Red Sox Nation. Com quem deseja falar?
– Mulligan?
– Quem deseja falar com ele?
– Escuta aqui, seu babaca. Se quiser viver para ver a semana que vem, trate de devolver.
– Devolver o quê?
– Não banque o engraçadinho.
– Tudo bem, Giordano. Quanto vale para você?
– O preço de três balas de 15 gramas de uma .45.
– Isso só daria um dólar e pouco. Tendo em vista os riscos, eu esperava um pouco mais.
Ele ficou em silêncio por um momento.
– Quanto?
– Pense na questão de minha perspectiva – eu disse. – A polícia praticamente me acusou pelos incêndios. Fui suspenso sem remuneração. Minha carreira no jornalismo acabou. Preciso achar outra linha de trabalho.
– Os chantagistas têm vida curta, Mulligan.
– Na verdade, eu estava pensando em entrar para o negócio de imóveis.
– Continue falando.
– Lembra de nossa conversa quando bebemos no Biltmore?
– Lembro.
– Estou pronto para aceitar sua generosa oferta.
Ele ficou em silêncio de novo, pensando.
– Vou te dizer uma coisa – disse ele. – Acabo de comprar um hectare em Lincoln. Vamos construir um condomínio de luxo. Eu te dou uma participação de cinco por cento. Você deve ganhar pelo menos cem paus em dois anos.

– E o que faço para ganhar dinheiro nesse meio-tempo?
– Tenho uma vaga na Little Rhody Realty – disse ele. – Não paga muito, mas nos dará uma chance de ver se você tem aptidão para o negócio.

Ele estava me oferecendo o antigo emprego de Cheryl Scibelli.

– Fechado – eu disse. – Acho que esse é o começo de uma bela amizade.

– E quando vai me devolver?

– Não pode ser essa semana. Estou a caminho de Tampa, para visitar um amigo da faculdade.

– Trate de voltar para cá.

– Olha, meu amigo tem ingressos para a série dos Sox-Rays neste fim de semana. De jeito nenhum vou perder essa. Os Rays estão muito bem esse ano, então as partidas devem ser ótimas. Além disso, você vai levar alguns dias para arrumar a papelada da propriedade de Lincoln para mim, não é?

– É, mas não gosto de você fora de meu alcance.

– Eu pretendia ficar lá algumas semanas – eu disse –, mas vou remarcar o avião para um dia depois dos jogos. Devolvo a você assim que voltar.

– Está com você?

– Está em um lugar seguro.

Ele não gostou disso, mas não havia muito que pudesse fazer.

– Me avise quando seu voo estiver chegando – disse ele. – Vou te buscar no aeroporto.

– Vinnie – eu disse –, desconfio de que por trás dessa casca cínica você tem o coração de um sentimental.

– Hein?

É difícil acreditar que exista alguém que nunca viu *Casablanca*.

Desliguei e voltei minha atenção para o jogo a tempo de ver os Sox vencerem por 7 a 6 na última rebatida.

Na quarta-feira, acordei tarde, liguei para o hospital e fui ao Doherty's East Avenue Irish Pub para comer pastrami no pão de centeio e beber um club soda. Naquela noite, voltei ao Doherty's para ver os Angels derrotarem nosso jovem canhoto, John Lester, por 6 a 4. Mas ainda estávamos em primeiro, com dois jogos e meio à frente dos Yankees. Tirando a ameaça a minha vida na noite passada, a ameaça de Dorcas de mandar Rewrite para o abrigo, o estado de Rosie e o fato de que Veronica não retornava minhas ligações, tudo era um mar de rosas.

69

O final da tarde de quarta-feira me viu fazendo hora no Burnside Park de novo. Dessa vez eu estava com meu blazer novo, dock sides e Ray-Bans falsificados. Eu estava quase na moda. Para mim, era um disfarce.

Os mesmos vagabundos me pediram uns trocados. Os mesmos traficantes me ofereceram suas mercadorias. A mesma prostituta adolescente passou, dessa vez no braço de um vereador. O pit bull não apareceu.

Quando o celular tocou, reconheci o número.

– Oi, Veronica.

– Oi, gato. Desculpe por não ter telefonado nos últimos dias. Estive ocupada.

Aquela palavra de novo.

– Imagino que decidiu aceitar o conselho de Woodward.

– Eu queria estar com você, mas temos de ser discretos. Aquela do Logan Bedford caindo em cima da gente no Hopes me assustou. Mas isso tudo vai acabar logo, não vai? Eu sinto sua falta, gato.

– Eu também estou com saudade.

– Alguma notícia de Rosie hoje?

– Liguei para o hospital há meia hora. Seu estado ainda é crítico.

– Ela vai superar essa, gato. É uma guerreira.

– Isso ela é mesmo.

– Onde você está, aliás?

Eu quase soltei a verdade antes de perceber que ela ficaria mais segura se não soubesse.

– Tampa – eu disse.

– O que está fazendo *aí*?

– Seguindo os Red Sox.
– Eu devia ter imaginado. Quando vai voltar?
– Não sei bem.
– Droga.
– Que foi?
– Achei que podíamos ter um encontro secreto neste fim de semana. Na semana que vem eu começo no *Post*.

Que merda. Será que conseguiríamos ter uma relação de longa distância? Woodward certamente não me contrataria agora. Eu estava desacreditado.

– Ah – eu disse. – Bom, assim que eu der um jeito na confusão em que me meti, que tal eu passar um fim de semana de sexo desenfreado por lá?

– Eu ia gostar muito.

Depois de desligarmos, andei mais um pouco pelo parque. Passava um pouco das seis quando uma negra escultural saiu pelas portas giratórias da Textron Tower, atravessou o parque e entrou no Capital Grille. Eu a reconheci pela foto do site da firma. Esperei alguns minutos, depois entrei também.

Yolanda Mosley-Jones estava sozinha na extremidade do balcão, ao mesmo tempo profissional e sensual com um terninho verde. Escolhi uma banqueta na outra ponta, pedi um club soda ao barman e fingi interesse no cardápio. Mosley-Jones pegou o que parecia um martíni, tomou um golinho e o baixou no guardanapo de coquetel.

Atrás dela, quatro ternos estavam espremidos em uma mesa, consumindo horríveis drinques cor de néon em copos altos. Pelos olhares furtivos, aparentemente eles estavam interessados. Por fim, um deles levantou, atirou-se ao balcão e sentou ao lado dela. Não consegui ouvir o que dizia, mas nem precisava. Ele levantou de novo, com os ombros meio arriados, e se reuniu aos amigos.

Meia hora se passou. Ela não olhou o relógio. Nem olhou o relógio do bar. Não parecia esperar ninguém. Aproximei-me, sentei a seu lado e pedi ao barman para trazer outro para ela por minha conta.

– Desculpe – disse ela –, mas não fico com brancos.

– Nem eu.

Ela virou a banqueta para ficar de frente para mim, olhou-me de cima a baixo e franziu a testa. De repente, eu não me senti mais na moda.

– Ah – disse ela. – Eu sei quem você é. Eu te vi no noticiário. Você estava algemado.

– Não foi meu melhor momento.

– Brady Coyle disse que você talvez tentasse arrancar informações de mim. Não tenho nada para te dizer.

– Então não diga nada. Basta ouvir.

– Acho que não.

Ela girou, levantou e pegou a bolsa e o Blackberry no balcão.

– Você deu entrada em documentos de incorporação para a Little Rhody Realty.

Ela olhou por sobre o ombro.

– E se foi assim?

– A Little Rhody é testa de ferro de mafiosos que estão comprando propriedades em Mount Hope. São eles que estão por trás dos incêndios.

Isso atraiu sua atenção. Com os olhos fixos nos meus, ela voltou a sentar.

– Estão incendiando as casas das famílias que não querem vender. Incendeiam os prédios que compraram para recolher o seguro. E não se importam se estão matando crianças.

– Não acredito em você – disse ela, mas continuou sentada ali.

O barman colocou um novo martíni na frente dela e tirou sua taça vazia. Esperei que ele se afastasse antes de dar o resto.

Quando terminei, ela balançou a cabeça lentamente, como se ainda não acreditasse. Ou não quisesse acreditar.

– Por que contar a mim? – disse ela.

– Porque eu fiz o dever de casa. Sei que a casa de sua melhor amiga, Amy, se incendiou na Noite de Inferno, e pensei que você quisesse fazer alguma coisa a respeito disso. Preciso que pegue uma coisa para mim.

Quando eu disse o que era, ela meneou a cabeça com tanta intensidade que seu cabelo quicou.

– De maneira nenhuma. Talvez eu acredite em você, talvez não, mas o que está me pedindo pode custar meu emprego. Até a expulsão da ordem.

– Existem destinos piores – eu disse.

Contei a ela como vi Rosie carregar o corpo carbonizado e quebrado de Tony DePrisco de uma casa de três andares em chamas. Contei como estava Rosie quando a tiraram da ambulância. Descrevi como deve ter sido para meu professor preferido de inglês, o velho sr. McCready, quando ele aspirou sua última lufada de fumaça. Contei dos sonhos que Efrain e Graciela Rueda tinham para os filhos. Contei como estava o corpo de Scott quando os bombeiros o desceram pela escada. Contei da fumaça que subia através do lençol que enrolava Melissa. Contei a ela como foi ver os dois sendo enterrados.

Eu começava a lhe contar dos buracos de bala no corpo de Scibelli quando ela disse:

– Pare, por favor. – Ela pegou seu drinque e tomou um longo gole. – Por que eu? – disse. – Por que não fala com os advogados que registraram os documentos das outras quatro empresas-fantasma?

– Já tentei esses.

Ela não disse nada, só passou o dedo pela taça suada de martíni. Tinha lindos olhos. Sua voz era meio rouca. E pelo que eu podia saber por aquele terninho, as pernas se prolongavam um tanto.

– Eu não sou realmente branco – eu disse. – Só estou desmaiando.

Ela riu suavemente, mas não havia alegria ali. Peguei um de meus cartões de apresentação, risquei o endereço, escrevi outro e coloquei em sua bolsa. Depois peguei uma nota de 20 na carteira e coloquei no balcão.

70

A secretária de McCracken comemorava o calor fora de temporada de uma quinta-feira de abril espremida num vestido de verão curto, amarelo e de decote profundo. Seus mamilos apareciam escuros contra o tecido fino.

– Ela podia muito bem vir trabalhar nua – disse ele, depois de fechar sua porta por dentro.

– De repente um dia ela chega lá.

– Uma perspectiva e tanto – disse ele. – Escute, andei preocupado com você. Está tudo bem?

– Tive quatro costelas quebradas. Fui identificado como possível envolvido em uma série de crimes hediondos. O jornal me suspendeu, sem salário. Minha melhor amiga está no hospital. Minha namorada não quer ser vista comigo. Tenho certeza absoluta de que Vinnie Giordano pretende me meter uma bala. Mas os Sox estão em primeiro, então, no saldo, acho que estou indo bem.

– Por que Giordano quer te matar?

– Por causa dos documentos que surrupiei do escritório de Brady Coyle.

– Você roubou documentos do escritório de Brady Coyle?

– Cara. Quando coloca dessa maneira, parece quase ilegal.

McCracken sentou a sua mesa, abriu o umidificador, pegou dois charutos, cortou as pontas e me ofereceu um. Eu aceitei e desabei na cadeira de visitantes.

– Me conte tudo – disse ele, e estava prestes a falar quando Mason passou pela porta com um grande envelope amarelo debaixo do braço.

– Você olhou? – perguntei a ele depois de fazer as apresentações.

– Olhei.

– Então pode muito bem ficar.
Ele sentou na outra cadeira e me entregou o envelope. Eu o abri, tirei os papéis e comecei a desdobrá-los.
– Espere um minuto – disse McCracken. – É o que eu penso que seja?
– Arrã.
– E você pediu a ele para trazer *para cá*?
– Imaginei que você ia querer ver.
– Meu Deus! E se ele foi seguido?
– Não fui – disse Mason.
– Não haveria motivo para isso – eu disse. – Ninguém sabia que pedi a ele para guardar. Sou eu que eles procuram, e até agora consegui fazer com que pensem que estou fora do estado.
– E se alguém o viu entrando aqui?
– Por isso o disfarce – eu disse. Levantei, tirei o blazer, coloquei no encosto da cadeira e tirei os óculos. McCracken me olhava como se me achasse um idiota. Ele podia ter certa razão.
– Olha aqui – eu disse. – Quer ver isso ou não?
Ele empurrou de lado alguns papéis para abrir espaço na mesa e eu alisei o primeiro documento na frente dele. Qualquer um que vivesse em Providence há tanto tempo quanto nós teria reconhecido o mapa de área do quadrante sudeste de Mount Hope. Os prédios existentes se foram, porém substituídos por um layout aproximado do que parecia ser um grande empreendimento imobiliário. No canto inferior direito, um nome e endereço: "Dio Construction Corp., Pocasset Avenue, 245, Providence, RI."
– Puta merda!
– Espere. Tem mais.
Na verdade, mais quatro documentos, cada um deles uma versão arquitetônica exterior ou planta baixa do que parecia um condomínio muito caro.
– Tirei de um cilindro endereçado a Brady Coyle. O endereço de remetente era do Rosabella Development.

– Não é a empresa de Vinnie Giordano?
– É.
– Puta merda!
– E por falar em Giordano, escute só isso – eu disse. Coloquei o gravador na mesa e apertei Play.
Quando desliguei alguns minutos depois, McCracken disse de novo:
– Puta merda!
– Meu latim está meio enferrujado – eu disse a Mason –, mas acho que é católico romano pra "caramba".
– Não entendi – disse Mason.
– Não entendeu o quê?
– Como eles podem ter pensado que manteriam isso em sigilo? Quando os prédios começarem a ser construídos, a imobiliária e a construtora serão de conhecimento público.
– Vai ser algo assim – disse McCracken. – As cinco empresas-fantasma continuarão comprando imóveis. Quando tiverem tudo de que precisam, os incêndios vão parar. Em seguida, haverá um monte de debates públicos sobre como reconstruir o bairro. Giordano e Dio aparecerão em resgate, oferecendo-se para construir algo de que Providence possa se orgulhar. Comprarão a propriedade das cinco empresas-fantasma e ninguém vai saber que na verdade estão comprando deles mesmos.
– Menos nós – eu disse.
McCracken ofereceu um charuto a Mason e ele me surpreendeu aceitando. Curvei-me para acender o dele e nós três fumamos por um tempo. De repente a expressão de McCracken mudou, como se ele tivesse acabado de se lembrar de uma coisa. Abriu a primeira gaveta, pegou um envelope e atirou para mim.
– Isso chegou pelo mensageiro hoje de manhã – disse ele.
Fora enviado ao escritório de McCracken a meus cuidados. O endereço estava impresso em maiúsculas. Não havia endereço de remetente.

Dentro do envelope, um impresso de computador com registros de cobrança da McDougall, Young, Coyle and Limone. Se eu tivesse razão, iam mostrar que os honorários para a incorporação das cinco empresas-fantasma foram cobrados de Dio ou Giordano. Mas eu estava enganado.

Foram pagos pessoalmente por Brady Coyle.

Entreguei a Mason. Ele olhou e passou a McCracken.

– De Giordano, para Dio e para Coyle – eu disse.

– Os três estão nessa juntos – disse McCracken.

– Então – eu disse. – Como vamos fazer essa gente pagar?

McCracken levantou, pegou três copos no armário, encheu com gelo do frigobar e nos serviu uns 8 centímetros de Bushmills. Fumamos, bebemos nossos drinques e pensamos por um tempo. Foi McCracken quem rompeu o silêncio:

– Legalmente, acho que estamos ferrados.

– Também acho – eu disse.

– Mas por quê? – disse Mason.

– Os registros de cobrança foram entregues anonimamente – disse McCracken. – Não há como provar que são autênticos.

– Além disso – eu disse –, depois que Coyle souber que os temos, vai deletar os registros do computador da firma.

– As plantas são propriedade roubada – disse McCracken. – Dificilmente serão admitidas como provas. Pior ainda, foram roubadas do advogado de Dio, o que provavelmente quer dizer que são protegidas pelo privilégio advogado–cliente.

– E a gravação? – disse Mason.

– É ilegal – eu disse.

– Como pode ser?

– Rhode Island é um dos poucos estados em que é crime gravar sua própria conversa telefônica, a não ser que você informe a outra parte. Além de tudo, a quem isso incriminaria? A polícia vai ouvir que eu roubei uns documentos e os usei para dar uma sacudida em Giordano.

– Se usarmos o que temos – disse McCracken –, é o Mulligan quem vai acabar pegando cadeia.

– E de mais a mais – eu disse, passando a mão nos documentos e no gravador digital –, o que isso realmente prova? Só que Giordano, Dio e Coyle têm um plano secreto para construir casas caras em Mount Hope. Não temos nenhuma prova sólida de que eles estão por trás dos incêndios.

– Mas sabemos que são eles – disse McCracken.

– É. Sabemos.

– Se não podemos procurar as autoridades – disse Mason –, tem algum jeito de colocarmos o que sabemos no jornal?

Valia a pena tentar. Nós três trabalhamos até a meia-noite, despejando tudo o que tínhamos numa denúncia assinada por Mason.

71

Pela manhã, comprei umas flores na Downtown Florist e peguei um táxi para Warwick.

– Ela vai ficar feliz em te ver – disse a mãe de Gloria enquanto me conduzia para dentro da casa. – Está acompanhando os noticiários e anda preocupada com você.

Ela anda preocupada *comigo*?

Gloria levantou do sofá, onde estava vendo a TV, e, ao me encontrar no meio da sala, me envolveu com os braços e me apertou. Foi quando lembrei que minhas costelas estavam melhores. Acho que as dela também.

Ficamos sentados juntos no sofá, colocando a vida em dia. Eu disse a ela que ainda não tinha notícias de Rosie, mas que esperava ficar livre das acusações e voltar ao trabalho logo. Ela me disse que a cirurgia na mão correu bem e que tinha marcado a primeira plástica para a semana seguinte. Seus hematomas agora desbotavam e o medo deixara seus olhos. Ela estava animada. Parecia esperançosa. Seu sorriso era torto, mas ainda era um sorriso.

Antes de ir embora, perguntei se podia me emprestar o carro.

– Fique com ele o tempo que quiser. Com um só olho bom, vou levar algum tempo para criar coragem para dirigir.

Ela tirou a chave da bolsa e a largou na palma da minha mão.

72

Naquela tarde, me escondi no escritório de McCracken, fumando e matando o tempo. Mexi no celular, mudando o ring tone para "Peter Gunn Theme". Lá pelas cinco, eu ainda não sabia nada de Mason e começava a ficar ansioso.

Depois a orquestra começou a tocar: "Uaaaaaaaá, uá! Uaaaaaaaá, *uá*-uá!"
– Como é que foi?
– Nada bom.
– Ah, merda!
– É. Depois de Lomax e Pemberton matarem a história, subi para ver meu pai e ouvi a mesma cantilena.
– Comece pelo início e me conte tudo, Edward.
– Ei! É a primeira vez que você me chama pelo meu nome.
– Tá, tá. Só me conte o que aconteceu.
– Primeiro, Lomax não parava de perguntar se eu tinha mesmo reunido tudo isso sozinho. Queria saber se tive ajuda sua.
– E você disse?
– Que o trabalho era meu.
– Ele acreditou?
– Acho que não, mas deixou passar.
– E depois?
– Ele fez um monte de perguntas sobre as fontes. De onde eu tirei as plantas arquitetônicas? De onde vieram os registros contábeis? Como eu sabia se eram autênticos?
– E você disse?
– Que não podia revelar minhas fontes confidenciais.
– E depois?
– Lomax disse que de jeito nenhum o jornal ia colocar em risco sua reputação num trabalho de um foca que não podia revelar

suas fontes. Nem mesmo um foca cujo papai era o dono. Quando argumentei, ele disse que ia discutir o assunto com Pemberton. Entrou no aquário e os dois cochicharam. No meio disso, Pemberton deu um telefonema, falou por alguns minutos e desligou. Depois de mais ou menos meia hora, os dois vieram ao meu cubículo parecendo muito putos.

– Putos por quê?

– Pemberton perguntou se eu sabia que minha matéria se baseava em documentos que você roubou da sala de Brady Coyle.

– Mas como é que ele ia saber *disso*?

– Sabe aquele telefonema? Era Coyle ameaçando processar o jornal por invasão de privacidade, difamação e mais umas outras coisas que Pemberton falou, mas que agora não lembro.

– Como é? Como Coyle sabia da matéria?

– É o que eu queria saber. A essa altura, perdi a paciência. Disse umas coisas que não devia.

– Tipo o quê?

– Que Giordano, Dio e Coyle eram escória. Que eles eram incendiários e assassinos. Que os três iam se safar porque não tínhamos colhões para botar as mãos neles.

– Ah, cara.

– Pois é. E eu falei alto. Pemberton só meneou a cabeça e disse que eu tinha muito o que crescer. Quando subi para ver meu pai, ele disse a mesma coisa.

– Obrigado por tentar, Mason.

– Não acabou, acabou?

– Talvez não – eu disse –, mas foram duas bolas fora no final do nono *inning* e estamos perdendo de dez.

McCracken e eu nos lamentávamos quando o celular voltou a tocar.

– Oi, babaca.

– Brady! Que bom ouvir você.

– Feliz em meu ouvir, é?

– É sempre um prazer falar com um ex-colega de turma.

– Perdoe-me se duvido de sua sinceridade. Afinal, eu sou escória. Sou incendiário e assassino. Não foi o que seu cachorrinho disse? Isso é dolo *per se*, Mulligan. Eu quase torço para que o jornal *publique* suas mentiras. Quando eu ganhar o processo, serei dono de tudo, dos caminhões de entrega às prensas da gráfica.

E depois ele gargalhou. Ainda estava assim quando eu desliguei. Essa foi a primeira vez que eu ouvi alguém gargalhar de verdade. Não gostei muito.

Liguei para Mason.

– Isso é importante – eu disse. – Quem ouviu você ter um ataque sobre Giordano, Dio e Coyle?

– Não sei bem.

– Só faz alguns minutos, né?

– É.

– Levante e olhe em volta. Quem está aí agora?

– Er... Lomax e Pemberton, é claro. Abbruzzi, Sullivan, Bakst, Kukielski, Richards, Jones, Gonzales, Friedman, Kiffney, Ionata, Young, Worcester. E Veronica está aqui. É o último dia dela.

– E Hardcastle?

– Não estou vendo. Peraí. É, ele está aqui. Acaba de sair do banheiro dos homens.

– Só isso?

– Tem uns outros, mas estão longe demais para ter ouvido alguma coisa.

– Tudo bem, obrigado – disse, e desliguei.

73

Dez minutos depois, estacionei em fila dupla na Fountain Street, com o motor ligado. Às 6:45, um Mitsubishi Eclipse preto saiu de uma vaga na frente do jornal. Deixei alguns carros passarem e o segui. O Eclipse entrou à direita na Dyer, pegou a I-95 e atravessou em disparada o rio Providence.

Os programas policiais da TV vivem alardeando que é difícil seguir alguém. Que besteira. Quando você está dirigindo um subcompacto discreto num trânsito leve e a pessoa que segue não tem motivos para desconfiar, é fácil como roubar uma bola lenta de Wakefield.

Em East Providence, entramos ao sul na Rota 114 para o subúrbio da moda de Barrington. Quinze minutos depois, o Eclipse parou na frente de uma mansão estilo Tudor com um gramado bem cuidado.

Reduzi a meia quadra de distância enquanto Veronica saía do carro, trancava-o e partia para a entrada. Ela tocou a campainha e eu rodei lentamente pela casa. A porta abriu, revelando um homem com uma taça de vinho na mão. Estendeu-a a Veronica, e ela aceitou. Depois ela ficou na ponta dos pés e ele levou o rosto ao dela.

Enquanto eu partia, Veronica e Brady Coyle ainda estavam se beijando.

Eu não estava com muita vontade de voltar a Providence. Peguei a 114 sul para Newport, estacionei na Ocean Avenue e fiquei a noite toda sentado ali, ouvindo as ondas rachando o coco nas pedras. Pensei nos gêmeos mortos. Pensei em Tony. Pensei no sr. McCready. Pensei nos buracos de bala no corpo de Scibelli. Pensei em Rosie. Perguntei-me se Veronica pediria um teste de

Aids a Coyle. Perguntei-me se ela chegou a falar do futuro com ele. Perguntei-me se ela lhe disse que era a garotinha do papai. Certamente não era a minha.

Eu me perguntei se veria a bala chegando.

74

Só o que eu podia fazer era fugir.

Pela manhã, cruzei a baía de Narragansett nas majestosas pontes de Claiborne Pell e Jamestown. Quando cheguei à cidadezinha de West Kingston, parei o carro de Gloria na estação de trem e comprei uma passagem para o norte.

O trem parou em Providence e enterrei a cabeça em um jornal, mantendo-a ali até que chegamos à estação sul de Boston. Antes de sair, liguei o celular, coloquei no silencioso e o meti entre os bancos. Se Giordano tivesse amigos policiais que pudessem me localizar pelo sinal, iam ficar malucos me perseguindo de um lado a outro do Corredor Nordeste até que a bateria arriasse.

A tia Ruthie me colocou no antigo quarto de meu primo. Ficou feliz com a companhia.

Comprei um pré-pago Nokia para ver como as coisas andavam em casa. McCracken disse que tinha trancado os documentos originais e que a gravação de Giordano estava em seu cofre e que, pelo que ele sabia, ninguém além de Mason e eu sabíamos que estava com ele. Whoosh contou que pelas ruas dizia-se que alguém, ele não sabia quem, pagou para me matar, e onde diabos eu tinha me metido? Mason disse que não achava que fossem atrás dele, mas que o papai contratou uns ex-agentes do Tesouro como seguranças só por garantia. Jack disse que Polecki e Roselli não o atormentaram ultimamente, mas que ele ainda não era bem-vindo no quartel dos bombeiros. Gloria disse que sua primeira cirurgia plástica correu bem e que a mãe achara o carro onde eu o deixara. O hospital disse que o estado de Rosie ainda era crítico.

Não dei meu número a ninguém. Não contei a ninguém onde estava.

Deixei crescer a barba e o cabelo. A barba me surpreendeu por sair grisalha. Nos dias úteis, quando a tia Ruthie saía para trabalhar no Fleet Bank, eu participava de um jogo de basquete mano a mano no Y ou me esticava em seu sofá florido damasco e devorava os romances da série *87ª DP*, de Ed McBain. Estava acostumado a escrever todo dia e sentia falta disso. Depois de algumas semanas, li tantos romances policiais que comecei a pensar que podia escrever um. Bati sessenta páginas na velha Smith Corona de tia Ruthie antes de perceber que eu estava enganado.

Rosie e Veronica assombravam meus sonhos. Toda manhã eu acordava com um fio farpado enrolado no coração. A primeira coisa que eu fazia, antes de tomar o café da manhã com a tia Ruthie, era socar os números já familiares em meu pré-pago e sempre ter a mesma notícia sobre Rosie. E o fio em volta do coração se apertava.

Ruthie insistiu em comprar os mantimentos e não queria que eu pagasse aluguel. Sendo o Maalox e os charutos minhas maiores despesas, os 2.600 dólares do pagamento das férias que retirei em espécie antes de sair de Rhode Island podiam durar até o Natal. Eu não me atrevia a usar o cartão de crédito.

À noite e nos fins de semana, ficávamos sentados juntos na sua sala e víamos os Red Sox na TV. No começo de junho, Ortiz foi para o departamento médico com uma ruptura no tendão, Ramirez ainda ficaria dias afastado por lesão e o time caíra um jogo e meio atrás da sensação dos Rays.

Nos dias de chuva, eu usava o laptop de Ruthie para ver as notícias de Providence. Quando o tempo estava bom, pegava a Red Line para Cambridge à tarde e comprava o jornal de Providence em uma Out of Town News na Harvard Square. As manchetes de verão anunciavam a folga de Carozza liderando as pesquisas, fraude nas licitações do Departamento de Vias Públicas de Providence, propinas em Pawtucket, a revelação de outro padre pedófilo e 63 paroquianos adoecendo de mexilhão contaminado na mariscada anual de verão da igreja do Sagrado Nome de Jesus. Nenhuma das matérias tinha minha assinatura. Eu sentia falta da adrenalina.

Tentei me distrair naquelas viagens diárias de metrô lendo as pichações ou inventando vidas para meus companheiros de percurso. Mas minha mente vagava. De repente Veronica estava sentada a meu lado, pegando minha mão. Imaginei conversas inteiras, experimentando diferentes explicações para sua traição. A cada dia, ela apresentava uma nova razão. Nenhuma delas importava. As pessoas são o que são.

Foi um verão de obituários dolorosos. Primeiro George Carlin. Depois outro de meus favoritos, Bernie Mac. Jamais acreditei no velho ditado sobre as mortes aparecerem em trios, mas assim mesmo me vi temendo a terceira. Depois Carl Yastrzemski deu entrada num hospital para uma cirurgia de três pontes de safena. Yaz era um dos preferidos de meu pai, o que fazia dele meu preferido também, mas, dada a alternativa, eu quase torcia para que o terceiro fosse ele.

As notícias sobre o ramo dos jornais impressos eram péssimas. Desesperados para sair da maré do vermelho, jornais de todo o país cortavam salários e demitiam jornalistas aos milhares. O *Miami Herald*. *The Courier-Journal*, de Louisville. *Los Angeles Times*. *The Kansas City Star*. *The Baltimore Sun*. *San Francisco Examiner*. *The Detroit News*. *The Philadelphia Inquirer*... Nem o *New York Times* e o *Wall Street Journal* ficaram imunes.

No final de junho, eu não era mais um suspeito e o jornal tinha me reintegrado. A advogada de Wu Chiang, mais grata do que o necessário pelas faturas de cartão de crédito que lhe mandei pelo correio, seguiu à risca o roteiro de Brady Coyle, dando meus álibis a Polecki e pressionando o chefe de polícia a uma liberação e desculpas públicas. Polecki adiou o quanto pôde antes de fazer um pronunciamento de má vontade. A polícia liberou meu Bronco e a arma do meu pai, e a advogada disse que guardaria para mim. Também não dei *a ela* o meu número.

Eu queria ir para casa. Sentia falta do cheiro de sal, de petróleo derramado e de mariscos em decomposição, que se levantava como Lázaro da baía. Sentia falta dos berros dos brutamontes de todas as cores que tocavam barcaças enferrujadas rio acima. Sentia falta de como o sol poente conferia ao domo de mármore da sede do governo uma cor de moeda de ouro antiga. Sentia falta da tatuagem de Annie, do chapéu fedora de Mason, dos omeletes de Charlie, dos cubanos de Zerilli, dos apertos de mãos de esmagar os ossos de McCracken, dos palavrões em italiano de Jack e do olho bom de Gloria. Sentia falta de saber o nome de quase todo mundo nas ruas.

Mas minha cabeça ainda estava a prêmio. E era só uma questão de tempo até Providence se unir à tendência das demissões. Haveria um emprego esperando, se meu retorno fosse seguro?

Numa noite, Ruthie pegou o álbum de fotos e o folheamos juntos no sofá. Ruthie e a irmã – minha mãe – segurando raquetes de tênis, fazendo careta para a câmera. O pai delas elegante em seu uniforme da polícia de Providence, o peito tomado de medalhas. Aidan e Meg abrindo presentes de Natal. O pequeno Liam brincando com um caminhão de bombeiros Tonka.

Quando eu tinha seis anos, esse caminhão e eu éramos inseparáveis. Eu até dormia com ele.

– Caramba! – eu disse. – Tinha me esquecido do quanto gostava dessa coisa.

Ruthie sorriu, levantou, mexeu no armário do corredor e voltou aninhando o caminhão nos braços. Em minhas lembranças, era uma coisa imensa na minha vida, mas, quando ela o entregou a mim, fiquei surpreso ao ver como era pequeno.

– Resgatei do porão depois da morte de sua mãe – disse ela. – Precisa ficar com ele.

Talvez eu durma com ele de novo. É melhor do que dormir sozinho.

No início de agosto, os donos do jornal finalmente se cansaram de sangrar dinheiro e demitiram 130 funcionários, 80 deles das editorias de notícias. Liguei para Mason para saber dos nomes. Abbruzzi. Sullivan. Ionata. Worcester. Richards... Tantos velhos amigos.

– Você e Gloria também estavam na lista – disse Mason –, mas eu conversei com meu pai.

Fiquei comovido por ele ter feito isso por mim. Não me surpreendeu que cumprisse a promessa que fez a ela. Mas se os leitores e anunciantes continuassem nos desertando, essa não seria a última onda de demissões. Mason talvez não conseguisse nos salvar da próxima vez.

Em meados de agosto, os Yankees estavam acabados, seus astros pareciam velhos e lentos e os jovens lançadores com que contavam não estavam prontos para jogos importantes. Mas os Sox perdiam para os surpreendentes Rays por sete jogos, e três de nossos lançadores, nosso *right fielder*, nosso segunda base, nosso terceira base, todos estavam no departamento médico. Ortiz voltara de sua lesão no pulso, mas não era o mesmo. E o grande Manny Ramirez tinha ido embora, negociado com os Dodgers, depois de dar um ataque por seu contrato lamentável de 20 milhões de dólares. Perguntei-me o que Rosie teria dito disso. Eu? Depois de tudo que aconteceu, era difícil me preocupar com o beisebol.

Numa tarde de domingo de início de setembro, a manchete do jornal de Providence me pegou antes que eu a pegasse na banca: VOLTAM OS INCÊNDIOS CRIMINOSOS EM MOUNT HOPE.

Levei o jornal para a Algiers Coffee House, na Brattle Street, e li tomando uma xícara de café arábica e comendo um sanduíche de salsicha de cordeiro. Uma casa de dois andares na Ivy Street foi completamente queimada e um incêndio devorador tinha destruído o mercadinho de Zerilli na Doyle Avenue. A matéria, sob a assinatura de Mason, citava Polecki, dizendo que os incêndios definitivamente eram suspeitos, mas ainda estavam sob investigação. Quando virei para a página oito para continuar a leitura, fiquei emocionado ao ver que a foto do incêndio era de Gloria.

A matéria de Mason especulava ainda que os incêndios tinham reaparecido porque, depois de um verão tranquilo, a polícia e o grupo de vigilância do bairro conhecido como os DiMaggios tinham "deixado a guarda baixa". Tomei nota mentalmente para conversar com Mason sobre os clichês.

Tentei falar com Whoosh, mas o número de sua casa não estava na lista e os telefones da loja eram grumos de plástico derretido.

75

Na manhã seguinte, peguei emprestado o imaculado Camry de dois anos da tia Ruthie e fui para o sul pela I-95. Uma hora depois, eu entrava na Branch Avenue, estacionava na rua perto do portão do Cemitério Norte, abria a mala e pegava meu caminhão de bombeiros Tonka. Um monte de crisântemos mortos cobria as lápides que marcavam o local de descanso final de Scott e Melissa Rueda. Coloquei o brinquedo no túmulo dos gêmeos e tirei as flores mortas.

Depois fui até o carro, rodei alguns quilômetros para o leste e entrei no cemitério Swan Point. Rosie estava enterrada em meio a rododendros, cerca de 15 metros a oeste de onde plantaram Ruggerio "The Blind Pig" Bruccola. Seu túmulo estava tomado de um monte de flores mortas. Eu o limpei, preservando as lembranças que seus colegas bombeiros colocaram ali – três capacetes, o bico de bronze de uma mangueira, várias dezenas de crachás dos bombeiros de Providence e alguns mais de outros quartéis do estado. Coloquei uma camisa autografada de Manny Ramirez em sua lápide, ajoelhei-me na grama e conversei um pouco com ela, só nós dois, lembrando de nossos tempos do Hope High, quando víamos um rebocador subir o rio Seekonk. Brinquei com ela sobre a monstruosidade de flores de néon que ela usou no baile. Ela se divertiu com meus arremessos de esquerda furados. Concordamos que cometemos um erro naquela única vez que dormimos juntos, mas não tínhamos certeza se o erro foi ter feito tudo aquilo ou não ter tentado de novo.

– Desculpe por não ter vindo ao seu enterro, Rosie. Eu estaria aqui, mas a tia Ruthie me convenceu a não vir. Se não fosse por ela, eu provavelmente estaria deitado a seu lado.

Quando a conversa entre dois amigos se transformou numa conversa entre o vivo e a morta e eu não conseguia mais ouvir sua voz, voltei ao carro, levando a camisa comigo. Ela queria usar da próxima vez que eu passasse para bater papo e não tinha sentido deixar ali para um vagabundo qualquer roubar.

Peguei um atalho passando pelo Brown Stadium e virei o carro de tia Ruthie na Doyle Avenue. A loja era uma casca preta e Whoosh estava na frente, supervisionando uma venda de calçada de produtos danificados pela fumaça. Estacionei na rua, andei até ele e lhe estendi a mão.

– Eu te conheço?
– Conhece.
– Vai ter de me lembrar.
– Olhe bem – eu disse, e tirei os óculos de sol.
Ele semicerrou os olhos para meu rosto, depois disse:
– Ah, merda! Não achava que tu fosse suicida.
– É difícil me reconhecer de barba?
– É, mas o que realmente me pegou foi o boné e a camisa dos Yankees. Disfarce bom pra cacete.
– Vamos dar uma caminhada.
– Peraí um minutinho – disse ele.

Ele passou pela porta carbonizada da loja e desapareceu nas ruínas. Alguns minutos depois, saiu trazendo uma pilha de seis caixas de madeira de charutos.

– Pode muito bem ficar com eles – disse ele. – O calor secou tudo, mas coloque umas fatias de maçã nas caixas e alguns deverão ficar legais.

Agradeci e coloquei as caixas na mala do carro de tia Ruthie. Depois andamos juntos sob os antigos bordos semimortos que ladeavam a calçada, onde algumas folhas começavam a cair.

– Eu lamento muito pela Rosie. Sei que os dois eram muito chegados.
– Minha melhor amiga.
– John McCready era o meu, então sei como tu se sente. – Ele abriu os braços. – Tantos incêndios, porra! Tantos vizinhos mortos.
– Lamento pela loja – eu disse.

– Que diabos, isso é o de menos.

– Vai reconstruir?

– Vamos reabrir na semana que vem numa loja de rua da Hope Street – disse ele. – É um bom espaço. Giordano me deu em troca da loja velha. Acho que ele está pensando em construir alguma coisa por aqui. Mas foi bondade dele. E pensar que eu tomava o cara por um babaca.

– Os DiMaggios ainda patrulham por aqui?

– Separaram-se em junho, quando parecia que os incêndios tinham parado. Um erro do caralho. Na noite passada, voltaram às ruas. Se eles pegarem o imbecil que incendiou minha loja, dessa vez não vou chamar a polícia. Ele vai direto pra porcaria do incinerador do Field's Point.

– Seja quem for, foi pago para isso – eu disse. – Quer os nomes dos filhos da puta que o contrataram?

76

– É o Mulligan. Preciso de um favor.
– Diga.
– Preciso que tire a gravação e os documentos de seu cofre e traga para mim.
– O que tá rolando?
– É melhor você não saber.
– Tá legal. Quando e onde?
– No estacionamento de visitantes do Battleship Cove, em Fall River, às 11 da manhã de sábado.
– Estarei lá.
– Anda tem o Acura preto?
– É.
– É só parar e eu verei você.

77

No sábado de manhã, comprei uns CDs de Tommy Castro na Satellite Records, em Boston. "Take the Highway Down" explodia pelos alto-falantes do Camry de tia Ruthie enquanto eu rodava para o sul na Rota 24 para Newport, os documentos e a gravação que McCraken me entregara trancados na mala. Enquanto me arrastava pela Ocean Avenue procurando um endereço, botei a faixa "You Knew the Job Was Dangerous" do CD.

A casa era um chalé térreo no estilo Nantucket, com telhado gasto, uma varanda branca e larga e um trecho de grama de um verde artificial. Empoleirava-se numa formação rochosa com uma vista gloriosa do mar.

Enquanto eu entrava pelo caminho de conchas esmagadas, dois homens parrudos se postaram na frente do carro e ordenaram que eu saísse. Estavam com ternos marinho risca-de-giz idênticos e, pelo caimento dos paletós, eu sabia o que portavam. Apalparam-me, pediram educadamente para desabotoar minha camisa de David Ortiz para eles terem certeza de que eu não estava grampeado e abriram as portas do carro. Tatearam embaixo dos bancos, verificaram o porta-luvas e me pediram para abrir a mala para inspeção. Quando terminaram, orientaram-me a continuar pelo caminho sinuoso e estacionar embaixo das árvores. Parei atrás de cinco Cadillacs novos, a pintura protegida do sol pelos carvalhos de copas largas. Todos os carros tinham emblemas de "Cadillac Frank" ao lado das luzes de freio.

Quando eu atravessava o gramado para a casa, Whoosh desceu da varanda para apertar a minha mão. Depois me pegou pelo braço e me guiou para os fundos, onde o cheiro de boa comida se misturava com a brisa do mar. Um velho magro com uma espátula na mão mexia steaks, peitos de frango e salsichas italianas em duas churrasqueiras a gás. Três homens um pouco mais novos de bermudas brancas e camisas Tommy Bahama estavam recostados perto de uma piscina cintilante. Garotas de biquíni passavam entre eles com bandejas de copos altos e gelados, decorados com pequenos guarda-chuvas.

– Legal – eu disse.

Whoosh olhou para mim e sorriu duro.

– O que estava esperando? A Satriale's Pork Store?

Ele fez as apresentações, mas eu já conhecia a todos pelo nome.

Giuseppe Arena, sob fiança no processo de extorsão, baixou a espátula, limpou as mãos no avental "Beije o cozinheiro" e apertou a minha mão direita com as duas mãos.

– Que bom que você veio – disse ele. – Sirva-se de uma bebida. A carne estará pronta daqui a pouco.

Comemos com garfos e facas Gorham, equilibrando pratos Limoges em nosso colo. A música saía suavemente de alto-falantes na lateral da piscina. Joan Armatrading, Annie Lennox, India.Arie – vozes que cintilavam como o Atlântico neste dia sem nuvens de final de setembro.

Virei-me para Whoosh, que construía meticulosamente um sanduíche com uma pilha de salsichas, tomates, pimentão, berinjela e pão italiano.

– Escolheram bem a música.

Ele sorriu duro de novo.

– O que estava esperando? Wayne Newton?

A conversa foi dos Red Sox aos atributos da garçonete e voltou aos Red Sox. Os Sox voltaram com tudo quando eu não estava olhando e tinham desencavado uma vaga na final. Com os moradores de Rhode Island enlouquecendo em suas apostas na iminente final, Whoosh ia faturar uma grana preta.

Às três da tarde, enquanto os pratos eram retirados, peguei a gravação e os documentos no carro. Depois Arena nos levou pelo gramado inclinado para um quebra-mar de pedras que se projetava quarenta metros no mar. No meio do quebra-mar tinha sido posta uma mesa comprida com uma toalha branca, com taças de vinho e garrafas de tinto e branco. Não havia por que se preocupar com dispositivos de escuta num lugar de reunião tão improvável.

Arena assumiu a cabeceira da mesa. O resto de nós sentou enquanto Whoosh enchia nossas taças. Arena, chefão no poder que extorquia sindicatos. Carmine Grasso, o maior receptador de Rhode Island. "Cadillac Frank" DeAngelo, vendedor de carros e diretor-executivo da maior revenda de carros de luxo roubados do estado. BlackJack Baldelli, o rei dos empregos-fantasma. E Whoosh, o mais bem-sucedido bookmaker de Rhode Island.

Johnny Dio e Vinnie Giordano estavam visivelmente ausentes.

Outros dois homens de ternos risca-de-giz marinho se postavam na ponta do quebra-mar, com os binóculos pendurados no pescoço, cuidando para que nenhum dos veleiros que flanavam na brisa leve se arriscasse muito perto dali.

Antigamente Raymond L.S. Patriarca mandava nos negócios do Maine à região central de Connecticut, de seu pequeno escritório na Atwells Avenue. Mas nas décadas de 1970 e 1980, investigadores federais usaram seus novos brinquedos – vigilância eletrônica e a lei RICO – para destruir o poder da Máfia, aqui, como em quase todos os lugares. Agora a Máfia era banal, se coçando para ter parte da ação dos garotões que cuidavam dos cartéis de drogas, as loterias do estado, os cassinos dos índios e os "serviços de acompanhante" que deixam você escolher sua puta nos sites da Web.

– Muito bem – disse Arena. – Vamos ver o que tem para nós.

Abri a planta do terreno e os desenhos arquitetônicos na mesa. Os homens levantaram e se curvaram sobre eles. Whoosh apontou um dedo ossudo para a etiqueta "Dio Construction" no canto inferior direito do mapa de área e murmurou: "Filho da puta."

Depois que eles ficaram satisfeitos, coloquei na mesa os registros de cobrança dos documentos de incorporação. Arena os pegou, examinou e passou para a sua direita.

Quando todos os viram, coloquei o gravador na mesa e apertei Play. Era difícil ouvir com os gritos das gaivotas e as ondas de 30 centímetros de altura quebrando nas pedras.

– Toque de novo – disse Arena.

Quando chegou à parte onde Giordano falava na vaga da Little Rhody Realty, Grasso pegou o gravador, apertou Rewind e tocou essa parte de novo.

– Cheryl Scibelli era filha da irmã de minha mulher – disse ele.

A gravação tocou até o fim de novo e eu desliguei. Ninguém falava. Arena afastou sua cadeira da mesa, levantou, ficou de costas para nós e olhou o mar.

Passou-se um minuto, talvez dois, antes que ele se reunisse à mesa. Ele tinha perguntas.

Onde você conseguiu as plantas arquitetônicas?

Roubei do escritório de Brady Coyle.

Como colocou as mãos nos registros de cobrança?

Com todo respeito, eu me negava a responder.

– O meu *advogado* de merda está metido nisso? – disse Arena.

– Está – eu disse. Depois contei a ele que foi Coyle que vazou o testemunho do grande júri ao jornal.

– Tem certeza disso?

– Tenho.

– Por que diabos ele faria isso?

– Você teria sancionado os incêndios? – perguntei.

– Um incêndio num depósito para pegar o seguro, claro. Não teríamos problema nenhum com um desses. Mas incendiar um bairro inteiro? Torrar bebês e bombeiros? Queimar a loja do Whoosh? Envolver a sobrinha de Carmine nisso e dar cabo dela para apagar arquivo? Não, caralho.

– Coyle sabe disso – eu disse. – Ele está jogando areia no seu caso para te tirar do caminho.

Arena se aproximou de mim. Eu levantei. Ele segurou as minhas mãos de novo, depois passou um braço por meu ombro.

– Todos temos uma dívida com você – disse ele.
Era meu sinal para sair. Peguei os documentos da mesa, enfiei o gravador no jeans e subi o gramado para a casa.

78

Na terça, fiquei arriado na frente da TV de tia Ruthie e caí no sono vendo a última partida da temporada regular, um aquecimento sem importância contra os Yankees.

Foi nesse dia que aconteceu. A notícia seria uma manchete berrante no jornal do dia seguinte.

Logo depois do meio-dia, segundo testemunhas, um estranho com uma capa de chuva na altura dos tornozelos andou animadamente pelo pátio da Dio Construction. Entrou no prédio principal pela porta lateral e em seguida no escritório de Johnny Dio.

"Achei estranho", disse depois a secretária aos gêmeos da Homicídios. "Não estava chovendo." Mas o que ela disse ao desconhecido foi: "Posso ajudá-lo?"

O homem passou por ela, abriu a capa como se achasse que era "Doc" Holliday e ergueu um rifle Mossberg de 8 tiros com punho de pistola. Abriu a porta de dentro, disparou três tiros, deixou a arma cair no chão, disse à secretária para esperar dez minutos antes de chamar a polícia e saiu para uma tarde ensolarada.

"Aconteceu tão rápido!", disse a secretária à polícia. Não, ela não podia dar uma descrição.

Enquanto Dio sangrava até morrer no chão de sua sala, tiros perturbaram o ambiente perfeito do salão de jantar do Camille's, na Bradford Street. Depois disso, ninguém conseguia se lembrar de quantos atiradores foram, como eles eram ou por que porta saíram. Só o que todos podiam afirmar era o que a polícia podia ver muito bem: Vinnie Giordano desfrutara seu último prato do famoso Vongole alla Giovanni do chef Granata.

Brady Coyle não sabia de nada disso enquanto ele e sua companheira de almoço bebiam suas taças de Russian River e olhavam o cardápio do Capital Grille. Ela pediu a entrada de calamari salteado e a salada de lagosta Maine. Ele pediu sopa de mariscos e o salmão grelhado no limão. Enquanto esperavam pela comida, ele contou piadas de advogados. Ela brincou com a maquininha de escrever de prata na corrente do pescoço. Ela veio de Washington para vê-lo e ele pretendia aproveitar ao máximo a visita. Ele estendeu o braço pela mesa e pegou a mão dela.

Enquanto eles comiam os pratos principais, o canal 10 interrompeu sua programação normal com um boletim sobre um tiroteio no Camille's. Mas o volume estava baixo na TV do bar e nenhum dos dois percebeu. Eles decidiram dispensar a sobremesa.

Ele pagou a conta e deixou uma gorjeta generosa. Na calçada, ela ficou na ponta dos pés e ele se curvou para um beijo. Pelo canto dos olhos, ela viu um homem se aproximando. Tinha 1,65m, não era muito mais alto do que ela, mas de ombros largos. Trechos vermelhos e escamosos pontilhavam a cabeça careca.

O homem sacou uma pequena pistola preta do agasalho e colocou na orelha de Coyle.

Ela gritou.

A arma disparou.

Ela ficou surpresa por não ser mais alto.

Coyle caiu na sarjeta.

O homem parou acima dele e deu mais três tiros, para ter certeza.

Ele se virou e olhou para ela, pensando no assunto. O pente de sua Rave Arms semiautomática calibre .25 ainda tinha duas balas.

– Não – disse ela –, por favor, não.

Ele deu de ombros e deixou a arma escorregar da mão. Caiu sem som algum no corpo de Coyle. Depois o bandidinho atravessou a rua e andou pelo Burnside Park como se não tivesse preocupação nenhuma na vida.

Os ombros da mulher tremiam. Por um momento, ela pensou que ia perder seu almoço caro. Depois recuperou a compostura, abriu a bolsa, pegou bloco e caneta e começou a tomar notas.

Li o texto de Mason sobre os tiros no jornal de Providence. Um relato acelerado e detalhado em primeira mão da execução de Coyle apareceu no *Washington Post*. A fonte de Veronica lhe pagara pela última vez.

79

Meu antigo senhorio me deixou voltar ao apartamento da America Street em troca de metade do aluguel devido, que cobri com um empréstimo de meu cartão Visa. Ele não ficou feliz com o arranjo, mas ninguém mais queria aquela lixeira.

Limpei a poeira, pendurei a .45 de meu avô na parede de reboco rachado e providenciei o religamento do telefone e da luz. Adivinha quem ligou primeiro?

– Seu!
Filho!
Da!
Puta!
– Oi, Dorcas. Que bom ouvir a sua voz.
– Onde diabos você esteve?
– Visitando a tia Ruthie.
– Pela merda do verão todo?
– É isso mesmo. Olha, como está a Rewrite? Você não a levou realmente ao abrigo, levou?
– E se levei?
– Está lembrando dos vermífugos?
– Vai se foder! – disse ela, e desligou.

Pela manhã eu fiz a barba, selei o Secretariat, andei pela Atwells Avenue passando pelo Camille's, atravessei a I-95 e estacionei em um parquímetro de 15 minutos na frente do jornal.

Quando saí do elevador, Mason levantou de sua mesa para me cumprimentar. Estendi a mão. Ele a ignorou e me deu um abraço de urso. Gloria saiu correndo da editoria de imagens para fazer o mesmo. Gostei mais do abraço dela.

– Ei, pessoal! – gritou Hardcastle. – O incendiário voltou do acampamento de verão!

Era bom ouvir sua fala arrastada de novo, mas era triste ver tantos cubículos vazios e sem nada. Andei até a minha mesa, passando por onde Dante Ionata e Wayne Worcester ficaram nos últimos dez anos revelando os poluentes que envenenavam a baía. De agora em diante os cretinos teriam o caminho livre.

Fiz logon no meu computador e verifiquei as mensagens no sistema da redação. Havia centenas de mensagens não lidas. A mais recente, de Lomax, fora enviada esta manhã:

JÁ FEZ O PERFIL DOS FAREJADORES DE CADÁVERES?

Era o jeito dele de dizer "bem-vindo de volta".

Logo depois das dez, Lomax convidou Mason e eu para irmos à sala de Pemberton.

– A verdade, agora – disse Pemberton. – Qual dos dois realmente escreveu a denúncia do esquadrão de incêndios na primavera passada?

– Foi Mason – eu disse.

– Foi Mulligan – disse Mason.

– Sei. Bom, que tal uma assinatura dupla, então? Se os dois unirem forças e fizerem uma atualização para esta tarde, gostaríamos de abrir o jornal com isso amanhã.

– Claro, podemos fazer – eu disse. É claro que havia alguns detalhes que eu teria de deixar de fora.

– Como é que podemos publicar agora, e antes não podíamos? – disse Mason.

– Porque os mortos não processam – disse Lomax.

No meio da tarde, o telefone da minha mesa tocou.

– Mulligan?

– Eu.

– Soube que voltou ao trabalho.

– Soube direito.

– Que bom.

– Foi por isso que ligou? Para me dar as boas-vindas?
– Eu só queria te pedir desculpas.
– Não acredito em você.
– Não quero que termine desse jeito.
– Que tipo de término você tem em mente?
– Sabe aquele fim de semana de sexo de que você falou? Ainda podemos ter. Por que não vem nesse fim de semana? Ou talvez eu vá até aí.
– Estou ocupado.

Ela ficou em silêncio por um momento. Eu podia ouvir sua respiração.

– Ele não queria nada comigo.
– Nisso posso acreditar, mas por que não melhora as coisas?

Ela não tinha mais nada a dizer. Eu ouvia sua respiração de novo. Enquanto eu estive fora, a Verizon operara num novo milagre digital no telefone. Senti o cheiro doce que se acumulava na curva de seu pescoço. Seus lábios rolavam pela minha face. Isso me fez tremer.

– Não sente a minha falta?
– Mas que inferno, sinto.
– Então por que não pode me perdoar?

Os padres dizem que o perdão faz bem para a alma. Que age mais em favor de quem perdoa do que daquele que é perdoado, livrando a mente da raiva e do ressentimento. Que monte de bosta.

– Mulligan? Me perdoa, por favor?
– Não perdoo porque é tudo o que quero fazer, independentemente das consequências, e porque você contava com isso desde o começo.
– O quê? Não entendi essa.

Eu não disse nada. Mas será que ninguém mais via *A relíquia macabra*?

– Eu não entendo nada do que está acontecendo – disse ela, a voz agora miúda, mal passava de um sussurro. – Quem era o homem com a arma? Por que ele matou Brady?

– Porque ele merecia – eu disse. – Veja o site do jornal de Providence amanhã e poderá ler sobre isso.
– Eu podia ter sido assassinada – disse ela. – Você não se importa?
– Tem sorte de a arma não estar na minha mão – eu disse, e desliguei.
Depois do trabalho, Gloria me convidou para beber no Trinity Brewhouse.
– E o Hopes?
– Gosto desse lugar novo – disse ela. – Não gosto muito mais do Hopes.
Por um segundo, imaginei uma noite de intimidade com Gloria. Nos últimos meses, eu fui espancado, traído e empobrecido, e agora precisava dos braços de alguém em mim. Mas não os de Gloria. Pelo menos não agora. Eu ainda estava magoado com Veronica, e Gloria não era uma mulher para brincar. Disse a ela que estava cansado. Disse que só queria ir para casa.
Mas não foi o que eu fiz.
Tirei o tíquete amarelo de estacionamento de meu para-brisa, o enfiei sob o limpador do BMW do dono do jornal e dirigi para a Camp Street para colocar a vida em dia por alguns minutos com Jack Centofanti. Depois passei no Hopes e achei McCracken bebendo sozinho a uma mesa do fundo.
– E aí? – sussurrou ele, enquanto eu sentava de frente para ele com meu club soda. – Acho que sou cúmplice de homicídio.
– Desculpe envolver você nisso.
– Ah, está tudo bem. Só tem uma coisa que me preocupa.
– O que é?
– O profissional que ateou os incêndios ainda está por aí, para ser contratado pelo próximo babaca que quiser queimar alguma coisa.
– O cara que atacou Gloria e matou Rosie também está por aí – eu disse.

– Deve ser o mesmo sujeito.

Depois que ele foi embora, paquerei Annie e perguntei a que horas ela largava o trabalho. Ela riu e me deu um fora, então terminei minha bebida e fui para o Good Time Charlie's, onde Marie encerrava seu turno.

Eu a cortejei com um jantar barato no Haven Brothers, levei-a para a minha casa e para a cama. Ela era atlética e entusiasmada. Eu disse a mim mesmo que ela podia dar umas aulas a Veronica. Eu estava de saco cheio de frescura.

Pela manhã, acordei ao som familiar de Angela Anselmo gritando com os filhos. Levantei, entrei no banheiro e percebi que a escova de dentes amarela de Veronica ainda estava no suporte de porcelana em minha pia. Tirei-a dali, parti ao meio e joguei na lixeira.

Marie e eu tomamos banho juntos. Ela esfregou minhas costas e eu me demorei bastante nas dela. Ela se vestia quando ouvi um farfalhar na porta do apartamento.

Espiando pelo olho mágico, não vi nada além da parede de reboco rachado do outro lado do corredor. Abri a tranca, escancarei a porta e descobri uma coisa preta e peluda na minha soleira.

– Rewrite!

Ela pulou em mim e quase me derrubou.

Seu pelo estava embaraçado e ela fedia. Havia um bilhete preso sob a coleira:

"Pode cuidar da piranha por um tempo."

Eu a alimentei com uns restos da geladeira. Depois Marie me ajudou a lhe dar um banho na banheira.

– O que vou fazer com você? – eu disse em voz alta enquanto enxaguava seu pelo grosso e crespo. Rewrite tombou a cabeça de lado e me fitou com os olhos castanhos cintilantes. O senhorio ia ter um treco e, com meu horário maluco, como eu ia cuidar dela?

Então me ocorreu.

Havia um casal gentil em Silver Lake que sabia amar um cachorro.

AGRADECIMENTOS

Patricia Smith, uma de nossas maiores poetas vivas, editou cada frase de cada rascunho e ajudou este tonto a criar cenas de amor críveis – no papel e fora dele. Obrigado, garota, por permitir a inclusão de seu poema "Spinning 'til You Get Dizzy".

Paul Mauro, um capitão de polícia de Nova York, Ted Anthony, editor-assistente da Associated Press, e Jack Hart, o maior mestre em redação do mundo, leram os primeiros rascunhos com atenção e me fizeram sugestões importantes. Todo escritor devia ter amigos assim.

Obrigado, Otto Penzler, por ler o livro, fazendo sugestões úteis e recomendando-me ao LJK Literary Management. Susanna Einstein, do LJK, é muito mais do que uma agente. É a melhor editora de texto com que já trabalhei, e eu já trabalhei com alguns dos melhores.

Estou em dívida para com Jon Land por recomendar meu livro a esta editora, a Tor/Forge. Minha gratidão a todo o pessoal da editora, em especial a Eric Raab por se arriscar com um romancista de primeira viagem e fazer um ótimo trabalho na edição final.

E a 16 de meus romancistas policiais preferidos – Ace Atkins, Peter Blauner, Lawrence Block, Ken Bruen, Alafair Burke, Sean Chercover, Harlan Coben, Thomas H. Cook, Michael Connelly, Tim Dorsey, Loren D. Estleman, Joseph Finder, James W. Hall, Dennis Lehane, Bill Loehfelm e Marcus Sakey: obrigado por seu estímulo e apoio em todo o processo.

Impressão e Acabamento:
GRÁFICA STAMPPA LTDA.
Rua João Santana, 44 - Ramos - RJ